中國國家圖書館藏

元刊雜劇三十種

〔元〕關漢卿等 撰

鳳凰出版社

圖書在版編目（CIP）數據

元刊雜劇三十種 / (元) 關漢卿等撰. -- 南京 : 鳳凰出版社, 2022.7
ISBN 978-7-5506-3708-5

Ⅰ. ①元… Ⅱ. ①關… Ⅲ. ①雜劇—作品集—中國—元代 Ⅳ. ①I237.1

中國版本圖書館CIP數據核字(2022)第111080號

書　　名	元刊雜劇三十種
著　　者	(元)關漢卿 等 撰
責任編輯	吴 瓊
裝幀設計	陳貴子
出版發行	鳳凰出版社(原江蘇古籍出版社) 發行部電話025-83223462
出版社地址	江蘇省南京市中央路165號,郵編:210009
照　　排	南京凱建文化發展有限公司
印　　刷	金壇古籍印刷廠有限公司 江蘇省金壇市晨風路186號,郵編:213200
開　　本	880毫米×1230毫米 1/32
印　　張	15
版　　次	2022年7月第1版
印　　次	2022年7月第1次印刷
標準書號	ISBN 978-7-5506-3708-5
定　　價	498.00圓

(本書凡印裝錯誤可向承印廠調換,電話:0519-82338389)

探尋元雜劇的真實面目（代序）

俞爲民

元雜劇是中國戲曲發展史上的重要一環，與宋元南戲、明清傳奇一樣，在中國戲曲史上有着重要的地位。但長期以來，由於元刊本雜劇的缺失，我們都是通過《元曲選》等明人的編選本來認識元雜劇的藝術體制，這就難免會産生這樣的疑問：這些明人編選本所選收的元雜劇是元刊雜劇的原貌嗎？它們能够代表元雜劇原有的樣式嗎？而《元刊雜劇三十種》是現存唯一的元代刊刻的元雜劇，可以讓我們認識元雜劇的真實面目。如王國維見到羅振玉收藏的《元刊雜劇三十種》後，認爲是發現了元雜劇的真面目，稱之爲『驚人秘笈』，曰：『凡戲劇諸書，經後人寫刊者，往往改易體例，增損字句。此本雖出坊間，多訛别之字，而元劇之真面目，獨賴是以見，誠可謂驚人秘笈矣。』[一]因此，我們可以通過對《元刊雜劇三十種》所呈現的藝術體制的認識，來探尋元雜劇的真實面目。

《元刊雜劇三十種》最初爲明李開先收藏，鈐有李開先藏印。李開先雖是以詩文著稱於時，並

[一]《元刊雜劇三十種序録》，《歷代曲話彙編》近代編第二集，黄山書社二〇〇九年版，第七四五頁。

以詩文上的成就躋身『嘉靖八才子』之列，但他酷愛戲曲，在他一生所從事的文學活動中，戲曲是一個重要的方面。他一生曲作頗多，傳奇有《登壇記》《寶劍記》《斷髮記》三種，雜劇有《園林午夢》《打啞禪》《攪道場》《喬坐衙》《昏厮迷》《三枝花大鬧土地堂》等六種，又曾改定元雜劇，有《改定元賢傳奇》，戲曲論著有《詞謔》。他曾總結自己一生的文學活動，表示雖然詩文詞曲都曾涉獵，但曲的收穫最多，也是其最得意之處：

僕之踪迹，有時注書，有時摛文；有時對客調笑，聚童放歌；而編捏南北詞曲，則時時有之。大士夫獨聞其放，僕之得意處正在乎是，所謂『人不知之味更長也』。〔一〕

他把作曲、唱曲、聽曲看作是自己日常生活不可缺少的内容，自稱：『三日不編詞，則心煩；不聞樂，則耳聾；不觀舞，則目瞽。』〔二〕他在遭罷官回到章丘老家閒居後，組建曲社和家班。明何良俊《四友齋叢説》卷十八《雜記》載：『有客自山東來者，云李中麓家戲子幾二三十人，女妓二人，女僮歌者數人。』在少年時他就傾心於曲的創作，廣泛搜集並閱讀曲籍，如他自稱：

〔一〕《寶劍記序》，《歷代曲話彙編》明代編第一集，第四四三頁。
〔二〕《市井艷詞又序》，《歷代曲話彙編》明代編第一集，第四一一頁。

予少時綜理文翰之餘，頗究心金、元詞曲。凡《中原》《燕山》《瓊林》《務頭》四韻書，《太和正音》《詞話》《録鬼》《十譜格》《漁隱》《太平》《陽春白雪》《詩酒餘音》二十四散套；張可久、馬致遠、喬夢符、查德卿等八百三十二名家；《芙蓉》《雙題》《多月》《倩女》等千七百五十餘雜劇，靡不辨其品類，識其當行。〔二〕

正是由於李開先具有這樣的生活背景和對戲曲的熱愛，《元刊雜劇三十種》最初爲其收藏也就不是偶然的了。而且，當時李開先收藏的元刊雜劇遠不止這三十種，據其《改定元賢傳奇序》稱，當時他收藏有一千多種元刊本雜劇，如曰：

夫漢、唐詩文，布滿天下，宋之理學諸書，亦已沛然傳世，而元詞鮮有見之者。見者多尋常之作、胭粉之餘。……予嘗病焉，欲世之人得見元詞，并知元詞之所以得名也，乃盡發所藏千餘本，付之門人誠菴張自慎選取，止得五十種。力又不能全刻，就中又精選十六種，删繁歸約，改韻正音，調有不協，句有不穩，白有不切及太泛者，悉訂正之，且有代作者，因名其刻爲《改定元賢傳奇》。〔三〕

〔二〕《南北插科詞序》，《歷代曲話彙編》明代編第一集，第四〇七頁。

〔三〕《改定元賢傳奇序》，《歷代曲話彙編》明代編第一集，第四〇五至四〇六頁。

可見,《元刊雜劇三十種》衹是其所收藏的元刊雜劇中很少的一部分。李開先及門人張自慎改定的《改定元賢傳奇》原定是五十種,最後刊刻成書時衹有六種,即《青衫淚》《梧桐雨》《陳摶高卧》《兩世姻緣》《揚州夢》《誤入天台》。而這六種中,衹有《陳摶高卧》互見於《元刊雜劇三十種》。元刊本《陳摶高卧》無題目正名,而《改定元賢傳奇》其餘五種皆有題目正名,衹有《陳摶高卧》無題目正名,可見《改定元賢傳奇》所改定的正是其收藏的元刊本《陳摶高卧》。

《元刊雜劇三十種》後爲何煌、黄丕烈、羅振玉等人收藏。一九一四年,日本京都帝國大學覆刻,題作《覆元槧古今雜劇三十種》。一九二四年,上海中國書店影印日本覆刻本。一九五八年,鄭振鐸先生主持編纂、上海商務印書館出版的《古本戲曲叢刊》第四集收入元刊本珂羅版影印本,更名爲《元刊雜劇三十種》。

《元刊雜劇三十種》是由不同地區的元雜劇刊本彙集而成的,其中尤以大都(今北京)和杭州的刊本爲多。在標有刊刻地點的十一種雜劇中,『大都新刊(編)』四種,『古杭新刊』七種。大都是元雜劇的發源地,杭州是元雜劇在元滅南宋統一全國後的活動中心,如關漢卿、馬致遠、鄭光祖、王實甫都曾在元滅南宋後來到杭州活動。可見,這三十種雜劇不僅出自元雜劇前後兩個時期,而且來自不同的地區。並且,這些劇碼的作者,涵蓋了元雜劇發展的不同時期的一些主要作家,如前期的作家有關漢卿、馬致遠、紀君祥、石君寶、張國賓、王伯成、高文秀、狄君厚、孔文卿、鄭廷玉、尚仲賢、武漢臣、孟漢卿、岳伯川;後期的作家有鄭光祖、宫天挺、金仁傑、范康、楊梓。在『元曲四大家』中,有關漢卿、馬致遠、鄭光祖三位。因此,《元刊雜劇三十種》雖然衹收録了三十種雜劇，但它們具有代表性，即這三十種雜劇所反映的元雜劇樣式，能够代表元雜劇的真實面目。

從三十種雜劇的刊本形態來看，其底本當是元代民間戲曲藝人的抄本，元代民間戲曲藝人稱之爲『掌記』，這種抄本是供戲曲藝人背記唱詞時使用的。在元代，有的戲班中還有抄寫掌記的人，如由元代古杭書會才人編寫的南戲《錯立身》第十二齣，寫完顔壽馬欲參加王金榜的戲班，末（王金榜父）白：『都不招别的，只招寫掌記的。』生（完顔壽馬）唱：『我能添插更疾，一管筆如飛，真字能抄掌記，更壓着御京書會。』〔一〕王家戲班招收完顔壽馬，除了要他參與演戲外，還要他爲戲班抄寫『掌記』，即記録或抄寫舞臺演出本。

由於民間藝人的文化水平低，識字不多，又要追求抄寫速度快，故在這些戲曲藝人的抄本中，多有簡體字和錯别字，有的是以筆畫較少的同音字代替筆畫多的字。如明嘉靖間戲曲藝人抄寫的《蔡伯喈》的曲文中，『萬福』作『萬伏』，『兩』作『刄』，『娘』作『乸』，『耳聾』作『耳龍』，『媒婆』作『媒波』，『范杞良』作『范紀娘』等；又如明宣德間戲曲藝人抄寫的《金釵記》的曲文中，『打盹』作『打盾』，『春闈』作『春圍』，『萬世』作『萬四』，『及第』作『及地』，『竊』作『切』，『既然』作『記然』，『年紀』作『年己』等。同樣，在《元刊雜劇三十種》中也多有簡體字和錯别字，如『滚繡球』作『衮秀求』，『川撥棹』作『川卜倬』，『鬥鵪鶉』作『鬥奄享』，『落絲娘』作『各系乸』，『紫花』作『子花』，『駐

〔一〕《永樂大典戲文三種校注》，中華書局一九七九年版，第二四四頁。

馬』作『主馬』，『鴛鴦』作『夗央』，『旗槍』作『其倉』等。有的甚至用某些特定的符號代替筆畫多的文字，如用兩個『〇〇』(圓圈)，代替『團圓』二字，例見明宣德間戲曲藝人抄寫的《金釵記》第十齣【望哥兒】：『七願雙親未老時，歸來〇〇勝舊日。』『勝如新月上初弦，等到十五夜再〇〇。』同樣，《元刊雜劇三十種》《陳摶高卧》【帶黄鍾煞】曲『聖旨』作『聖〇』，用『〇』代替『旨』。

減省念白和科介(動作)，或衹記録曲文，這也是戲曲藝人抄本的一個特徵。民間藝人在長期的演藝生涯中，對於有些情節已經十分熟悉了，而且我國古代戲曲的科介具有程式化的特徵，一般戲曲藝人都能掌握；另外，念白通俗易背，即使記不住，也可臨時發揮。因此，在戲曲藝人的抄本中，有的衹有曲文，無念白和動作，也無具體的情節，衹是標注『説關』『説關子』或『一齣』『一折了』等提示語，由演員在場上或按約定的程式表演，或臨時發揮。所謂『關子』，也稱『關目』，也就是情節。如南戲《錯立身》第十二齣：『生借衣介，説關介。』第十三齣：『生説關子介。』第十四齣：『净叫介，生旦上，末上見外介，外説關，末稟院本，外打認説關子配合個。』又如明宣德間戲曲藝人抄寫的《金釵記》最後寫有：『媒婆一齣。』『太公一齣。』『皇門一齣。』皆僅標出這三齣戲的上場人物，没有寫出具體的曲白與動作，讓扮演這些人物的演員根據常套演出。同樣，《元刊雜劇三十種》也具有這一特徵，如《薛仁貴》的開頭：『駕上開，一折了。净上，一折。外末一折。正末同老旦上，開。』《拜月亭》：『做説關子了。』《趙元遇上皇》：『做説關子了。』『等孛老、旦一折了。等净一折。正末扮醉上。』

有的抄本因是根據舞臺演出實况記録的，故在抄本上還留有舞臺演出的痕迹，如明宣德間戲曲藝人抄寫的《金釵記》在全劇結束處有八句口號：『一兩三四五六七，從此天崖（涯）數第一。手拿呈（祥）雲不敢飛，一聲唱入雲霄裏。榮華枕上三更夢，富貴盤中一局棋。市財紅粉高樓酒，惟有三般事不迷。』這八句口號是在演出結束後，用作送場時念的，與劇情無關，而藝人也將這八句送場口號抄録下來了。同樣，在《元刊雜劇三十種》中也有舞臺演出實况記録的痕迹，如《拜月亭》《漢高祖氣英布》《薛仁貴》《介子推》《霍光鬼諫》《竹葉舟》《博望燒屯》等七種雜劇的結束處皆記有『散場』二字。所謂『散場』，必定是指戲曲演出結束時的『散場』。

由上可見，《元刊雜劇三十種》所彙集的不僅是不同時期、不同地區的元雜劇刊本，而且其底本是民間藝人抄録的舞臺演出本。因此，其所呈現的不僅是元雜劇的真實面目，而且也是接近舞臺實際的元雜劇面目。也正因爲此，與《元曲選》等明人編選的元雜劇相比，《元刊雜劇三十種》所收録的元雜劇的藝術體制有着較大的不同。

一是劇本體制，即折的劃分。《元曲選》等明人選本所選收的元雜劇一本四折，或另加一楔子，一折爲一套曲。《元刊雜劇三十種》全本不止四折，雖然也有如《元曲選》等明選本那樣一折有一套曲的，但多爲無曲調的折，僅是『外末云了下』『云了下』『一折下』或『一折了』等有關脚色表演的提示語。顯然，抄寫者標注這些提示語，必定是提示演員在此處必須表演相關的情節，有念白和動作。如《汗衫記》雜劇在張孝友受到陳虎的蠱惑，不聽父親的勸阻，帶着妻子李玉娥去東嶽廟占卜求子後，有這樣一段提示語：

等外末一行上。净打外末下水了。等净提得徠兒了。等外末扮相國寺長老上，開關子下了。等外旦、净、小末上，云住，交小末應舉科。等净吐（囑）咐了，先下。外旦與小末汗衫了。等長老上，開住。等小末扮孤上，見長老提打齋，坐定。正末引卜兒扮都子上，叫街住。

在這段提示語中，包含了幾折發生在不同時間、不同空間的戲，其中『等外末一行上。净打外末下水了』，演外末（張孝友）與外旦（妻子李玉娥）一起上場，接着净（陳虎）將外末（張孝友）推落水中；『等外末扮相國寺長老上，開關子下了』，演外末（張孝友）被净（陳虎）推落水中後被人救起，流落到了相國寺，做了長老；『等净提得徠兒了。……等外旦、净、小末上，云住，交小末應舉科』，演李玉娥生下一子，净（趙興孫）救了李玉娥母子，十八年後小末（張孝友子）去應試；『外旦與小末汗衫了』，演小末（張孝友子）及第得官後，外旦（李玉娥）將作爲信物的半件汗衫交給他，讓他去尋找祖父張員外；『等小末扮孤上，見長老提打齋，坐定』：演相國寺長老（張孝友）上場開齋，小末（張孝友子）扮官員上場尋訪祖父張員外；『正末引卜兒扮都子上，叫街住』：演正末、卜兒（張員外夫婦）扮演乞丐，一邊叫化，一邊走上場。

由上可見，這幾折戲的舞臺時間前後相差十八年，舞臺空間從郊外到相國寺，顯然不可能是一折（幕）戲所容納得下的。而《元曲選》雖然也有這一段情節，但由於這幾折戲都衹是念白與動作，没有曲調，故都將它們劃入有曲調的第三折中，作爲第三折的開頭部分。時間與空間跨度這麼大的幾折戲，僅僅是因爲没有曲調，故不能成折單列，這顯然是不合理的。

又如關漢卿的《拜月亭》雜劇，一般以爲南戲《拜月亭》是根據元雜劇的《拜月亭》改編的，如南戲明世德堂本《拜月亭》第四十三折【尾聲】云：『書府番騰燕都舊本。』書府，即書會，宋元時期民間編撰戲曲劇本的團體；番騰，即改編；所謂『燕都舊本』，就是指大都的雜劇《拜月亭》。雜劇中無曲調，衹是標注『云了下』『一折下』或『一折了』等有關脚色表演的提示語，而在南戲中都設置了專場，詳細地叙寫和展演，如：

元雜劇《拜月亭》	南戲《拜月亭》
打救外了	第七齣　文武同盟
夫人、小旦云了	第二十一齣　子母途窮
店家云了	第二十二齣　招商諧偶
孤云了	第二十三齣　和寇還朝
夫人一折了	第二十六齣　皇華悲遇
末一折了	第二十七齣　逆旅蕭條
老孤、夫人、正	第三十五齣　詔贅仙郎
末、外末上了	第三十六齣　推就紅絲
媒人云了	第三十七齣　官媒回話

可見，《元刊雜劇三十種》和《元曲選》等明選本劃分『折』的標準不同，《元刊雜劇三十種》是以情節來劃分折，一折爲一段情節。《元曲選》等明選本是以套曲來劃分，一折爲一個套曲。《元刊雜劇三十種》將情節作爲元雜劇的主要因素，而《元曲選》等明選本將音樂（套曲）作爲元雜劇的主要因素。

從《元刊雜劇三十種》的這些劇碼名上也可以看出，《元刊雜劇三十種》有十九種劇碼名中皆題有『關目』二字，如『大都新刊關目東窗事犯的本全』『新刊關目嚴子陵七里灘全』『新刊關目詐妮子調風月』等。這説明元雜劇是十分重視故事情節的，故特地在劇名上標注『關目』二字。而且，從《元刊雜劇三十種》的這些劇碼名上還可以看出，由於一本雜劇的關目多，一場戲的時間不能够演出全本的關目，故可以不演全本，祇演出其中的幾折，或删去一些過場戲或與次要人物有關的場次；或因有的劇碼的故事情節早爲觀衆所熟悉，就祇演其中的幾折，就如明清時期戲曲舞臺上流行的折子戲。但藝人抄録時，仍全本抄録，故特在劇碼名上標明『關目全』，强調是『全本戲』，如『新刊的本泰華山陳摶高卧關目全』『新刊的本薛仁貴衣錦還鄉關目全』『大都新刊關目東窗事犯的本全』『新刊關目嚴子陵七里灘全』『大都新編關張雙赴西蜀夢全』『新刊的本關目漢高祖濯足氣英布全』『大都新刊關目公孫汗衫記全』『新刊關目全蕭何追韓信』等。

而《元曲選》等明選本以套曲來劃分折，一本雜劇祇有短短的四折，由於突出了音樂（套曲），祇有念白和動作的内容都依附於有套曲的折中，原來含有脚色表演的提示語則被删除，情節被淡化了。

二是宫調的設置和標注。《元曲選》等明選本所選收的元雜劇一折爲一個套曲,每個套曲須由同一個宫調内的若干支曲調組合而成,一個套曲押一個韻部,首支曲調標注該套曲所隸屬的宫調名。而《元刊雜劇三十種》的宫調標注没有統一的規範。《元刊雜劇三十種》共有一百二十個套曲,其中祇有六個套曲首支曲調標注宫調名,即《鐵拐李》第三折【雙調・新水令】、《范張雞黍》第四折【中吕・粉蝶兒】、《周公攝政》第三折【越調・鬥鵪鶉】、《三奪槊》第四折【正宫・端正好】、《汗衫記》第二折【越調・鬥鵪鶉】、《東窗事犯》第三折【越調・鬥鵪鶉】,其中《三奪槊》《汗衫記》《東窗事犯》三個套曲的宫調名後缺失曲調名。而從《元刊雜劇三十種》的宫調標注上可見,當時元雜劇文學本的宫調標注與舞臺實際存在着不一致的問題。如《元刊雜劇三十種》一百二十個套曲中有六處標注宫調名,這説明藝人在抄録時所依據的雜劇底本是標有宫調名的,但這種宫調標注對於舞臺演出無實際意義,故藝人在抄録時就放棄,不予標注。而其中這六處仍標注宫調的,祇是偶然加以抄録的,即使不標注宫調名,演員照樣能演唱這些曲調。這説明宫調與這些曲調没有隸屬關係,即決定其聲情或調式、調高。

除了這六處標注宫調名外,在《魔合羅》第四套曲首曲【醉春風】曲前標注『子母調』,作【子母調・醉春風】;又在《鐵拐李》第四套曲首曲【大青哥】曲前標注『古調』,作【古調・大青哥】。所謂『子母調』和『古調』,都不是宫調名,而這也可見抄録者對『宫調』標注的隨意性。

宫調本具有樂律的意義,即限定曲調的調高、調式。但聯繫元雜劇的具體劇情來看,宫調對曲調的調高、調式或聲情並没有起到限定作用。如據元芝庵《唱論》謂:仙吕宫具有『清新綿邈』

的聲情，雙調具有『健捷激嫋』的聲情。在《元曲選》和《元曲選外編》所選收的一百七十一本雜劇中，第一折標注爲仙吕宫套曲的有一百六十八本，然而這一百六十八本雜劇的第一折所敷演的故事情節絶大多數與仙吕宫所具有的『清新綿邈』的聲情不符；第四折標注爲雙調套曲的有一百二十一本，而元雜劇的第四折大多是寫主人公經歷了曲折磨難後，最終得以大團圓或得以報仇雪冤的情節，顯然，這樣的劇情與雙調『健捷激嫋』的聲情不符。況且在同一折戲中，劇中人物所表達出來的情感往往不是單一的，或悲或喜，或怨或怒，交錯複雜，因此，不可能以衹具一種聲情的『宫調』去限定它。

其實元雜劇文本的標注宫調和元散曲的標注宫調一樣，都來自於諸宫調的宫調標注。而諸宫調的標注宫調衹具有文體意義，而無樂律意義。如洛地先生認爲諸宫調的標注宫調衹是一種標示變换曲韻的符號。〔一〕諸宫調之所以要用宫調名來標示變换曲韻，這是因爲諸宫調多爲長篇，牽連而下，爲了引起説唱者對前後曲韻變换的注意，便在换韻處標上宫調名。因此，凡是標有宫調名的曲調，該曲調的用韻必與前後曲調的用韻不同。若相連幾曲曲韻相同，則在首曲前標上宫調名，以下則不標宫調名；即使相連的曲調屬於同一宫調，但由於曲韻不同，各曲前仍要標上宫調名，以示區别。如《西厢記諸宫調》卷一：

〔一〕《詞樂曲唱》，人民音樂出版社一九九五年版，第三二八至三二九頁。

【正宮·虞美人纏】（真文）—【應天長】（真文）—【萬金臺】（真文）—【尾】（真文）—【正宮·應天長】（魚模）—【尾】（魚模）[二]

反之，若前後曲曲韻相同，則在首曲前標上宮調名，次曲起便不標宮調名，如《西廂記諸宮調》卷一：

【大石調·吴音子】（車遮）——【吴音子】（車遮）[三]

元代雜劇和散曲都承襲了諸宮調的宮調標注，如散曲小令一曲一韻，故每支曲調前都標注了宮調名，雜劇與散曲的套曲一套一韻，則在首曲標注宮調名。諸宮調是幾十支不同曲韻的曲調相連在一起的，爲了區别前後曲調所用曲韻的不同，故在曲調前標注宮調名以示區别；而元雜劇和元散曲作家雖然襲用了諸宮調的這種在曲調前標注宮調名的作法，但已無實際意義。這是因爲散曲的小令以隻曲爲單位，一曲一韻，十分清楚；散曲的套曲一韻到底，也不存在前套曲與後套曲之間的混淆。而雜劇的前套曲（折）與後套（折）曲之間有念白、動作和舞臺提示語等間隔，其

[二]《董解元西廂記諸宮調》，人民文學出版社一九八〇年版，第一六至一七頁。

[三]《董解元西廂記諸宮調》，第一一頁。

界限十分明顯，故在曲調前標注宫調名已毫無意義。顯然，標注宫調名對於元雜劇的實際演出，没有任何意義。因此，民間藝人在抄寫這些文人編撰的劇本時，就放棄宫調名不標。《元刊雜劇三十種》中還有六處標注宫調名，衹是偶然抄録而已。而這也反映出了元雜劇音樂體制的真實面目，即元雜劇的音樂是豐富多樣的，一本雜劇的音樂體制並不衹是以四個宫調、四種聲情爲限。

三是脚色體制。《元曲選》等明人元雜劇選本是按主唱者來確定脚色在劇中的地位的，由於一本雜劇衹有一個脚色唱，或爲正末唱，或爲正旦唱，這樣，將正末或正旦定爲一本雜劇的主要脚色，其他非唱者皆爲次要脚色。而在《元刊雜劇三十種》中，按情節來確定脚色在劇中的地位，一是主唱的正末或正旦不一定是主要脚色；二是一本雜劇不止一個主要脚色，也有像南戲和傳奇那樣有生、旦兩個主要脚色。如《汗衫記》雜劇，從舞臺提示來看，全本戲有十多折，這本雜劇是由正末（張員外）主唱，爲末本戲，但正末出場的衹有四折，而外末（張孝友）和外旦（李玉娥）出場的有七折，比正末（張員外）多，若按情節來劃分折，外末和外旦應是這本戲的主要脚色，外末和外旦猶如南戲和傳奇中的生和旦，貫串全劇的始終，兩人經過生離死别，最終得以團聚。

又如《調風月》雜劇，雖是正旦主唱，爲旦（燕燕）本戲，但正末（小千户延壽馬）出場的戲比正旦的多。全本戲是由正末開場的，如在劇本的開頭有提示語：『老孤（老千户）、正末（小千户延壽馬）一折。』『正末、卜兒一折。』這説明在正旦出場之前，正末已經出場了。其後又有提示語：『正末、外旦（鶯鶯）郊外一折。』這一折演正末與鶯鶯在郊外相遇的情節。而且，在正旦主唱的四折戲裏，正末也都在場，故從全劇的情節來看，正末所扮演的情節比正旦要多，如按情節來劃分折，正末所演的折比正旦的折要多，正末也應是主要脚色，正末與正旦也是貫串全劇的主要脚色。

據統計，在《元刊雜劇三十種》中，正末和正旦爲主要脚色的有十四種雜劇：《拜月亭》《調風月》《遇上皇》《任風子》《紫雲亭》《汗衫記》《魔合羅》《貶夜郎》《鐵拐李》《介子推》《追韓信》《竹葉舟》《替殺妻》《小張屠》；外末和外旦爲主要脚色的有兩種：《汗衫記》《冤家債主》。可見，像南戲和傳奇那樣一本雜劇有生、旦兩個主要脚色的在《元刊雜劇三十種》中占了一半。

由上可見，《元刊雜劇三十種》讓我們看到了元雜劇真實的藝術體制，而從元雜劇真實的藝術體制來看，元雜劇的故事情節豐富，表演形式多樣，具有很好的舞臺效果。

《元刊雜劇三十種》所呈現的元雜劇藝術體制及其所具有的舞臺效果，在現存的元雜劇文物中也可以得到印證。山西臨汾（元代的平陽）也是元雜劇的發源地，今天在這裏還遺存着許多元代的戲臺和元雜劇藝人演出時留下的踪迹。如山西洪洞縣明應王殿有元泰定元年（一三二四）平陽忠都秀戲班在此『作場』（演戲）的壁畫；在山西萬榮霍山風伯雨師廟，有元大德五年（一三〇一）張德好戲班在此『作場』的刻石標記。這些戲臺或坐落在村落的廣場上，或坐落在寺廟内，當時在這裏觀看的觀衆多是下層民衆，他們看戲時除了觀賞演員『唱』的表演技藝外，還要觀賞演員的其他表演技藝，如『説』『做』『打』等。而當時在這些舞臺上演出的又都是以演戲謀生的民間藝人，他們爲了獲得較多的收益，就必須讓自己的演出能够得到更多觀衆的喜愛，不僅故事情節要豐富，而且表演形式也要精彩好看。因此，在這些舞臺上演出的元雜劇藝術形式，必定具有如《元刊雜劇三十種》那樣的藝術體制，否則就没有人來觀賞，也就影響其收益了。

然而，迄今有關元雜劇的論著和教科書在論述或介紹元雜劇的藝術體制時，多以《元曲選》等明人的編選本爲準：一本四折，一折一套曲，一人主唱。一本雜劇衹有短短的四折（場）戲，故事情節簡單，表演形式呆板，而且由一個演員從頭唱到結束，即使具有最好的嗓子，也很難承受的。這就難免會讓人對這樣的雜劇體制産生『誰能演，誰來看』的疑問。而《元刊雜劇三十種》所呈現的元雜劇真實的藝術體制，正好解答了我們『誰能演，誰來看』的疑問。因此，今天整理和影印出版《元刊雜劇三十種》，對於還原元雜劇真實的面目具有重要的意義。

目録

古杭新刊關目的本李太白貶夜郎

駕上云了　高力士云了　太真云了
祿山上了　外末宣住了　正末扮上開
小生姓李名白字太白曾夢跨白鶴上昇吾非个中人也
【點絳唇】鶴夢翱翔坦然獨向蓬山上引九曲滄浪助我杯中
況【混江龍】忽然脹皮開放似一竿風外酒旗忙不向竹溪翠
影決恋百花市清香撒袖拂開三島路醉魂飛上五云鄉甘
心致仕自愿帰休致陽士氣流漳吟滨不求名不求利魚不一
单食一瓢飲我比顏回陋巷跡只爭个少深巷嘆人生祿二差靡
吾奢又
見駕了　云了　小生三郡州酒肆之中飲了幾盃
【油葫蘆】常是不記家息出建章身跟踏把一領錦宮袍當著
御炉香臣醉淹淹一點薰香滴醂似禹門三月桃花浪記當日

設早朝沒論的只帝王堯舜都只是江湖客忘辛苦有甚的困
枯腸【么】宜里御手親調醒酒湯喝香未待嘗學士這筋節
曉得怎禄我心上在不也公堯里窮斗內豈那一回浮生空自忙
駕云 陛下休小覷這酒有幾般好處
【那吒令】這酒曾破鄒公閽泊瀉這酒曾助上了風雷勢況
這酒曾消汰了乾坤氣象想為人百歲中停半子有十年旺
有多少時光 駕云了
【鵲踏枝】欲要臣不顛狂不荒唐咫尺天舜破中原鋪起刀鎗
整理乾坤紀綱恁時節有人商量 駕云了
陛下道微臣在長安市上酒肆人家土坑上便睡少那的
是辛士平好處 做住了
【寄生草】休笑那遶廳坑闊矮床臣便似玉山高臥仙人掌
撥嫩摩銷金帳便似擊龍埃入平康巷子這一席好酒百十甕
稱多少五陵豪氣三千丈 駕云了

【幺】舒開展免教磨滅得墨有兒就霜毫寫出凌烟像丈場中立
定中軍帳統兵來拜起元戎將那里是韓元帥保章帥當面便是
我醉中物了反魔狀
駕云了　陛下問微臣道我時不喫酒
【六么序】何時静今日狂但行處酒債尋常有盡黄粱典盡衣
裳知他在誰家里也琴劍書箱這酒似長江後浪滋哥樓酹量
琳琅筆尖兒鼓角声悲壯蘸霜毫寫今換皇三十文章
駕云了
【幺】須等蛮王見了吾皇意轉郎酒態軒昂詩與飄揚劄撿了
金鑾殿上微臣特醉一場紫綬金章法酒肥羊幾時填還微臣這
臭肉皮囊全賴着帝主大合與旺交言所傲横枝兒遮莊陰陽肚兒就
喚得着來肝從此二君臣又分只有子母情腸
【金盞兒】俺一百二十行三万六千場這酒似及時雨露從天
降常陪侍御筵三勝狂样臣那里無憂也月影鸚鵡水二郎

這里鳳凰歡舞地，遠貴妃戲拿場。
禄山末寫詞了

〔鵲踏枝〕兒娘二捧硯將人央，不如我看翰引盃長生把个壺。花鏡里粧做了个水墨觀音樣，這孩兒從懷抱里看生兒長子。一句話得他小鹿兒心頭撞。

〔金盞兒〕于殿里閑宴出紅妝，咫尺想像賦高唐，瑤臺金籠錦幃屏，燭煙濃，噴洗兒湯，不爭玉樓笑翡翠，便多錦屏閑看鳳凰窠。今宮墻園苑鹿都是金殿鎖死央。

正末做脫靴科　力士你休小覷此物

〔後庭花〕這靴曾朝踏華路霜，暮登天子堂，軟趁殘紅片，猶沾落紫香。我若沾危邦這的多脫身小樣，不合將足下央。

末出朝科

〔尾〕那斯主立定亂宮心，醒醉有設天謊，倚仗着漁陽壯娘全。不在白玉堦頭納表章子，信自、被高兒里頭首城隍，我說道有利

名揚佯做个凡狂指點銀瓶索酒嘗俺交謫臣每數盃至至尊把
我屈央休想楚三閭肯跳汨羅江　下
駕云　外末進宮了　駕旦外一行了　外做宣末科
正末扮上了　引僕童上了　海對着此景却不快活
做交小童斷酒ㄒ　小童此處先華你自迴去如是朝治
◆里官人每你道我在這里　僕童下　末做住
【端正好】甫長安花先數宴時間賽春景乘榆堝得你罪鄉中附
塞定賢門路俺不合殢樽中物
【滾繡毬】這酒壽考然雪沾弄琴母劍與便大交我眼爭兄死
生先路末不仕途中兜我胡突對着山河共帝居乾坤一草廬
便爻我岳堂深處那赫蛮能似酒面上浮蛆不恋着九間天子
長朝殿留如三尺黃公旧酒爐但行處挈榼提壺
力士云了　篭马上了　做尋末科　見住了
力士云了　你道是我在此處先好怨我直喫的

【□□子】秀章良花裀綉褥句嗅的明月長銀臺照燭自有春
厝醉後扶怎和那兒女輩微充徒做伴侶

力士云了　你朝治里不如我這里

【後庭花】禁庭中受用処止不过皓齒歌細腰舞閙炒二物知其數這其間撥公卿似有如充奏梨園樂章曲按霓裳羽衣
一声二不叶音律到不如小櫓边酒瀉真珠你那里四時閑宴
充犯匪我這里万里搖舡提醉魚肩搖紅湖

力士交末上馬了　力士我醉也只怕去不的　上馬了

【脫布衫】花梢鶯燕子鶯啼鶯湯蝶翅蜂須玉言迎桃腮杏臉
金蹬挑落花飛絮

【醉太平】不比趁雕輪綉轂遊月芸二云衍又不比荔枝千里
皇都止不过上天街御路全不似數声哨鳥奪人住他子大一
报行色催人去我怎肯蒲鞭花影侍人一言晓出

正末外末了　駕旦上了　云騎馬上了

【倘秀才】常好了光祿二花簇錦攢又來到鬧炒二車塵馬足試參少白日明窗過隙駒勝急便更疾如狂風驟雨

末驚驚了　旦駕了　駕怒了　末見駕了

陛下不干臣事是陛下馬的不是

【叨叨令】鳳城有似溪橋路落紅亂點蒼苔冒綠淡烟深鎖垂楊樹自此上玉驄錯認西湖路委實勸不住也末哥又了便似跳竜門及弟思鄉去

等云了　末飲酒科　駕賜衣服了

【喜春來】又不是風流天上新人物子是个落托長安旧酒徒怎消得明聖主賜一領濺酒湛身符

【[illegible]】也不宜幞頭象笏玉帶金魚金貂撓撲英紫朝服旦[illegible]再洪欽天之美祿倘或間少下青覓也渰如鳳城春色典琴沽白馬紅纓當之余披一襟瑞靄出天衢拂兩袖天香下蓬壺頭[illegible]

史二二行过長安市上去便是大臣衣錦不还鄉去

末爭醉出胡科　古人尚然如此

【四煞】想伯夗伶教尺坡頭上謊恣架上三封天子書鼎鼐酒吏

壓有教旱恩澤洗沁甘露上渴青蕪講頂醍醐怕我先嚐後覓

散打令姚高俛寬站月明注浦春醉酒久虎し

太真祿山送末了　出胡科　末云了

【三煞】娘〻甚酒中真聖真賢婦祿山甚才上李明大丈夫止

不过我呈溫凉布名火浣旋置玻璃樹長珊瑚犀瀅娣水巷織

裝濟蘇捲蝦須真珠琥珀紅瑪瑙紫琲璪

【二煞】這个曹手扶万丈擎天柱這个曾口吐千年照殿珠只

消的一笺〻〻毫紫泥白紙寫万古清風不勾一醉工夫怕我注

直戟草一卦數黑論黃寫倣描朱從頭至尾依本盡葫芦

【尾】那兔安祿山乂子合怒子兔楊貴妃賊兒膽底虛似這般

忒自由没拘束猛轉騰〻信步路交近南蠻至北陷接西边去東

魯一任多半我余那里是凄凉地棲楚鮮袖無肩仕女圖似我

軍人憤日二踈待賞功娘一紙書巨大北大南雁一兒忽地兵兵
起士卒六疆兵駈入帝都一戰功成四海拈得手如还入宫宇
一就兒毒不丈夫玉砌珠樓盡交付燕多少燭滅烟銷帝業亏
十万里江山共宝物和那花朵兒渾家做不得主　下
一行下　祿山巨云了　外宣末了　正末扮參酒上了
[紫花兒序]只被宿酒禁持壽騰系浩然之氣幾曾明白見一个
烏兔西飛今白酔郎中如混沌初分天地恰办得个南北東西
被子規聲喚回春睡[醉春風]一壁恰空得錦袍干又酒淹得
杉袖湿半醒時猶透頂門香不喫時怎由得你二鮑閣得半盅
兒成非是我一心偏好子為你滿朝皆醉
[迎仙客]比及沾雨露恨不得吐虹霓滄海倒傾和月吸向肚
紅獅甕盆里不說伯壽筵席柱草夕了遮日江山羅
[醉高歌]脚列趄登輦路花基神光總步蹬皆玉砌吐了口中
涎撥捺定心頭氣勉强山呼万歲

正末上 云了

【六么遍】疑怪琵琶拌人用錦重圍不聽得月殿樂聲齊柱常恐東風吹与外人知怎想這里陡漏天機知他那塌兒醉倒唐皇帝空有驟溫泉一派香他又先落花輕浪波收細怎生漾走到武陵溪

外末旦做住了 外末同旦与正末礼了 不想如此

【鬥鵪鶉】恰才个倚翠偎紅揣与个論黃數黑子他行怕行羞和我也面紅面赤誹大兩白日細看春風玉一團都是芷所為要做个抱子攜男末不成 回乾就溫

力士云了 一同与正末把酒了 末笑科

【普天樂】不須你沈郎憂肖郎瘦易就末安營擺布撐星五更噢的尽醉方歸折末藏甸鉤鋒采伯幾楚國公臣臻二地作二噢一田呂太后筵席穩使彼杏鸞交鳳友休憂彼蒼□燕子休推彼蝶使蜂媒

正末云了　外把盞了　末云了

【干荷葉】末的盞不曾推有的話且休提准備着明日向君王行主意的緊支持刀蹬的厮央及被我連珠兒飲了三兩盃子理會酒肉壇場喫

【上小樓】這孩兒何曾夜啼先些驚氣嬌的不肯離懷撇㦤那步怕兄独立三衙家走定省耨娘扒背兀的從宮中來年十日

【么】穿了好的喫了好的盛比別人非理分外着衣搭食甚時曾向人前分明喘氣他一身兒着當竭力

力士我只道宮里宣喚誰想如此　旦云了

【尚庭芳】你心知腹知宮中子母村里夫妻覷得俺唐明皇顛倒如兒戲我不來這其間敢錚被推二得了兜不語一官半職做了个六証三媒乾了閑昢氣又道我虎嚇你酒食怕悮了你受月夜眠遲

正末做出殿科　外扯住了　外將劾枝上了

外與正末喫科　末取物辛科　云了

我本太宰一个末　郤辛个你兩个

【快活三】沾拈个不摘挪廝胡突不伶俐只壓着玉枝紫白蓮

醲錦板醞官里更加上些些忍辱波羅蜜

【鮑老兒】若是俺摟定舌尖上度与喫更壓着王母蟠桃會更

做果木叢中占了第一岂這廝有多少甜滋味壓着商川甘蔗

番陽竈眼杭地楊梅吳江乳橘福州橄欖不如魏府鵝梨

覷旦科

【剔銀燈】恣業眉兒頻鬢蹙殘青兒一帝驪山翠香塵暗宮闈子

是子孫司里酒病花疑子為个肥肌体把錦幃撐煙幔帳垂簾

燃了張盖世界的死央被這張紙於官不利作云嬌羞掩霧簾

低垂那里是遮藏丑事護身符子也是快發路私情奧章集看你

执錢怨勳捧硯區驅朧靴面皮　（旦）你閃我那里去

【蔓菁兒】一頭嫁了鶯花地直赴俺蓬萊宴會碧桃間拂面兒

吹嘗歌声聒耳如雷鼓蛩風月粧詩興倒捲江湖此酒盞偃仰

在長河内抖擻冠簪顛倒衫袖淋漓

我知道又二

【五煞】乃沒処发付咱便思一声宣唤你這場揆應神仙衆我

閑来覩去胡金闕不記誰扶下玉梯這嘍啰豈鬧中取静敵後

添愁【四煞】你覩上覩我鬼中鬼兄用如碧澄澄綠湛湛清吟

水於氏只解滌塵垢润国侶胃洗是非水共禄山渾相類兄了

些浮花浪蕊玉骨冰肌【三煞】太古里家不和隣里人人分践

也覩子𡟒不求金玉重重貴你性情之外別無想除睡人间揔

不知謊得来死巴臂不曾三年乳哺一刬合肥

外末共旦云了　做指禄山云了

【二煞】拈起長篙攩是笑交千年万古傳於世看了也中有安

频如去路上行人口勝碑兒曹悔之晚矣帰去来兮

【尾】沒使逞罷李翰林忒長見况楊貴妃見如今鳳幃中搂抱着肥

兒錯更那里別尋个杜子美　下
【[illegible]令】謝你个月中人不弃我這酒中仙向浪花中死而无怨
是清風徒夜飲殘宴漢火斟愁眼眵眼的湖水渺渺浮逢似擔
林院【[illegible]】想看天子三宣翠袖双扶不上舡不如素娥捧
勸臣臨一欲倒垂蓮秀楊妃趺蓮屏夫乃婦之天釣風波只似
鉤和線魚然在海角終身日近長安遠
云　我想此處亞不險如与他毎鬧〻炒〻地
【沉醉東風】恰娘〻大子金壺發前又來到楚家營鸚鵡洲邊
自休晝從達罷旱遊流〻水地三千待交我蓑笠綸竿守自然
我比姜太公多乘个遠【沽美酒】他被鶯兒黑厭利使枕頭上
納陳言又子賤臣掌書捧那里肯李善薦賢他管家鬼自延禧
【太平令】大唐家朝治里竜蛇不辦禁幃中共緒衍同眠河洛
間途俗皆現日月下清運不変把謫仙盛殷一年半年濃絹尽
[illegible]滿面【么】小生終日与酒為念

（鬥鵪鶉）匯如川鷺鷥兒武陵原外央不鎖芳金[illegible]綠蓑衣
我甫和煩酒里坐酒里眠紅蓼岸黃蘆堰壘[illegible]白金馬門瓊林
宴（紫花序）尋誅明注拼水面李太乙（浮舟過）（[illegible]）鬧二炒二揣
二書二張筵開宴良到揭拼着占還遂正稚子妻兒痛哭嚎咷
李衣帶恐早解[illegible]如炮（[illegible]）一時間塌[illegible]流的水推舡不
比西出陽関比待君徒發特[illegible]受青山住東風撇首吟散流
落似守酒罷独醒屈原配今似[illegible]差發良長嘉鷂納了一片皇
宣撤下帝門良賤對十五年[illegible]愁不[illegible]悉[illegible]向水底天心两
下里園园　　末唐下　　水府龍王一齊上坐定了
（[illegible]）盆戰門開兒隊仙坊章神細說根元向人鬼中閑論
廻里面又轉生一遭（[illegible]）趕科還跳龜眼[illegible]元翁[illegible]黃
泉魚跳深淵不見九五數飛龍在天望海頭[illegible]（[illegible]）
伍狀见面怨生年那里取禹門浪急桃花片玉溪月扁木[illegible]舡
[illegible]浚露濕芙蓉面（[illegible]）他虽死帝王宣文武双全将相双

虜鸞駕奇偏此宮門深似海我怎敢酒渾王大如川憶上元方寐
鳳牡丹園長梧桐院深子寫新詩彈軃綺羅延彩袖濕翠歌獨相隔
有水中原先旅店少々相會文大夫在傍窈窕天和公守根前張先
錦可冷兒泉水猿尽皆全集列着一園圈可甚玉簪
珠縷絡二千比長安市上酒家眠兀的不氣喘自明孫枕夢然
全谷谷諭沐才鳥豸徹賞家逐還報徹酬了鸞花志補完
了天地缺尋常病死此三玉山低趄不合保他短処切便將蒼究
恨雪君王行廚閒洗听讒臣耳畔說尽嫌々冊風斷下江海不
暫歇采石渡逢今部友人將筵會設酒盃來一飲踏正人闌々
淨也波心中猛覷絕了水捨飲㪺三手扱狂脚列趄探身軀將
丹桂折自此上醉魂泝灯焰中秋夜禄尽衣絕舟相
逢水底撈明月生冤業死填別公番去舟那里永也　下

古杭新刊關目的本李太白貶夜郎

新刊關目嚴子陵垂釣七里灘

公姓嚴名光字子陵本貫會稽嚴州人也自幼年好遊玩江湖即今在南陽富春山畔七里灘釣魚為活方今王新室在位為君一十七年滅漢宗一万五千七百餘居他劉後患天下不把這姓劉的投拿有一人在舂陵鄉白水村姓劉名秀字文叔歎呼為劉文叔改名乙去金和秀才定常以我為兄相待近日在下樹李六公莊上閑攀話飲酒想漢朝之末

【點絳唇】開劍高皇手上天[illegible]貴淨尚[illegible]相蕭何韓信張良自平帝生王莽

【混江龍】因漢朝衰微將禹夜獨夫殷紂滅成湯至孟津吊民伐罪至承五字[illegible]成王剛四十五年拱嚴郎朝來鳳弟一[illegible]趕秦[illegible]湘流中淨系昭王自開基起運立国安邦坐籌帷幄竭力疆場百十万陣三五千場滿身矢簇遍體金瘡刀槍草[illegible]稱咏入賜來曾立兩行墨跡在史記中卻早臥一丘新土在芒山上喚人這等田只如蝸牛角上宣似[illegible]螢尾一點光芒

【油葫蘆】劉文洲打嫩何故來一會[illegible]家自暗想怎生來今日眺了時光他子在魚洲攬住收

儘綱酒旗搖處杏村酸暢情時酌一壺開懷時飲幾觴知它是前年尚自
死中年尚兀自醉不到三千六千場【天下樂】則怨的王新室官家壽命長
我這里楚霸王有个意思況俺乾坤姓王的由它姓王它奪了呵奪漢朝莽了呵
奪了漢邦到与俺共處人每當下醉鄉【那吒令】則咱這醉眼觀世界
悠悠蕩蕩、則咱這醉眼觀日月不來、往、則咱這醉眼觀富貴不彷
攘攘、也醉眼寬似滄海中咱醉眼充高似青霄上咱醉眼不識个宇
宙洪荒【鵲踏枝】他笑咱獨的來不依羌舞的來並顛狂俺不出出名
獨步當朝則是天堂富漢每得菜湯穿襤衣出眾家有一日發家私做狗
令生涯【寄生草】我比他吃茶飯少个飯能我比他穿衣服少个暖
涼酒添的精氣能榮旺緊裝的皮袋偏肥胖衣穿的定暑難侵傷看莊
人怕悟是准癡他不識高皇老在梧桐上【六么序】您將他稱賞把臣濟
那斷則是火焰帶兩留道對狼咱人但曉三辛但識撥是忠孝賢良但侶
般光怎肯受王莽室綮便金辛時丈今完眼通身細有何多少馬壯人依故
年廷号時尚正奪了、劉家社稷与奪了漢世封疆【么】偏江瀟湘那厮模樣

休題你佐寺那的吾哥劉秀光漢室忠良以論商量引鐵刀劈產八門甚擺地下
杞宋晚了這些來木驢寨將閙市云南子抑猝去六道要丁街上做大家猖
一場不爭你動起刀槍天下荒、正應道黄山奠傷人乾坤一片青羅網陷人
此是太壽高佐您漢家枝葉合與四兒做個不天排地拾國破家亡
【白鶴兒】你道我吞盞兒醉着村醪醁兒少吾忽況弦如這着稍畫美金
盞兒突缺那玉觴玉盃內飲瓊漿和也做音察盃兒斧沙仙兒列金釵十
二行裙擺的環佩響樂金蓮羅襪香拎滴的宮樣㸃纖纖手內將美金
盞面上斟琥珀僥倖隱藏【貴四兒】那裏面暗隱着危々沒々千文你說波
使腦的有甚深傷我醉了也喃余倒西歪終不妨我若爛醉在村鄉着李
二公扶將到弟兄家堂上鼎彘臑蓬忽剌章帶清涼山木筑也相把一碗下衣
裳敍歳做忠腸任百計于甚奴倒大來免慮忘憂納被蒙頭任魚鴬鶯貝許好
您掌打侯王遺斷濕屬官衆牙床泥塗坑【賺煞尾】平地上高乏水面
上張羅猖一身准擬村哥相次鴻鵠志矛腐天一充揀深山曠野潛藏漢
竹粤英勇成敗皆盲槐淡做个錐木斧槊曲矣贏麻繩挧着条回嗒杖我則待

駕孤舟蕩漾越五湖烟浪望七里灘頭聚舟短棹簑笠綸竿釣香餌釣
斜陽【鬥鵪鶉】我把這綠簑衣做交情簑衣爲伴侶這綠簑衣遮了些冷
霧寒河簑衣遮了些斜風細雨著江外戲沙面千層雪白鷺頂兒絲一
縷白日坐一襟芳草細晚來宿半間茅苫屋想從前錯怨天公甚也有
安排我又【紫花兒】您道我不達時務我甚文分遊世嚴陵釣幾尾漏網
的魚曾怎禁四蹄索三足金烏子個倜儻了些成敗與亡閑了些今古
浪淘了千古凡流人物昨日個虎踞在咸陽今日早鹿走姑蘇【金蕉葉】
七里灘從來是祖居七輩兒不知得禍福常是避迭遊蕩頭景物我若是不做官
一世兒平生願足【調笑令】巴到晚看著天隅見隱隱殘霞三四縷釣的
這錦鱗來蘸雲間藍中嫩正是收綸罷釣魚父那的是江上晚來堪畫處抖
擻著綠簑歸去【鬼三台】休停住疾回避去不去阿杯惹的我恁言潑語
回奏與您漢天子休佮俺閑人受苦是剗靴緊行將我二足妙撲的帶過
擁我頷頦我手搖的是斑竹綸竿怎兼得你花故象笏【禿廝兒】
您那有蔡京們抱笏不如俺吾狗東新溪活泉與青山歸來開圖畫王宗

上街今番皇帝是言宣座【聖藥王】我在這水国居樂有餘你剗我有高官不做
待剗居垂綸止不過這清貧俸祿輕呵但抹着盛了九族不用一封天子詔賢
書廻去也不是護身符【麻郎】我尽說与你肺腑我共您齊馬與俺乃
个常進名南陽酒户醉酩酊不能家去【么】俺是酒徒醉餘睡處又
早甚把犢秀褥我布袍袖將它蓋伏常与我席前兒李樹【絡絲娘】
劉秀个醉屢你同眠抵這我您去它手裏三叩頭揚塵拜舞我說未
的言詞你寄將去休忘了我一句【尾】說与你劉文叔有分付處別處今
付我不做官呵有甚眾婆撥付您那襴袍靴笏我則知十年前共飲的旧知交
淮溪的甚麻台中只漢光武
正末与劉文叔酌別之後了經十年光景他如今做了中興○○宣命我
勇三次我不肯做官您不知国家興廢漢家公卿笑子陵 子陵
遠笑漢公卿 一竿七里灘頭竹 釣出千秋万古名 云山蒼蒼
江水泱泱 貧道云了 山高水長 主人宣命我勇次三四到我
不肯去則做那布衣之交時作一表請命我將百聖聖的

的皇只能乘干戈未雨之先克除僭亂雨之武休說君臣相待則做不
咱友相看也索禮當一般【紫玉簫】高祖般性寬洪文帝般
心明聖可知漢業中興雨我不得丹詔修書清更覆宣一命
【滾繡球】歲子廢兵不成故廷我是个道人家動不如靜怎
我今番索通个人情便索登途沿程怎禁奈官禮郎相敬豈辭
勞鞍馬前行不免的手攀手乃月未天惆我子索袖拂塵風入帝
京怎得消停【尚秀才】來了我呵閑踏馬在湖邊失驚不見我
呵漢父在磯畔漫等來了我呵釣臺上青苔印腳生蹤其間紫
門靜悄悄茅舍冷清清料應【滾繡球】柴門知它肯也不肯入
笑却是應也那不應荒蹊了俺那柳陰花徑有宿鵬來呵休入
出戶相迎到初更宿半醒猛想起故園景忽然感懷詩與對燈
窗斜月似挑灯香馥馥暗香浮動梅搖影疎剌剌翠芭蕉交竹弄
聲減旧傷情【倘秀才】見旗幟上月華且猗溪的長長帝民以來
乃從是百般的不踏塵蒲帶老俺吹不知您帝王情是怎生【滾繡球】

扯鳥鳶却是惫也不應你民人却是驚也不驚更做這一人有慶漢君王與
婚姻將鸞駕列朝處施呈他出郭迎俺旧伴等待剛然我根前是婚他帝
王的權柄和俺釣魚人莫不為国和争奇鎮々戈也鐙拏當的罷叨是々
武金瓜迯路行我怎敢充塡朝廷[尚秀才]他狂常穿一領破布
衫被我常扯的扁禁旦頃它和々穿的領粗麻袍我若是拴抹
的淡多大来那名我則似那草店上相逢時那个身命便和您叔
交情做的那伴等[劉秀末]授至得帝業興家業成四方寧
靜至了幾个場虎鬪龍争則為我交契情我才打所到處委
是尚遭塵民百姓最是的是暮秋黄、嚴凝那說你須知俟漢功臣为不及漁
匠一片水端的是犯怕神驚[嚴子陵]則为你般調人多字功名軀禁人
干世浮生一个楚霸王拔山舉鼎烏江岸刎末了當頭[小末唱]却則為斷
尚恐吳开起兵那英雄也並高祖功成遭賊王莽篡了漢廷有英命在楚兵中
兵[云]為漢遺情心内自思俺建武十三年八月朔程王莽篡室有百万兵囫你在
毘陽陣那英雄也半籌的刀兵來時依旧照崇亭[正末唱]血

古興亡成敗皆由命定若是你不患誅知何爲太平自從祖公公昔日淮彭越英布是
死義斷生不農器忘了真竟豈不識王與如何爲饒日明知你心弱至若不
是大漢王英雄併力你獨自个孤掌難鳴【四煞】爲民樂業在家爲居名農的欣
然在龍壟上耕遂你爲君扶社稷安宗廟怨浪細漸增春露都恩到爲霑秋
霜何是星百姓每家家慶慶道是民安國泰法正官清【三】休將兵刀事提
英將曆面塗碳歷覆蹤似南陽與君相逢不飲空將去我怕聽陽關第四
聲你把這羌爲泥休交剩我若不今十分醉酤怎解咱發我惆悵【二】你也不
是我的君我也不是你的臣咱兩个一樁兒罷先言定若你不忍去來夜遲
了去我又七里灘途程來日登又不由更了名姓你則是十年蘭活潑剌秀我
則是七里灘垂釣的嚴陵【尾】您每朝聚九卿你須當起五更去怕遲呵
俺則勇銳文武在丹墀奏等俺出家東兩被蒙頭黑甜一枕直睡到紅日
三竿由兀自喚不的我醒下 ○則想在咱卻待細兒之途使指望回來也那七
里灘去來不想今日又請我做排匯筵席【新水令】因思的野人心直賞酬我又
宮宴英烈英烈我我恨是何獨待待剛來只是矜誇壞金殿字日照琉璃玉樓瑩

京兆省裏玉殿金階我身的草舍茅齋比您不寧差夫役也萬民盡【太□令】便作□□
洛陽歸去口猛然間那聲兒降九霄是七里灘朱頂仙鶴任碧雲間將雪翅開定
古甩劉皇宣搽我來他為甚遞聞在閑手的身不是我的仙宮若是我的可則不
官來和他那獻案來抹撚出到來我山野的心常在俺那里水巡盤山如畫
下西我見景生情觸物傷懷　〇俺那七里灘好道好景致麋鹿啣花野猿
獻果天灯由見鳥語成號　禽有禽言獸有獸語、【滿□金】俺那里猿猱
會捧手仙袴長翅把人情都辭來濁覔與凡塵我在綠柳堤邊紅蓼灘頭白
蘋渡口對這共沙鷗鷺鷥凝梢【[illegible]】凝收民歡喜醉倒來回來俺出家兒戲
昆明放浪形骸我把您三六君宗臣是職光把您花向您君的緊行並吞天
四海為臣的緊鋪勢同甘共苦我[illegible]與您所我不、人才有那些不染塵世
不識只寒張宗傾偃山崖鬆網擔柴[illegible]將來則那的便是、才〇敢也不敢
中山　中　我問您陷【[illegible]】御[illegible]擔一擔一擔務地陌上金堦宮
女將我攙扶策把嚴陵來採搽青【殿前歡】採策的我搖搖擺擺術七里灘
的魚[illegible]一陀出龍門外似蒼[illegible]上[illegible]倒[illegible]不把我緊摘的擔將下來

宣政殿初與您君臣每要豫留穴大大古里是當不從不勞三尺法皆
尚兀自失手打破這盞兒可索一裹有錢竹七里灘陪淨過【水仙子】我
這里輕擔袖手舒開嘴飲了頭盞後落黃欽絕時放的穩拖加額由俺君使碗
亂好不自在您爭如草茅上倒淋漓不想與禍患不知覺是利害物好閑東金
玉腸延淋【[illegible]】我在江村集往被更是醒上來俺則有細鹽和的半盞兒美食
芙蓉稻飯小錢兒把皂果攙錢兒這般待大驚小怪　我則待回七里灘去
【[illegible]京馬】九經三史文書袋都一千場高披山河跳高嶺燕蒿菜草人介塵埃
這建祿垂爪高閣上是禍害鳳凰竜樓包裹成聚您那垂是辟殿竟皆職光
則是兆出一十八丈尺被是水海

正名　劉文叔醉臥三家店
嚴子陵垂釣七里灘

刊關目嚴子陵七里灘全

大都新編楚昭王踈者下船

[illegible]斬了賊臣封了兄弟新安治楚國無[illegible]若是伍子胥[illegible]
恨忘了先帝怕來時節我當屬斬了功臣罪下[illegible]
國雖安子胥[illegible]勸直言諫早背乱言[illegible]臣叛[illegible]
王有恨二人激發願一席與子胥勝天番地乱包胥勝國泰民安
者是伍子胥船臨多成多敗非易非難一竜雖水二虎交山只
為臣者乘時相分頭九間大殿百尺高千載則是側身[illegible]
手遣塗炭伯的城荒國破楚帝子是[illegible]斬了
功臣面未乾天好還夢中[illegible]西沉朝退[illegible]
東上[illegible]漸宮晚漸將御酒嘗恰將御饍食夜深沉困卧才合眼
[illegible]子見鐵甲將軍夜過關非干不奈煩他將[illegible]
父根[illegible]倚天下友子為咱將少以此上心[illegible]
[illegible]常[illegible]九間列[illegible]

會一番那里取這般忠孝人英雄漢頻剣搖環【滾繡毬】秦[illegible]
怎敢為顧西軍奏不敢遲擬杜住秦宮五國交他皆出遽閃在八十國臨
扶氣[illegible]眼恍的四國貢文武如[illegible]【倘秀才】元帥安穩坐金堦之平王
情〻山當的則有讒臣反臨危起兒忠臣慢出師不听讒臣[illegible]尚
[illegible]借吳兵[illegible]報五將軍寺[illegible]常把成王扶正周公旦【么】[illegible]何[illegible]長[illegible]
帰去急忙辭伍去路途稍不過那擺古衣垂傷[illegible]
[illegible]頭洞小可[illegible]君騎高馬遠去棧你休[illegible]但山高水遠[illegible]三千[illegible]
等你錦衣秀襖軍十方【么篇】你道不可借軍還[illegible]遍三十日
却的身安信寄寡人心天晚早遣了初恨借秦兵登旧路[illegible]走衣
將開為其早文賢臣還[illegible]國子[illegible]虎將过昭関我要[illegible]當[illegible]不得入國
威你休許得五百里【[illegible]】你去淩我夜昔变到至明了意要到晚昔見秦[illegible]
公[illegible]你子是必幽[illegible]身將火[illegible]秦你休問滾
大[illegible]你[illegible]可為軍民
[illegible]你[illegible]他与那兄

雲黃兇蔡心惜吳兵應口难楚国青春过昭関皓首柳盜跖為先鋒
孫武子為師苗憑敵々雄糾々早是吐覓箴蓋敢可更精神抖擻
[illegible]將他乾坤中孝蓋英雄來根耶殺父母冤讎俺弟兄每皆齊將
懸子母收留你好悠遊兀的是裁処佐歌氣処愁你好不交死讎君皇后
你御宴上開懷杀場上鏁頭〔[illegible]〕眼前煩惱腹中愁淚落在盃中
酒痛淚偷淹錦袍袖死臨頭便道鎬封未将香先爇逃進罇笛盞吉[illegible]
剔皮割肉休想一醉解千愁〔[illegible]〕你道簾櫳齒空無王把勾風送
兵塵淵器樓俺殘生頭刻休懲妲生疾快去〔[illegible]〕你道腰勝拼
贓如勾士家敗国前甚蓋身倡海底沉舟倚水上浮鷗低多少凡
雪眷老愁急蔵不敢擡頭意遲争忍迎時只不做声覓吳淚不做䶆
見流不自由怕心去意難留〔[illegible]〕他每是有些父兄讎可
歲一日兀常万事休恨心不捨韜尸首祗三千个武士伐討打
的皮肉纔碎了骨頭兀的是和後怎心生干休〔雪裏梅〕
俺不曾劃蓋摘星樓又不曾聲叫天誠諸侯把俺祖宗凌

待教兒孫尊敬弱齊著他軍權在手【[illegible]】伍子
胥除夫可害楚昭王兇她與生申包胥存國難救百里
奚你可甚當權擅專秦莊公卻甚納諫要流你妒賢嫉能百
万般翫手段但天力才生眼爭人的見死不救望人急怨偎覩顛
倒火上澆油【正末云】馬到臨敵軍乱走搶奪鮮血衣流是他腦
憂杀人伐争戰君臣晉宋把投難休【正末云】他搶作他馬作處
五六行她下滚死人頭喲見悴休一鼓收片時間血濺了鳳
凰樓休想分破帝王憂【外旦云】您叔姪每免憂俺夫婦
身殞頭俺把你救生咨救你抱攙閑休泄漏俺兩口死後了子
怕一家兒潑水難收四口兒都遭儉勾幾輩兒君王絕後【絡】
【外旦】救您叔姪命則合藏舌閉口講甚君臣礼誠惶頓首
子怕扶侍君王不到頭寡人依鄉所奏【唱】文班武職難
收救最緊的是滴親四口他審可眼見的去前殿後宫里
慢子色向深山大林里去【[illegible]】一男征夫臨潼會你為

恨，肩憑着一條三尺昆吾你教了姬光代了吳帝不合
卻撇他兄弟公子落雁沉魚乱了君臣諫剮了子父【[illegible]】
【春風】是你送了五員臣是你昏偷明聖三國從盤古到
如今數數，不曾見暮君王江山誤君王社令揭巷三墳
基【[illegible]】吳邦助着子胥要國陷了包胥乱弟
兄荒殺子毋急煎煎死臨頭眼睜睜活受苦後面嗣妙了
軍卒前面番衮衮野水无人渡【[illegible]】不得已如今及奠父
那里問不分世事止人宗興十數載君臣一鄉閭乞長江中
忘了性命也強如短劍下九碎了身軀衣心下的眼睜睜不救
主【[illegible]】兒云蕭煙浪接天隔這的是云夢山洞庭湖郡
厮大驚小怪老村夫叫苦號的我魂散竟兄他道的身穿
諫的交角來四口兒都是那个諫自掏腸怨割情腸離分手
是【[illegible]】親的身安諫的休驚慮諫的休辭些命親的
不放去眼睜睜面歎挑頭觀這个那个割拿情腸肚離分生死

恁般說，你有何罪，詔去你有免死赦書，你只有又斷依
去【白】我交你名作万古那里有棚菌百步義交盛着
子御史衙道了，吾當救了皇族，恋了根，書児女孝等武文
賢人讒妻平王家有又夫節婦【公】咱兩个親子女也和他
[illegible]他和我近，我和他親，你比他疎，交去求府陛見幸
歸去臣可交我死児児怎肯交你绝户【[illegible]】一日我子
罰去年壽有可子為假死，孝子是真賢婦[illegible]孝[illegible]你
[illegible]樓泥救主妻，可你做多少[illegible]嫁從夫知名自[illegible]文堂
小生聚三十九五歲下民所不悉【四】怕不代他[illegible]我是精
主事怕[illegible]虎將兒[illegible]姻各分路送[illegible]下里[illegible]修
心解[illegible]人前全[illegible]名自子孫【白】我是之[illegible]卷
親識[illegible]家[illegible]里居蜀莫[illegible]農家[illegible]事
至以前等[illegible]今年二十六[illegible]子[illegible]還
去與為[illegible]至一役【白】兄每有[illegible]兒[illegible]先

殿苦兩下里欲去國頭覷爭的刀刃心頭攙到不如咬牙
【唱】人劍下誅哭一聲行一步弟兄性命吁昏日月子母假酒酒
【唱】江湖【云】這的是拜人天一个人秦穆公一十女九間大殿
交人往和俺那七代先灵做不得主【下】【伍子胥云】包胥忠孝子
胥知听得借將軍来引軍先退借軍的重扶的楚國家【做
【唱】的胥和凱歌回名性与天久胥忠孝方完備【】
子胥兇敵雪恨鞭尸慈是非包胥有智借兵救主定楚
【唱】想想過昭關入百虎狼威怎知哭秦庭七日英雄由我身立
在宫殿里子不見同包共乳親兄弟【梁州第七】自官刖
伯奏叔斧跣及酒眼愁眉弟兄情講甚哭自礼下金
昔拜着天日皇恐荒章為甚的又怕是南柯夢里
【隔尾】蛮然更了名姓改了顔兒爭的干休兀是天属
手不是偏怎一般衣冠一般宫殿一般官职問甚貴賤高
低【外旦云】這的是楚昭王滴子親妻這的是殿下舟朱

大都新編楚昭王踈者下船

古杭新刊的本尉遲恭三奪槊

正末扮建成元吉上　開

咱兩个欲帶篡位爭奈秦王根底有尉遲无人可敵元吉道我有一計將美良川圖子獻与官里道的不是反臣那甚麼交壞了尉遲哥々便巨勾官里赦也　如与云了　呈畫科

高祖云了　大怒將尉遲拿下　末扮刘文靖將榆科園畫子上了【仙呂點絳唇】想當日霸業圖王豈知李氏江山掌魚不是外國它邦今日做條宗為卿相【混江龍】不爭咱寬紅海量把地信讒言佞語損忠良誰不曾忘生捨死誰不爭長土開疆不枉了裁髮揩繩穿斷甲征袍作帶勒金瘡我与你不避金瓜下喪直言在宮殿苦諫在昭陽【油葫蘆】陛下想當日背暗投明歸大唐却須是真棟樑劃地廝々低防出及武官兩壁个元戎將文官掙揣个酈侍相如也

是箇死知它是死如傷今日太平也都指望請宣賞封妻萌
羅惹斬在雲陽（□□□）誰似俺出氣力功自不氣長想當
時反在晋陽若不是俺啓元帥少年有兒關義伏了徐茂公禮家
了褚遂良智降了蘇定方（□□□）今日都是那不王事肖
丞相更合泊那段政事云俟高皇把韓元帥胡云跡斬在未央今
日个人都蒯右有章子斬黃山的霸王也云不高呵你怎敢正眼兒
把韓侯望（云）（□□□）末下則將這美良川思量想却把那
蒯徹園里英雄一忘更微道事云千變萬德呵則消得功名啊
半張壁下試參詳更微道貴人多忘咱數年間有倚伏
（金盞兒）那敬德自寫了書到咱行把六十四處煙塵盪殺得
敵軍膽喪馬到処不亡當吉相持一万陣惡戰九千場全憑自
竹節鞭生併了典卓頭（云）（□□□）元帥不合疑輕可覷
它合陽怎想到劍長槍裡在戰陣殺自秋草半荅黃初間那唐
元帥怎想陽脊後不隄防（云）呵則見那骨刺又証旗遮了太

陽赤力又征䩞振動上蒼那軍雖信無高強它猛覷了敵軍勢
況忙撥轉㘄々絲繮（做跑馬科）竹得定不剌々征駹走電光藉
不得㔫兒兒即過澗泓坡尋咯荒過了些乱烘々的荊棘窩稠々
榆柳齊臻又長成行（正末云）是俺氣撲又荒衝入里面藏眼見的
一身亡將弓箭忙拈胡底當呀々它臟弓攪滿咻々些金鈚連
發火々都閃在兩边相（殷云）元帥却是那些兒荒那些
忙（正末云）忙不忙元帥史記程（唱）把一領錦征袍扯裸得没頭當
單雄信先地赶上手拈着六沉槍々尖兒看々地着脊背又透
过窩堂那時若不是胡敬德陛下至鑾誰荅救小秦王
（胡敬德云）索甚把自己千般奬寿王呵不如交別人道一声強
若共胡敬德草々的辨別論多明立了批結并文状則它家自
売弄一例半晌把一条窓眼鞭直攛頭点上（元吉云）斷則除了
鉄天灵銅頦項銅腦袋石鑄就的脊梁那鞭上常有半斧血糊
塗的人腦漿則鄧鞭則是鉄頭中東命的尉王若論高強穰有

他便不死十分也帶重傷也是青天會見劉當故父言道尉遲恭磨障々這弑君殺父的歹心腸 下 末扮上了【正宮】翦空擬白鳳鋼弓斜掛烏犀角土培損金鎖甲塵昧了錦征袍空嘶得那疋戰馬咆哮虎撲簡生疎却那些兒俺心越焦我往常縱々的陣面上相持廝殺的沙場上戰討【滾繡球】這些々時但做夢和敵軍對壘才合眼早不剌々地戰馬相交則听的韻悠々的叫叫吹寒角一個個不鼕々的催軍鼓擂當又的助戰鑼聲稀徹々地鑼聲鬧吵々的殺喊聲風只爭是古刺又雜綠旗搖那的是急煎々心癢々似狂常則許咱遇水疊橋除了咱逢山開道海如今央別人跨海征遼壯懷氣消蘇未病躰兒直然喬兒我自嘻釣也枉了醫療被這秋氣重金瘡越發作好交我痛苦難消【倘秀才】我欠起這病身軀出户急相邀你知我迭不的相迎不沙賊丑生你也合早些兒通報見齊王元吉都未到半晌不迭手脚戰篤々地曲脊低腰陪早來

喜蛛兒的溜又在簷外垂灵鵲兒咋又地頭直上噪昨夜个艮
臺上剔𢬵灯花爆㐌兩丁是九重天上皇太子來探俺這半殘
不病旧臣僚（旦云）這些淹潛病都是俺業上遭也㕥俺
殺人多一迓一報折倒的黄甘又的容顏白絲又地鬚髮不
閑孩綠臂稱不起虎狼腰婷見程咬金知心友尉遲恭老故
交（正末云）我從二十三上早驅軍校經到四五千場惡戰討
忽想頭直上輪來老來到我暗約的漫又的想度海剑馬似三十
年過去了（正末云）當日我和胡敬德兩个初相見正在美
良川斷齋自咱兩个比並一个好勢低高它滴溜溜虎眼鞭匝
我吉丁咄的睜着簡梁却我得空便也難相從我鼻破綻怨
培饒我不付巳年又地兩棒才匝重它捜又地三鞭却还報了
（正末唱）那鞭却似一条玉蟒生鱗角便㕥半截烏龍去了牙爪
那敬德遠望了吸又地腦門上跳那鞭來直十分的正着則若
鑿又地抹㕥敵交你睡夢里驚急列地怕道飅（正末云）那

將軍剗馬騎畢鞭謊論英雄半霎寃它立下功勞它肯伏低做
小商鞅些務不用呂望六韜黃公三畧便筵敢將樂毅相持処
散了那鞭若齊兵上陣自然地咽喉中血錢道祿又又它頻又㜷
々焦又燥又滴溜撲那鞭僚交你燃又驚駭罷消你心自量
度匹頭上把他摽寫在凌煙閣論自雄心力勞牙爪今日也合
消又又　封妻蔭子祿重官高（駕云）交我忍不住微又地
笑我笑不得把你慢又地交來日你若那鐵幞頭紅抹額烏油
甲皂羅袍敢交你就鞍心里搠倒若是來日到御園中忽地門
旗開処脫地戲馬相交咳齊王可道一番要把交鄰鄰不比衡
鋼槍搠叉昨嚮鑿（旦云了）覺是沒傷損誰敢金瘡藥敷二
十年青驄推消若不去齊梁上敢向鼻凹里落瘂的怯又高又
誰發誰淌我則見的各的立不住腿脡搖怯撲又地把不住心
頭跳不如告你知伏低弱留得性命落得躯殼（旦云）可知道金
乞求勳牌先奪那寶劍得來顯不出消不出君王行斷獻謂侵伯

看那厮自眼角則合是輕又的虎眼鞭不偺穩情取你那天灵
蓋半截不見了 下 末拷敬德上（云）（[illegible]）你今日太平
也不用俺旧將軍呀末又把這厮惡氣建你娘一頓可知道
家貧显孝子亙到国難显明功臣如今面南成尊便撇在三限
里不偢問（[illegible]）想我那撞陣充軍百戰功名百戰身枉
与你掛經長江也合半由天子半由臣俺沙場上經歲受辛勤
敝妻男教載死音信乱地信別人掛議論將俺胡羅惹沒淹潤
（[illegible]）便圻末斷倒得我尸骸污泥裏沉未金瓜打碎我天
灵尽恍然俺不然很問那厮揄撲忠臣使詞臣咱那亢金上圣
明君則但般拉半句兒十分地信（[illegible]）我便手段施呈
尽割肚裂罪过不離身俺那沙場上我[illegible]合它每枕頭边閑節
兒更緊他母親父子俺然是旧忠臣則是四海它人比它是左
子竟孫則尊师想度元帥尋思休又是它每親的到頭来云則
是親毛亦清渾（[illegible]）我也曾箭射盤的面門刀斫

劈砍着牙根也曾殺伐搶得上濕漉漉血未乾馬頭前古廝又人頭滾滾了六十四處壘塵剗地信倸語說言猶喜又回此上別了西府秦王處分（[illegible]）听元帥說元因心頭上一千團火魂發氣的肚裏生嗔惡的似地撲天雷恰便似心内火衮好交人怎受忍（[illegible]）這的是壘恩臺臣休看我舊回村他每是金枝玉葉齊王印我好煞則登階下的小作軍也是痴呆老子今所命（[illegible]）你看我鼓回村臉紀魔君擴着柔門我想那榆窠園安是狼窩不若那單雄信則我這鞭穩打的須定死論（[illegible]）太巡鞭奏曰（拜見）軍大王怎做聖明君信說言倸語謾忠臣好交我氣怒元吉打死須並死論（[illegible]）奏曰劉坵又列着軍陣就着哭啼又擦送齊王踐根不得待摘膽剜心剜髓挑筋唱道待交這虎將難存怎信向那龍床側近謂之得君王一惺惺都隨順咱則待寬寬除擺音巴這坑陷我的冤

辯証了本

末扮上了

【正宮】如今罷了干戈絕了征戰扶持俺這唐十在文武官員

那個是真个今番消滅施得俺經數煉

【滾繡毬】却受着帝王宣要施展是我那旧時英雄不索說在

馬之前我身上不曾掛凱甲腰間不曾帶弓箭手中不曾將

六沉槍拈我則是赤手空拳我坐下劃騎着追風馬宛上只

鞭着打將鞭我与你出馬當先

【倘秀才】這里不竟性命的沙場地面且講不得君臣体面則

怕犯流見跟隨我可塔地勒住征駝立在這邊

【滾繡毬】我則見[illegible]在[illegible]這戰場寬展却[illegible]強如那乱烘

又縱剌辣侵天我[illegible]又[illegible]又[illegible]袖侵擻擻地馬

蹄兒輕健你便用青毫筆也難寫我則見皂羅袍都塞濕宮花

露深烏馬冲開綠柳絕敲氣盛旋

【倘秀才】那厮[illegible]下把我容顏望見則[illegible]得那厮較心里身

躲倒假則若你再敢人前誇大言這廝合甚麼則管里厮俄延
不上貝勍轉
【鬼三台】那廝曾見我這單雄信怒死的兇惡兒來你今日合
交脊他生天這的又打不得閃節立不得正貝你也難把殘生
免你則照着他天靈片你待變龜蛇難入水化鵰鶚難上天
【調笑令】那廝捻尖兒武藝都呈遍被我施逞我架隔遮旋展這
廝於臉盛敗登時現見存亡死活分明見咻喻到你也來奇支
又（　）這番交馬戀兀兼
【禿廝兒】則見兜又地因凡剗將這廝搓又塵埃踐不剌又征
駝似紗燈般搏都速又把不定渾身戰看元吉將元吉吳蒙鍵
見元帥到根前
【聖藥王】您〻〻弟兄每廝眷戀俺〻〻邑宰每實埋怨休又
又終久是他親眷㗂又這廝輕你又又合請莫耒〻〻俺且看
俺西府秦王面

（徐茂公）我接住榆待使些兒輕便是誰班住手不能動轉把這廝不打死向朝中又弄權他若更害意懸懸赦免

（段志賢）我瞧不待言不近前你也不分良善又不是不知我抱虎而眠這廝不納賢不可憐不送俺一遍交這廝落不的个尸首元全這廝不肯拆奪裝也難猜我這根把言道不打碎天灵沙怎擬我兇怎不交我怒氣冲天（做拜云）謝吾皇把罪愆免打元吉段黃梁我這里曲躬又的朝拜怎敢謊言有把天顏現

（[illegible]老兒）我吃一万金瓜也不怨天則称了我平生愿元吉那廝一灵兒正訴冤敢論告它閻王殿這廝那嚣浮詐偽輕薄謟佞那里有納士招賢那凶頑狠劣奸猾狡詐則待要位奪權

題目

齊元吉兩爭鋒

正名

尉遲恭三奪槊

古杭新刊的本尉遲恭三奪搠

古杭新刊的本關目風月紫雲庭

卜兒上一折了　旦末上了　正末共外云住　旦云共末把盞科　云　俏俏好去者呵兀的翠花發奴人生是別離　【賞花時】客舍青青楊柳新驛路萋萋芳草裀朝雨浥輕塵一盃酒尽歌罷唱渭城春　【幺】西出陽関無故人則俺在這南国梁園依旧邦舍人阿誰不知俺奴劣㤺耶狠伯伯两陣狂凡是緊也不到得笑吹散楚城云　下

外末云　老孤做住　卜兒云　正末做住　卜兒叫住

旦云　奴阿没多多吖唤則甚　卜云了　俺幻當阿没一日曾淨　【點絳唇】怎想俺這月館凡亭竹溪花徑變得這搬唱光景我每日撇散為生俺奴向諸宮調里尋爭競　【混江龍】他那里問言始備偉綮得些些家宅神長是不安寧我幻構里把戲得四五迴鉄騎到家來却有六七場刀兵我唱的

是三国志先饒十大曲俺娘便五代史續添八陽經你觑波比及攛斷那唱叫先索打拍那精神起末得便熟鬧團摭得更滑熟並无那唇甜句美一刬地希奇將雜劇撲得些掂人髓敲人腦剝人皮釘腿得回頭硬卜云了娘可我看不的你這般淹大舍听不的你那里野調山声卜云了

【油葫芦】我但有些卧枕着床腦袋疼他变尖却也心内驚他急荒的請醫人脉了脉却笑容生他道是喜的女孩兒感得些凡冤証檢攪可謝天地不是相思病你奈俺尽世兒厮守着姓可你這般毒害心狠劣【天下樂】但見對錦兒央他水上成交頸你早子省棒打過蓼花汀可你肯共双宿双飛過一生便則我子弟每行依本休有情交我打迭起那暖和出落的冷滴臉兒半掐韞湧身兒一塊冰尕可我到與世麼當春自生末云

【醉中天】我唱道那双漸臨川令他便腦袋不疼听搜起那馮貝外便望空里助眾喜把个蘇媽媽便是上古賢人般敬我

唱到六肯上既茶船的小榔向那岸边初刀踏他這邊婆道元
得不好拷打剥七代先灵卜云住
【紅繡鞋】外阿為甚這鵐子懶飛騰我也是惜毛翎及实怕近
秋天万里西凡冷誰似尔把个嫩勲兒丫定怨將薛嘴尖吹頬
子瓜快撥天分、外阿委实道撥尔的天上鵰不如尔个穿庭的
海東青卜云了【醉扶歸】外這這鏝的是响些、棒柄阿色就爭使
是尔得人情那厮每拏、有二分鈔俺每宫疼宫爽咱每就阿使廾
定卅定阿更磕着如今等二試唾相思得後生那个不宫這厰
千使鈔千嘿病末云住
【紅繡鞋】上他門来的酒客每為我這妙唱若鵐鶯引的他每
毫斂似長歎我委实為甚停盃听曲教快成病我安挪桃李扇
影ゝ他每便破香恨尚白面瓦磁為巨器也則及陶淵明賦素嘉
傲若逐更酒斷金歐灑大的好歌立玉娉婷末云 卜云住
【紅繡鞋】你這老婆肚皮里將六斛三罗客盛面皮上把四时八

郎肇來風紛紛呀冬雪嚴霜降得了剗剗地應春風和氣生俺這个狠精令他那生時節決定犯徊甚愛尔巴鏝的星卜兒云我知你這一片心分明衝志誠則因咱一言認和便【賞花時】若開筆俺這屋里三句話不相應便見世間酒洲大圣交五岳動天丘（么）也誰奈何俺那六臂那吒般狠柳青我唱的那七国里虎滄也没這短命則是个八位洞里愛尔精我若遂更九番家厮拼他比的十惡罪尚尤輕（賺煞）郎君每我行有十遍雨至期除是宫九伯尺應病俺家里七八下里篙弓陷坑尔便有七步才死尔也不許行六藝全便休堯聰明哎爲其恁這五嵗人把俺這等嗗交易難成尔便是四付馬上馳來也索兩匹俺這里别是个三街市井另置下二連等秤恰好的交恁一分良哭一分情　下　末云　卜兒云　嘆旦了　旦引侍婢上云住　外旦云　這妮子却整五日也却四日不来則這五平里阿然這好歹死向咱酒肆却是尋常看（一枝花）

只教我立化做一塊望夫石我便似病人沖太歲他便也小鬼
見鍾馗㧐㧐才料乃短命欠東（么）百里〻演妆拾來早則不
帘前花影坐間移拾便似鵰鶚分開鸞鳳虎狼衝撒鳳鸞棲
孫末云了（[illegible]）海比俺外那歡前爭十倍恰才這些希罕
雖好做一回哎不佼美的恩官干壞了他把戲哎唱諕的小一
則好打㤺兀那把門的老哩切不可放过這沒分雁看斷
末云住卜兒打撞了（[illegible]）應㤺那狠爹〻才趣过兩俺這
善婆〻卻來這里㪟我〻歲波尔也〻覔我則是个五歲兒精
伶俐是幾年的老鬼我那動脚難過的何方去咱那牵意他早
先知我便日赴三千处他也坐觀十万里卜云住（[illegible]）兀
的那般惡緣惡業鎮相隨好交人難搊難難也是么年么月不
曾雖死了死兆妳〻尔是老人家須知此〻道理有的了便准不
到家里卜云住越道咱越聲声破嗓越罵得精細前面他老狗
公听的（[illegible]）告毋叔咱疾忙㤺孩兒也知罪這里

却是那里則俺里居三口四唱叫揚疾不比咱那潑街衢旋窩盆搽西這的是好人家大院深宅內我交人道豕盆兒刷甑將攧氣直這獄是相兒驍威勢咤兒一日三万場嚯隹到不淂里咱正直有他泛子消息下云住〔三煞〕交我這里恨無地縫裁身体這番早則雜云床頭揭壁衣噤々乱下瓦雹的又没巴鼻更做尔是開封府同知却不敢招平人死罪却便要監押葬送配尔這般宅窩里清麼怎立碑那公庁上施為〔二煞〕當日那良公曾施行虎豹是直拏利吃包龍圖可尔這般拆撒死央葬甚正直我也覷不淂這光景恁不迭這泪我這壁道防送早催逼他那壁帶鉄鎖因人謀計俺兩処各心碎是有連逈的也不似俺不吉利兀的是甚末奶別離〔收尾〕幾曾見遁流向浦人千里怎做這配役陽關酒一杯到如今說甚的比別得說相失尔情知我心意尔知自我知尔歹処无好処訳休想我再出入我小腸中似刀剌恁尊居或情理合舍了怕甚的吃達

别來安樂末外末云了（[illegible]）常記得玉鞭嬌馬宴鳴珂長
安市少年他似那鄭舟一所情踈眨所一曲艷歌細捲紅羅呵
我今日守空房也謹下千金貨外末云却則是央及奈那粥板
銀鑼況兼俺正廳兒爭是則些之外大坐着俺那愛鈔的劣虔婆
（鬪鵪鶉）從有些之燕友鶯朋似望着龍樓鳳閣外末云恂若是
些漢呵由他投着那不覓錢後在我外云了俺那老婆衬立見闌
正也沒柰何伯又你是想波若是共别人並枕同床他便不送
得我披枷帶鎖外云（上小樓）外細兒行戶小可就里最曾襟
洒落我覷了這般出殺不法閑病決走乃魔怃不阿便恁末人
行踅剌末云了取將个長兒來快疾趂出外云（么）你道你少
甚的不剌你却是忍甚末俺這外路打扮其实沒這異錦輕羅
正末云住你若打死它路上呵你独自難过却交誰揮你那虎
皮䩛驅末云住此㪍雜了（十二月）旦末云不爭這厮提起那灯
[illegible]詐柳寫呼吟詩鑽壁[illegible]竹釿斧交我攢地皮痛下地心

〔□〕怕〻阿交我越思量俺〻完顏小哥他端的所為兒有誰過
耆上這模樣兒俊俏則那些辛止兒忒讒和啖不色你把阿那
忽那身子兒惕𢬵你尧弄你且休波〔□□〕你則是乞流
不在着衣多你這般浪子何須自閑阿嬌這厮白日街上打呆
歌却怎生到晚人前程𢬵儸啖哥　又你明日吃甚来合自忍不
到那十分饑〔□□〕无明火怎收撮揾打會看如何則交
我烘地了半晌口難合不竟覓我這身是煞來大〔□□〕
殺来撮火爬凡爱恁末敲寸右自不改動些〻兒个你這般君冷
篤〻覓着我越引起我那色膽天来大我每日千思万想〻眠
五壓〻是存活這般山長水遠天遥地濶不想你〻血來阿去住
羌的人〻手空拳難過都是俺右夾上一點砂〻糖噙越精細的
越着他作〻出俺這打多情地網天羅且說俺這小哥　又為俺毓
鶯受怕波迸流被冷落了〻説本院一就把你〻懶隨自從交營
堂有夢並不想蘭省登科〻錢轉得两扶紅〻門上青天空望看一

片白雲髙黄河則共我這般攜手兒相將來步而同行他想所
了蕭心兒供活【五煞】早是你不合將堂上双親疑你却待
改換你家門小可這李亞仙苦勸你个鄭元和再休摸那撒敖
嗚鑼若還俺外知咱這賠㪚奔到家每似那倒䌖討若還恁耶兒
你這諸官㴃更狠如那唱挽歌你將字項上新開鍘俺外難道那
兓雲氣少恁耶却甚末兒女情多外云住【四煞】楚蘭明道
是做場乔孝小俺外則是个敲郎君置过洛他這幾年間衙儐
下胡倫課這条衚衕撞府的紅塵路是俺外剪徑截商的白草
坡兩隻手衝旁撩恁逢着的一兒解脱到如是嗚呵【三煞】今後去
了這騃漢子的小鬼頭猛恁結末那吃懃兒的老業冤再怎施
展那个打外央抖擻的精神兒大則明日嘗恁狀又空把个榻
兒擊旁穰又千將茶杜秡兒掩早則没着末致仕了弟子罡住
波虔婆【二煞】這一件又得歇心此一椿又得解脱剗不見那官
身祇候閑差撥妾安然䒭月鳥楊柳樓心舞兀軟々花扇底歌

欲將這把戲勸參破怎肯只隨元陽真死守直變做了虛摸況倘
【收尾】此行許夫山村野店上賊竹籬茅舍里剩占勾得个杀
榆景內安閑韵过也呸妒鑼板声中断送了我　下
卜云了　孤云了　樂探上云　梅香將彩子鑼板上了
【剔銀燈】當日个為多情一曲滿庭芳曾取得蘇東坡也赴
坡也趁波逐浪何況這蟹長老竟市客更逢宿二云雨楚山巫峨
那想豫章堂怎強如做滿意宿鴛央
【蔓菁菜】他為我嘴落文章往纏待攜手同行不斷腸直這
般孝成就鴛鴦則做恩深処便為鄉則為這情緣千人耦系
長俁卧鳥門三月桃花浪我若是不正當枉了他那片心腸一
向在咱心上【柳葉兒】我恰纔可地向這所堂中只說得我又
待尋慢中藏哎很阿公問別來冗意做意間如我樣輕敲
為他那遂相識分外的謁相公呵這的是那新香付來的鋪
【下小樓】相公那日正是當急雨怒在志房或專這般和言

〔旦〕甯登堂孤云舍人也〔云〕又那五陵豪氣三千丈學頭上連鐵索
兩托長却篁是妾頑惱擲喜茶家堂路妓人生死心難忘鬬相
公尚發氣當直把俺承配遠鄉〔雁兒落〕將公把孩兒々腹內
想誠交安小鹿兒心頭撞我如今到來這園浦中莫不是夢了到
這筵席上〔得勝令〕却又休金殿鎖死央一似水岸中折鸞凰恁
那秀才憑本藝他却也男兒當自強他如今難留回寫在招兒
上相公試參詳這的喚功名除半張〔川撥棹〕不索你自誇揚我
可也知道你打了个好散場休得行唐火疾疾往見咱个旧日
个息官使長与咱多々的准備重賞〔七弟兄〕這他也大闘你行
也有些情腸你那起初時數說時曾听尔尋邊攔行至短垣
墻入花园尽夜蒼苔上〔梅花酒〕厭他噂過粟墻携手兒稱將
輕查蹤跡芳直望前厅堂將蛾眉趾道登到求楼戰門外尔卻
則末得羞張房中旧名望到今日怎這藏行拘的那床相
〔收江南〕應老官人分付取小李郎孤云了則交你住㞢[illegible]不

交你坐監房末云在相公行當日个你分開道沙上宿如此不志
生脫對當留却交彼芰荷香裏再成双卜兒云下
【鷓鴣天】玉減香嬌憔悴了文真花攢椰寸是消魂半生遲々忘所
桂子里辰々覓彩云雲鏁破鳳釵分开閒殺少斷腸人凡流公
案凡流傳一度妝着一度新

正名

象板銀鑼可意娘　玉鞭嬌馬畫眉郎
两情遂到志刑處　落絮隨風上下狂
灵春马適意悮功名　韓楚蘭守志待前程
小秀才琴書青樓樟　諸宮調風月紫雲庭

古杭新刊的本關目風月紫雲庭

大都新編關張雙赴西蜀夢全

[illegible]織履編席能勾做大蜀皇帝非容易官裏旦暮朝夕悶似三江水【混江龍】喚了聲關張仁弟無言低首淚雙垂一會家眼前活見一會家口內掂提急煎々御手頻搥飛鳳椅撲簌々痛淚常淹袞龍衣每日家独上龍樓上望荊州感嘆閬州傷悲【油葫蘆】每日家作念煞關雲長張翼德委得俺宣限急西川途路受々驅馳每日知他過幾重深山谷不曾行十里平田地恨征騅四隻蹄不定般插翅般驟勇虎軀縱徹黃金甲累鐵適心意馬行遲【天下樂】厥跳死孤催鐙折皮韉催去似飛墜卻双滴溜腿脡無氣力攙々馬如挽一會兒身行々至要一口兒食無明夜不住地【醉中天】若到荊州內半米兒不宜遲發送的關雲長向北歸纔後向閬州路上將馳驛把關張分付在君王手裏他兩個龍虎風雲會【金盞兒】關將軍但相持無一個敢欺敵衾衣足下十分會覷敵中如兒戲不若上了泥殺教當日七万軍刺顏良万々威今日被不入將俏策嗚咽則為你大膽上落便宜【[illegible]】義斬了車胄顏良報打的智世王當陽橋喝回个曹丞相威倒大个張車騎今

日被人死羞乞般到了首級全不見[illegible]。俺高馬上不曾離[illegible]敵

惣動前身衣袷始翔兩个月零十日勞而無役枉乞馳一个。便[illegible]埋眠去

一个人和的哭聲冒的个孝堂里倒走骸骨[illegible]浮城飛【[illegible]】殺的那東

吳家死屍骸堰住江心水下溜頭林流血汁。我父的[illegible]蓑衣浮來的

赤凌做了一竜元衘了毛衣殺的[illegible]血淋淋又[illegible]透耗損一番安兒黃為做

太湖石青鴉出岸埋人墓塚田地為蹄現踏做攪林泥【[illegible]】早是會易

運夜役鉏乾象擬賊星迍焰彩將星無光也捌野內度星正落南邊上白

安無只月光低停前晝參詳你有這場景象【[illegible]】卑汴須東吳国一負號將攻折

俺西蜀家兩条金梁這一場蒲折了承望看景你攝做挾人捉將肯景你休長生

閑譚做辛把我卻做御村做君王那个做君王布衣間是仲心腸有不畓

官爰呂細剌颩良古城下刂誅蔡陽石亭驛手捧表殿上帝王行回頭想

王南小望裡滿悲哀天降宣到我將不苦何當的甚喊哀聲【煞尾】這南陽排

丈村指望輔佐自洪福齊天的帝王五一自為臣不曾把君違這塲勾當不

出我常君丟不了恰醞釀个流【[illegible]】殘生恰如衝動有甚早些方防不支了

梅竹梅方面西蜀家威風恐敵將東吳家【[illegible]】發祖我立起金飯震驢人肺腑

雨渰的日无光，马蹄兒踐翻金陵府，鞭梢兒蘸乾揚子江。【賀新郎】夜黑行，
行坐則是關張，常則是挑在舌尖，不離了心上，每日家作念的如心痒，没日
不心勞意攘，常則是心常懸，偏白晝間作念到晚，後越思量，方信道夢要(?)
心頭想，俱合眼早逢，忽思德才徹無可見兒興長(?)。【滾繡】板築的商傅説，釣
魚兒姜老客(?)，望這兩個夢善感動歷代君王，這夢兆先知臣下之損，打提撞(?)
【□□】逆叫平(?)宋玉，高唐世事雲千變，浮生夢一場。【□□】不能勾侵天松柏
長三丈，則落的蓋世功名氏帝半張(?)，關將军美形狀，張將军猛勢兒，再何時得
相訪英雄，歸九泉壤，則落的河邊堤土坊上，釘下个鏡椿坐，剎那搭杖忍淚(?)
的村酒，漁樵話兒講。【□□令】姐(?)夫財過，遊奔望，覓那場苦，勿少稿(?)憬賞錢(?)
焉金戈，白桃園初結義，把尊兄輔佐，共敵擂鼓鳴金鑼，不旧佐(?)蓋九二天(?)
【醉春風】安喜縣把辱郵縣，當陽橋將曹兵拥，喝聲苦(?)温侯配(?)，先九十人那其間
也是我，壯志消磨慕甲折(?)，到今日向四夫行伏落。【□□鈴】九尺軀陰雲裏
若大三丈(?)，再把玉帶垂，過正是俺荊州里的二哥哥，咱是兵卑兄下盡隨宫潰(?)
的我向陰雲中无処躲。【倘秀才】居在，問世則合把路上經過何陰巫市步
行，因甚麼雀常瓜因西把宅閭(?)，合今日小校无多，一部從十余人。【石榴花】

往常間儂常是笑呵呵、絳雲也似丹臉若頻婆、今日臥蠶眉瞅定面沒羅、却
是爲何雨泪如梭、割捨了向前撓逐、見咱呵恐怕收羅行、罣想悔明國
破省可里劉把虎軀那【叨遍】哥、道你是險魂兄弟、更甚麼用捨行藏盡公
言始未劉封帳下張達那廝、喫咱兄弟更往似火、我本意待將他誅也未
與它壞我【五煞】那爲咱當年勇過將又折倒石亭驛上表我怎生捨悔
絕我拿住它天下要擇破共周、他怎生饒過【么】哥、你自着幾通爭你小可
殺至的曹操孫權劉晁諸侯三分社稷山河孤廝鎖俺三個同行同坐上我立了
咱弟兄兩個【叫遍】提起來把荆州採十次半李不忿弟兄也冤家害咱雲壽害前
評陟劉封那廝打今氏如何把那廝剮割害梅方梅竹帳下張達見的黍吳
艾先教了咱當師諸葛後入宮庭托講兮可可、里怕渡上馬惻鳳可惺滿江
怨血流波休想逃亡沒處潛藏怎生的趟【四煞】西蜀家無宣奏大陀兒
亡全家隊阿梅方梅竹共張達待奔波忘我這波本了渡上便送國不殺
了戚臣不能和君是都拿了好生的將護咱可畢他【三】君王索勦當要報
了都也陝着除了劉封監九里因名三个並无去處金殿上何些悲搐怎剮
歌哉那將破你君王將他祭祭也不用道場及齋供【二】燒我手縛剌文把几

頂鏃，刲新四肢稍一節節鋼刀剉，割了腸肚鵝鴨衆數等了腦常盛盞

摧首示，次位上端盤起，不用僧人持咒道士宣科。[收尾]也不用香共燈酒

共果，拌那腔子里的熱血往空潑，超度了哥哥，張萬我[端正好]任劬勞空

生受，哥哥有國難扶，枉了三不賊臣手，無一个親人救。[滾繡毬]俺哥哥

升風之具，兄弟雲彩吹中它，又殺死的來來，如今那賊泥我也骨根及

獻俵可，珠文醜暗地李生，莫羣關酬軋侯向三寸氣在千般用，一

旦無常万事休，壯志難酬。[倘秀才]往常真戶尉見咱當胸叉手，今日見紙判

官趨前退後，元來這做鬼的比陽人不自由，立在丹墀內，不由我淚交流，不

見一班兒故友。[滾繡毬]那其間正暮秋，九月九，正是帝王的天壽，列丹墀擁

宰相王侯，蓉的我乘王駿延御酒，一合山呼良里回言，適臣宰士秋花常擺

羅宮花，女排門妝下金鳳鸞斥移，再在殿當頭看雁，[叨叨令]人碧剃剃綠

水波汶，怎抹刺刺，王罷香風戲早翻翻，不想有琅璫，也百家勞打不響早來登

獸元來，咱死了也麼哥，耳所聞前和天淮。[倘秀才]官里向龍床上高聲問

候臣向燈影內揣樟揣苗揉避，見君王倒退留去，只爲里門緣凡世，我今見科

擲[呆骨朵]伏侍了二十年交契，原向初相會，可都是想桃園一日兵相別

不想了小兄弟左右一个是虎臣云同風一个是威凜凜當敵貫長式
內灯盞水渰【賀新郎】宮里向那在倉接鳳樓魚躍兆荊州首州爭霸內
座侍減蕃敵上江吳天曹不受地府誅收无一人去就【醉太平】官里恨不休怨
不休反伯俺不知你那勤學為甚俺死溺兄全不相俱故且廝問候媽那
說來的孙兄桃園中宰白馬烏牛結義兄長存終如俺伏侍君王不到頭心
暗悠悠【呆骨朵】末白交諸葛亮男呼了宰奏兩行才到不斷頭夜里
緊緊的和畝快不待慢慢的昔依忽禁那商商銅壺點點夾箭絲停久住頻
云鎖來添悶添愁來時節鑾駕出末酒去時節錢河下卧樓【三】祖房西京遊
狂風吹得滾湘江雪浪流滴淚少添淨使淨訴了瓦旅香厚春秋祭
昔休說後邊那來千刀千休了帝說透分明的折寞【尾】的諸世事備開口
會尽人向兵點頭火速的點軍校戒才跳上向長江雲浪流滄拿住糜芳共
梅竹閬州里張達檻車內囚拃木上排定四顆頭腦子以血向成都祭靈
流強如與俺一千小盞黃封頭祭奠

大都新編關張雙赴西蜀夢全

新刊關目詐妮子調風月

老孤正末一折　　正末卜兒一折　　夫人上云住
正末見夫人住　夫人云了下　云既坐定
正旦扮侍妾上　夫人言語道有小千户到来交這ヽ伏侍去
別ケ不中則尓去想俺這等人好難呵【點絳唇】但為
人不曾交大人心困雖是緊梱粉子弟不曾頭巾攢那等不做人
的婆娘根【混江龍】男ヽ兒人若不依本分不辨白是非兩家分
壯鼻凹硬如石鐵交滿耳根都做了焼ヽ普天下僥了候都光
頑意早把定自已休不成人雖然兩家无意便待一面成親不分
曉使似包有一肚皮乾牛糞知人无意及早抽身【油葫蘆】大
剛來婦女每常川有些没是哏上不过人滴ヽ村至如那村字兒有
些厭家門更怕我脚查麿地雖安穩心无奕事自然穩即斷了麿
变做实假做真直到說得交大半人評論那時節滚洗垢不盤根

【天下樂】合下手休交惹袁鎗見末了末云了哥哥的家門不是一䠥身末云了便似一團兒諂成官定勢喑喑的敢道末末云了和哥哥外名喑喑也記得莫喚做磨合羅小合人末云了摔碗末唱【那吒令】等不得水溫一声要面盤恰適与面盆一声要手巾却執与手巾一声解紐門使的人无淹潤百般支分末云了笑云呈姊妹房里有甚好【鵲踏枝】入得房門怎回身厅獨卧房兒窄窄別別有甚鋪呈燕燕尸尸有甚末孝順描不過哥哥行在意殷勤【寄生草】卧地觀經史坐地對聖人亦觀国風雅試施頌訓頌的典謨訓誥居堯舜末云說的溫良恭儉行忠信喑喑子理會得也盤虎踞臧喑齊誰會甚兒將女聘成秦晉末云這書院好【么】這書房存得阿馬會得客賓熟鬧月朗花嬌窗寬碧軒夜冷打看信緣窗兩細琴書潤每朝扇上冥佳實寒多少年生意下无人問云住【村里迓古】更做道一家生女百家求問才說貞烈那里取一人剛假見他語言見識料得消用怕不待言詞便是恰衬迆惌比

尋常世人末云（元和令）不男兒只一身擔寂寞孤悶有男兒意志

夢入勞魂心腸百般分知得有情人不曾來問肯便待要成眷姻

（上馬嬌）自勸婚自謊親也是賤媳婦責嫉人往常我冰清玉潔

難侵近是他自了當交話兒自我欲待嗔我便惡相聞（勝葫蘆）

怕不依隨蒙君一夜恩争奈忒達地忒知根夢上親上成親好對

門戶了他兀的模樣這般身分若脫过這好由君（么）交人道眼

里无珍一世貧成就了又怕辜恩若然帘刻扁飛騰情性緊若一

遭兒恩愛再来不問我侵了這百年恩　子末尔不忘誠　云了

（后庭花）我往常笑别人容易婚打取一千个好嘀噇我往常說

真到自由性婚姻狂惡尽人不争尔話兒自自評自論這一交直

是哏弓折了難正本一个～忒攸新一个～不是人（柳葉兒）一

个～背槫抛掌一个～負人忘恩自来魚雁无音信自思村不審

得話兒真杜胡苦猥了蝋尔新婚　被謊了　許下我的休忘了

末云了　出门科（尾）忽地却掀簾猛地回頭问不由我心兒里便

覷你把那鞦韆的日頭兒弄步搭休交我逐齊便捏兩拳乃云过
今春先交我不擊破鞦韆便是半鞭錢兩頭兒各撲个後纏交人道眼里
有你 你可休言而无信云許下我包髻團衫綉手巾專等你世襲
千户的小夫人下 外孤一折 正末外旦郊外一折 正末六
兒上 正旦將酒上 卻共女伴每蹴罷秋千逃席的走來家
這早晚小千户敢來家了也【醉扶歸】兒年例寒食鄰姬每門
來邀會去年時沒入將我拘管收拾打千秋閑閣草立到个昏天
黑 他今年个不敢來遲有一个未拿着性兒女婿做到我院見來
你乞留未未未不來煩料【醉春風】旦甚把玉粳米牙兒抵金
蓮花攢眉或填或喜臉兒多哎你你交我沒想沒思兩心兒的意
早辰古自一家一計 旦云 我猜你咱 末云【么篇】回莫
不是郊外去逢着甚邪祟又不風又不呆痴面沒羅呆答孩死堆
灰這煩惱在誰身上末不在我根底打听得些些閑是非 末云了
番在 是了【[illegible]】見我這臉纔纔喘息語言恍惚腳扳兒

查科傻搭〻荷葉兒頻那繫裙腰兒空閑里偷提見盛鹹气忿〻
偏斜了鬏髻浮浸〻折皺了羅衣似尔這般狂心記一番家搓揉
人的樣勢休胡猜人短命黑心賊末云了尔又不气飾也罷波末
更衣科【十二月】直到个天昏地黑不肯更換衣袂把兔胡解
開搯叩相雄把襖子疎刺〻忽開上拆將手帕撇漾在田地末拾科
【堯民歌】見那厮手荒脚乱紧收拾被我先藏在香羅袖兒里是
好哥〻和我做頭敵咱兩个官司有商議休題〻哥〻撇下的手
帕是阿誰的末云了【□兒水】老阿者使將来伏侍尔長汙了
咱身起尔羨包弛个的看我如奴婢〻那些兒亏負尔且做住
末告科【上小樓】我敢摔碎這盒子玳瑁納子交石頭砧碎剪了
靴簷染了鞋面做鋪持一万分好待尔好歡尔如今刀子根底我
敢副得來粉碎末云了直恁直下【么】更做道尔好处打與
來得〻都怎看得此輕看得直下待得尊貴這兩下里撚绡的有多
少功積到重如細〻撚絨秀來胷背云了【[illegible]】並不是婆娘人把

亦擗勸普斑那肯心兒自識來的神前誓天果報兇差移子爭个
來早來遲限時刻十王地藏六道輪回单勸化人間世善悪天心
人意人間私語天聞若雷但年高都是積幸好心人早壽夭都是
辜恩負德賊好說話清夜夢了卦今日冷了心腕夕末云 出來科
【紅繡鞋】我便做花街柳陌風塵妓也死那則欲過三朝五日尔
那浪心腸看得我容易欺負我是半良不成身軀半良身情深
如尔那指腹為親婦半成休意重似拖麻拽布妻想不想甚今日
都了絶爽利休尽我精細云我往常伶利今日都行不得了呵
【么篇】别人斬首我早牽動眼到頭知道尾尔這般沙糖般甜話
兒多曾吃尔又不是殘花醞釀蜂兒蜜細雨調和燕子泥自笑我
狂踪跡我枉受那兒男兒煩惱今日知有夫方滋味【四】大爭
包藏着負加妥帶与别人成美况團落的無定甚不在意宅司
門便大家南北各自東西【三】明日索一般教与迎也套穿一般

过与它茶飯吃到晚送得他被底成双睡他做成撅嗽三更夢我
撥尽寒炉一夜灰有句話存心記則頻得摹恩負德一个々廝子
封書【二】出門来一脚高一脚底自不覓鞋底兜沿田地痛傷心
除他外誰根前說气分破肚別人行怎又不敢提把白向艮嫱底
則道是孤鴻伴影幾时吃四馬攢蹄【三】呆敲才々々休怨天死
賤人々々自罵你本待要笑胞裙刬待要蓋包髻則這的是折桂
攀高落得的下　孤一折　夫人一折　末六兒一折　正旦上
云　好煩惱人呵　长吁了【鬥鵪鶉】短吁長吁千声万声倒
枕㧞床到三更四更便似止渴思梅充飢畫餅曰甚頃刻休則倘
我取次成好个々舒心干支剌没與【紫花兒序】好輕乞列薄命
埶忽剌姻緣短古取恩情見灯蛾科　哎蛾兒俺兩个有比喻見一
个耍蛾兒来往向烈焰上飛騰正撞着銀灯攔頭送了性命咱兩
个堪為比並我為那包髻白身你為這灯火清　云　我放這蛾兒
做起身挑灯蛾科　哎蛾兒俺兩个大剗來不啚呵【么】我把

這銀灯來指定引了咱兩个魂灵都是這一點虛名怕不自捨百
俐千戰千贏而做道些行慈謙得影這一場了身不正怎當那厮
大四至鋪排小夫人名称　末云兒上　開門了　末云（剔銀灯）
（兒）是交我軟地上吃交我也不共尔爭鋒是多勞重聽尊臨卑
有老長者車馬貴脚當共踐地小的毋多謝成本待麻線道上不
和尔一処行云尔依得我一件了依得我顧瘡鞭韃二云　尔安我
饒尔咱再對星月欸一个誓　云了出門了（十二月）尔把遥
天指定〻〻那溪月號星再說一个海誓山盟我便收撮了火性
餅撒了人情忍气吞声饒过尔那歹人不志誠聽出门經入房對
呼的閃上篷门鋪的吹滅殘灯　末管不開门了　末怒云了下
旦閃下　夫人上住　末上見住　云了　夫人喚了　旦上
見夫人了　夫人云了　趣〻　不曾去不得（小絡絲娘）趣〻
上覆傳示爹爹经誰曾共見女成婚聘共的又許出羞下紅定之向
這洛陽城少甚末些言快語取媒證趣〻怎敢做名托姓更交我

一攢窄攻搭破火上弄冬凌　熬ㄑ不去　末云　夫人怒云了
〔調笑令〕泥廝短命沒前程做得个輕人説白甚横死口里我揣
它先六人隨那水性道我呂言快語説合成我説波外七代先天
〔聖藥王〕然道戶廝迎也合再打听兩問親便走一遭與成我
若到那户庭見那聘婷若是那女孩兒言語沒實成俺這廝

情　虛下　外孫上　旦上　見孫云　夫人使来向小姐親了
相公許不許ㄑㄑ回去　外孫云了　閃下ㄑ外旦上　旦隨
上見了　特地来向小姐親了許不許閑去　外旦許了下
〔鬼三台〕女孩兒言名婚聘則合低了胆頭羞答ㄑ地禁声刬地
面皮上笑容生是一个不識羞婢子俺那廝做了一滅行這妮子
更敢有四星把体面雖沉把頭梢自領　旦背云　省幾句話破
了這門親　對外旦云　小姐那小千户酒性歹　外旦罵住
呀早來一句兒〔天淨沙〕先交人施撲了我幾度恩情來這
里被它罵得我百節酸疼我便似剔墻戳蝎蟄禁声怎生使心作倖

被小夫人引了我魂灵　外云你道有甚么奇異的你手里做媳婦
【東原樂】我是你心頭病你是我眼内釘他是那寺不賢會的娶
外傳槽病你手穿查自八字行俺那廝陷没一日曾子淨
【綿搭絮】我又不是停眠整宿大剄來切玉偷香一時間寵倖數
月間恢过俺那廝一日一个王魁負桂英你被人推人推更不睬
俺那廝一霎兒新情撒地腿脡麻歇地腦代疼【隨尾煞】終身
无簸箕星指雲中雁做羹時下皿口〻声〻戰〻兢〻鼻〻停〻
坐〻行又有一日孤〻另〻吟〻清〻泪〻哽〻覷着你个拖漢
精【尾】大剄來主人有福牙推勝不似這調兀的媒人背斤說得
他美甘〻枕頭兒上雙成閃得我薄設〻被窩兒里冷　下　老孤
外孤上　衆外上　夫人上住　一正末正旦外旦上住【新
水令】雙撒敦叉部上也女婿是世襲千户有二百疋金勒馬五
十輛蹇輪車說得他兒女夫妻似水如魚撇得我孫獨那的
參撮合山蒜身処【土馬兒】宗人石嵌連珠滿撒背兜璵王兔

胡夫人每夜依时披戴細搜戎全套秀衣服包髻是纓絡大真珠額花是粉色玲瓏玉悠々的品仙鷗鴒雁行般但牽手都是孫々做与外旦捧帶了科　一外旦云【胡水令】姐々骨甜肉淨堪描堪塑生得眼膚似凝酥浸小里梅香嬤々撐拳同樂々梳裹妬何【新水令】他是不曾慣赴粉施珠包髻不仰不合堪益堪圖尔看三捧花枝顫巍々穩當當扶踈則道是胡箭內初生月兒亢兒素是雲髻髮後半露瓊梳百般的衛覷一掬的全无市井塵俗壓盡其余夫云了　揪搜末科【水仙子】推那厢係眼落处採揪毛那擊腰行々恰跨骨我這般拈々恰々有甚難當処想我那声兔不得苦痛処尔不合元盜攻㕥怨尔若无言語怎敢將尔覷付則索瀲使妾創主孤云了【殿前歡】拖千户跨无駒称得上的敢望七香里願得同心結永掛合歡樹鸞鳳嬌鴛連理枝比目魚千載和完聚老孩无限兩㕥白相守服黑似金无老孤向了箜曳看婚來【后庭花】勸婚姻合成家出家后有衣祿若言招女婿下財分將

他娶过去【鴛鴦煞】是个破败家私鈌常〻没乱〻貞烈女兒旺夫家
妃可史绝子嗣妨公婆克丈夫脸上肇洄曆先里数今年见吊客
临丧門聚灰陰發陕坐载其余【隔尾】换爷生的年月演的歲
数不是个義夫節婦休想得五男并二女死得交灭门绝户云了
旦跪唱【雁兒落】兀〻那和房中伏侍㚲許第二个夫人做他須
是人身人面皮人口人言语【得胜令】到如今揔及微栯虚兀〻
不爭石頭鑴鉄頭做交我死临侵身亢措错支刺受苦夫人云
离中的身躯交我两下里难停住气夯破胸脯兀〻两下里没
是処【阿古令】淵鸯內盘又縁翻子合當作婢爲奴謝柘公夫
人擡举怎敢做三妻两婦子得和丈夫一処對案食是兀〻花生
淵路

【正名】双鸎燕暗爭春
詐妮子調风月

新刊関目詐妮子調風月

新刊的本泰華山陳摶高卧

關目全

外云了　正末道扮上開　貧道陳摶先生的便是能通陰陽妙理五代間朝梁晉漢周世祇這幾年見太華山頂上觀見中原地分旺氣非常有五个合世貧道下山去那長安市上開个卦肆指迷咱

【點絳唇】定死知生指迷歸正皆按古聖遺方瓶香爇罷玄文看

【混江龍】俺今日開肆講命斷文明白鬼神驚傳聖人清高道業奈君子暗昧而從我這袍袖拂開八卦論掌中躔度一天星怕有辨索枯問吉凶冠婚喪葬求財幹事若不四時卦的與人靜全為怪與不順人情　外云了

【油葫蘆】一吉凶要語時用方纔有救人所占的精細識打坐并不能這易伏羲以上先人定俺仲尼之下無人俺俺下的數又真傳的課又是每每凶趣吉先天合詞未這衝下問君平　外云了

【天下樂】要入字從頭斷這一生許寧不全主半星論旺氣相死囚五行字甲乙丙丁也攢攢　外上問卦云了

我等您何似投呂太公又趙玄等你可似呂望呂先生了又我云謎子

【醉中天】斷麻鞋初捲疲您君臣每元來在這答兒相隨定這五代史裏胡廝殺不甩住程休則管埋名隱姓却交誰救那苦懨懨天下生靈【後庭花】你命裏是丙丁戊己庚乾元亨利貞正是一字連珠格三重坐祿生你休道俺不爲情不應後我該許錄十定未酬樂先畢管了壺瓶外云了【金盞兒】到言是戊字上主元帶水成形必長生避乖大小運今年併若交得時辰一運是大峥嶸向日紀空云爲將相垂祿馬的作公卿你是南方赤帝子上應着北極紫微星　做迎駕科【後庭花】黄河一旦清早子東方日已明有與句飲綠醑子鍾醉死人倒山呵一分盛一分道發是失迎迓閑暴參辭了呵醉不醒【金盞兒】左關陝右徐青背懷孟附袞冀用兵的形勢連着這鄧太行天塹壯折末江山埋旺氣草木動威靈從今數四百年與宅地除是八十丁卧牛城【醉中天】你是五霸諸侯分有一品大臣名干打供頭廝漏過了半生注定你不帶破參差病命中有發跡眼睛在那明朝朝群星簇盛不如孤月往月外云了

云貧道出家兒不須酬謝二公保重者【金盞兒】我笑我石枕上
夢魂清布袍底白雲生我但睡呵一年半歲沒些静三春似那劉伶醉暮
省拾了名我睡呵黑甜甜倒身如酒醉渴婆婆的酣睡似雷鳴誰理會
的五更朝馬動三唱曉雞聲【賺煞】出世英人生天下為平定往來
了何須把這山河持打得成了從今後了這青眼柳營田弟兄也不索
恵酬勞堯封的先生從今後罷刀兵四海澄清且教閑人看太平我
也不似出師的孔明休官的陶令則待學那釣魚臺下老嚴陵下一
使上云了　虛下　末上云　貧道回從長安市上算了那兩人君
臣之命回歸山中醒時採藥醉後眠倒大清閑快活可
【隨煞】我從離清漢求修身幸遇隨時運讀書匡社稷學劍定乾坤
紫氣沖霄志如伊尹本待交六合入並吞伐天下不義諸侯敵數百
載生靈萬民【煞尾】從遇着那賢聖的諸九帝主饒今等候的開國功
臣便即時拂袖山隱迹時節造化天下不是時罷休其身修未成有
丹毛虎布壽星伏蛇女四象現出山世間群樂陶陶的順化存神想那亂

攘攘紅塵中爭利的，碌碌黃閣上爲官的，爭如那閑

遙遙華山中得道仙人，一身高臥西山溟，八表神遊今古觀，濁世暗中西坐

看燒成丹度春秋，抵多少華屋生存。【隨尾】放着這高山流水爲鄰舍，索

共野草閑花作近鄰。雲滿地，白雲掃不盡，你與我閉上洞門休放入客人

我待淨倚蒲團自在眠。（使上，云了。迎接，使科。）【正宮】【端正好】我恰遊仙

閣謁帝闕，繚繞得我遶龍鳳飛下天門。你揮的玉塵，待遙打的金鐘鳴

聲，又不是寒窗曉夢，晚布被曉，欠春鶯的燕麥在州棲飛去，尚自紛紛

想綠未滾。（使云了，云：）貧道山間林下物外之人，無心名利，望天使回

朝方便回奏咱。【滾繡球】開基創業聖明君，舜避堯仁王帝萬國尺寸

表尊一統，乳坤減混煙塵歸伏，偃塵戈渾乎及萬姓黎民，招賢納士，禮殷勤弊

帛似微塵。【脫布衫】【倘秀才】待遣天臣把賢良識，向當今至尊手酬勞答報

的山人過家舊窺陽大風雲，不憶風雷信，琴鶴行林泉分，想名利

自特尽，空得圓團自在身，我不比同一弁入紅塵。【隨尾】俺子正下紫臺白日

淵淵困岩，伴清風睡來小人世事，元由撥大寸子，除你个繼因你使臣方便

何曾王二行奏得佳音外云了【牧羊關】所然海岳歸明主戰敵是果由你
外臣識咱恭敬那千年鈞高擬龍鱗非待老生遊蒼龍子待閑年卧世識籌
蓬萊叢菊傍山巖幽深之人天下已歸漢山中猶避秦【賀新郎】我往
常遊鴻濛辟鴻濛子如說看三卷天書是名入門手道說談法國治天下真卦
處逢者群君以此入山來訪道修真養性能遷才引劑水火精神與歲
有時於遠言於近言黃冠野服一道志伴清風明月兩閑人外云了
【牧羊關】也不是九轉火裏燒丹藥三足鼎裏煉水銀若論鼎泰同契
便是真人數甚沒千言道不離一身你寸心休勞苦四時節般勤歲旦
是長生養清閑真道本【哭皇天】酒色財氣柳覷禪魔王愁做宰臣學道
衣紫腰金似酒布袋裹着白象物似睡得餓著做官後每日家行眠
辛苦休休枉笑殺凌煙閣上人早是疏慵愚鈍更孤僻懶閑【烏夜啼】
卑然待法正天心順索甚我攀枝覓國安民我則有住山緣水里有
為官入了衆道甘受非義無未門丹砂好煉蠢閑身黃金不鑄封侯印
豈不聞上天也不容長驕道不得貧長分上到不如我白樸着黃麻布袍鹿

羊酒白綸巾　使云了　一云既蒙天使到來不敢違了聖旨必索下山

【賞花時】也不索鵬搏〻〻的登程也不索駿馬驅〻的踐路塵

然一聖主○咨察請俺出忽困似交山列名屋道衮袖鶴氅家雲頭了門子謝

浮順天風穩下片白雲教他那宣衣乘的紫藤兜籍穩　同使下山下

【端正好】不要要美釣魚不斤的華山里鶴來後帝道人不為蒼生起

子是振聖主招賢意【衮秀求】俺便似片閑雲在在飛心情与世違可

又不為名利生來式天子遠知用來殘迎封鎖里侯時節和識曹青

山他西南登陪因此上待竟庭衛宝皇宣詔　駕賜衣冠道号希夷

陽与我錫紫金冠碧玉圭加道号希夷　謝聖恩了【倘秀才】俺住華岳

花爛漫石洞松陰滿八條道玉殿朱樓未為貴你那人間千古事子

毋松下一盤棊富貴把浮雲可比【衮秀求】不住地使人催奏御遥

便交早抑入內俺便似野人般不知什麼遠近高低受禁障上鳳池近宸

宅張列着翁鷹槍班各見於玉階前松搖苍花薰〻殿上風吹白日游

人仗劍執衣　見駕打稽首科【倘秀才】死那那拜舞蹈揚塵休例子打稽首

稱亢汗礼 駕云了 願陛下万歲々々 如今表閣功臣少 包彭友故人稱
兄弟道由甚 駕云了二云 貧道山野人 云不能為官 〔叨叨令〕向那華
山中已經九下 終焉計 為出生那堂丙才 看傍州例識公事 任隨了二元陽恐
埋翔獨自守 安眠樂 貧道做不的也末哥々了 不要紫羅袍乞賜
黃紬被 〔倘秀才〕貧道呵 十万塊黃金舞持刻 七八分銅壺漏水 恨不
得生扭死窓前報曉雞 休想我惜花春起早 愛月夜眠遲 這裏駕云了
〔滚繡球〕貧道寧臥節孩衣寒的呆 愁茶飯食糧羽瓢暮天寒常游唱米又人
身穿布衣 每番二三年喚不起 君在省部里 敵毋且只不花 卻林泉子 有句話
對陛下先題 貧道子得身閑心上一全无事 除睡人間總不知 交人道黏
帳地 〔倘秀才〕陛下說君子周而不比 貧道呵小人呵驕斯濫 走後頭
藥由道義 依於仁 游於德 本待用賢去不尚 幸枉錯諸直 是不宜
〔滚繡球〕四方每五百石 一品官二品職 子孫的故 帝上兩行史記載
外重臣卧 列鼎而食玉暮 事君以忠 君使臣以禮 呀 便是死无葬身之地
教司那西陽市也不朝衣去 合休下他名 貧道呵也不合刪下山來

意是非不了場去來兮【倘秀才】這盤中物好還家治國從來奉八方作為人
為已不甚人之不已知去抗上下淡白粥在鉢內醋炙各採水荷場山藏
薇【三煞】身安靜蟻穴初成夢蝶正飛卧一榻清風看一擁
明月蓋一片白雲枕一塊頑石直睡的陵遷谷變石爛松枯斗轉星移
拖云手一窮妙道造玄機【二】鵝宕得安何須計問晏寢遥各人山為着
蟻陣蜂衙虎爭龍鬬燕去鴻來兔走烏飛浮生似爭過
嗏白駒世人似蚍蜉先醯雞一輩兒戰何足算不堪提【一】些兒亦要自太
華明殿須開內還丹日月遲山上高眠夢孫希夷下割折元熟做齊王劍
仙體我自是便王母蟠桃我曾喫欲醉不醉酒數盃上六十天雄一隻布
客相逢時浮世先裏長安書晒落空危坐談玄讀道德靜坐焚香扁秋水
滴露研朱點一周易散白雲遥不將鬆子處詔宣山到那裡去及陳摶受宣
勅送上都堂入入位掌管公衙拋百餘 衙中及堂剛去也會集部里當自該
各詳細說說說設伶俐是是非非是盡卿好交戰戰說說睡不美下
【新水令】半生不識辨長安地五五又要打存老天頭上來了猶那粲整頓

如我一枕黑甜鄉揭起他那翠巍巍太華山兆那一幅綉幃帳【駐馬聽】白酒黃雞傍閑對眼金鐘十二行誤了我清風欸土不當要睡一場怕你大醉堆㲀到天亮劉郎我要安眠留不食辛苦好沒益量出家兒怎受閑魔障女色誤撩科【步步嬌】折末鐵妮娌到曉鏡床袂枕我一點仕心滅盡常持有無爲常來不快上書邊塵在世上火醖婆婆如了誤了我晚夕修理一心香半夜里觀乾象【沉醉東風】這茶採了施半餅來從五嶽三湘定一甌瑞露香生灼那松風響聞不得七家使膀主書安一醉也愛甘果猶要生憑靈丹建游【攪箏琶】您好是無事得撥我又不娶寡婦丈夫衣千把那媒妻婺四多官劫家驛宮程早是郎被川啟黃著紫朝立舞殿西臣叫揉糞知我自怯不爭如此恁狂早劫祈到的爭般三下響識華圖畫上【鴈兒落】官封一字王位列頭廳柳那里是有官的我弄鴈子的是死恨的天將榜【川撥棹】恰離了馬唐嫁巫山寫惡良與鼎鼐遊仙夢穩揚則想道那鄭道上元夫在佳人錦瑟旁【七弟兄】這場斯安不尋常勞煞您鬼將柱宮孫錢黄蕉袖紙襪纔發袋幃中取樂准了後

【梅花酒】會呵會呵一天論道經邦燮理陰陽却借了冷香撮合山撮了眼光就了我也甚女兒嬌倚智呈秀色如是天堂【收江南】呀閃了我金殿鎖鴛鴦燒銀燭照紅粧出家兒心地本清涼便纏繫我也便是一千年不見也不思量【水仙子】一靈暫到華山房補耕白雲出了梁不爭你搬金蓮地把門閂上悶縈人也咱大王伸得身從一道金光索甚你叫美女四去迷着麻淡荒外付取與皮皮囊【太子令】見如今山鬼吹燈顛撥野猿偷筆勾墻子怕腐爛了芒鞋竹杖塵床了浦國氏恨塵世上勾當歇去枉交他睡了那堂里寧耐【鴛鴦煞】把我林高鳥西風里放也休如籠中野鹿深山里養大王加官賜賞要交臣頭插紫金冠手执碧玉簡身穿白鶴氅早是早離晚今日新方丈除睡外别无伎倆本不是个貪名利的世间人是一个樂琴書的林下客絶寵辱的山中相從今斷餘皮袋裝嫩精神來高打起南軒吊窗烟雨塞外雲臺上看從學

新刊的本泰華山陳摶高卧 畢

趙氏孤兒

【賞花時】晉灵公江山合是休，屠岸古賊臣權在手，挾天子令諸
侯，把俺雲陽中斬首，兀的是出氣力下場頭。【么】落不的身埋土一
坵，分付了腮邊兩泪淚，將別話不遺留，怕孩兒成人長後，交去俺
子父每報冤讎。【點絳唇】拒敵西秦，立成東晉，才安穩，被屠岸古
賊臣將金階下公卿損。【混江龍】晉灵公偏順，朝廷重用這般人。
忠正的市曹中斬首，說佞的省府内安身，為正有功的當重刑，於
民无益的受君恩，縂得交歡喜，交天子恐嚇諸侯，但違它的都誅盡。
讒佞世朝中宰相，閫外將軍。【油葫蘆】見如今天下荒荒起戰塵，
各將邊界分，信讒言播弄了晉乾坤，目今世乱英雄困，看何時法
正天心順。那漢上蒼損下民，試將碧悠悠陽福高天問，腆着个
青銅子不饒人。【天下樂】子怕你遠在兒孫近在身，待把江山它併
吞，為趙盾不從厮記恨，它與心使歹心，道賢臣是反臣，滕竜向君
行胡奏准。【那吒令】想趙盾濟民，曾分飫特賓，說鉏霓為人，曾
觸槐捨身救灵輒，受窘曾扶輪報恩，治百姓有功勞，扶一人无私

消落不得尸首胡倫【雀踏枝】杜子塌烟炎立功勳不能勾高臥麒麟古墓荒墳斷脛分尸了父親刻地狠毒心所弄兒孫【寄生草】那孩兒難逃遁屠岸古有讒論讒臣便有讒臣弄讎人自有讎人恨兒孫自有兒孫分朝朝挾恨幾時休冤冤相報何時盡【后庭花】說你是趙附馬堂上賓我是屠岸古門下人道你藏着一歲麒麟子也飛不出九重龍鳳門我若不關心不將伊盤問有恩的合報恩【人月圓】子見它腮𩑶上泪成痕口角內乳食噴子轉的一双小眼將人認緊幫幫匣子內束着腰身窄狹狹難回轉低矮矮怎舒伸正是成人不自在自在不成人【醉中天】我若獻利便圖名分便是安自己損他人三百口家屬軟滅門枝葉都誅盡若見這小廝哭究彩骨碎身不留齠齔你白甚替別人剪草除根【尾】我待自身上受愛持怎肯那廝行啞推問能可一二尺童象下自刎眼見的血影圖形尋覓緊向深山曠野潛身這孩兒近初甸便交它演武修文若等得文武双全那時分將有讎的記恨把有恩人尋趂若殺了有讎人休忘了有恩人【一枝花】屈沉殺大丈夫損壞了真梁棟奸臣強也屠岸古好君弱了晉靈公把讒佞來听從賊子掌軍權

重功臣雖尽忠怎不交我忿氣塡胸乞緊君王在小兒勾中〔梁州〕自從定之朝野裏封侯拜相謔得我深村裏罷戰歸農便有安民治国的雖隨衆宅官極一品位至三公户封八縣祿受千鍾見不平事有眼如盲聽居民罵有耳如聾如今掀天子的進祿加官害百姓的隨朝請俸今諸侯的受賞請功且向困中受窮閑甚尽忠不麒麟塚上是我樂耕種跳出傷身餓虎叢且奔蹤儒〔隔尾〕你道諫臣自古朝中用須是好本從來天下同越交万人罵千人嫌一人重更不廉不公不孝不忠如今普天下居民个个濃〔賀新郎〕誰敢着一封書奏帝王宮順着屠岸古東見東流般的晉靈公百隨百姓謔的兩班文武常驚恐向班部裏都粧懞董緊藏身秉笏當胸似膠黏粘住口角似魚刺哽了咽喉低着頭似啞子尋夢也是世間多少事尽在不言中〔牧羊関〕未生時絶了親戚懷着時滅了祖宗斧到大子見少吉多凶他爺斬首在雲陽他娘囚死在冷宮也不是有血性的白衣相子是个死恩念黒頭虫你道是报父母真男子我道是个妨爺娘小業種〔紅芍藥〕你二十年可报主人公恁時節正好呼嚛我遲疾死後一場空精神比往日雖同悶

下這小孩兒怎建功你急切老不動你儀容我怕小大廝活一日
顯威風難教它擂鼓晨鐘【紫花兒序】向傀儡棚中鼓笛兒般弄影筆又
斷送〻的老尽英雄有讎不報在相逢見義不為非為勇言而
无信成何用你不索把我陪奉大丈夫何愁一命終況兼我白髮
蓬松【賀臣郎】咱兩个誰先為首誰為從少不得都斬首在市曹中
你為趙家恩念看疼痛我為弟兄厮敬重侶親昆仲【感皇恩】怕甚
三尺霜鋒折末九鼎鑊中㸃刀誅毒藥喫滚油烹〻英魂杳〻對
慘霧朦〻散愁雲隨落日越悲風【採茶歌】這老村翁和小孩童
都一般瀟洒月明中怨氣冲〻恨无窮十年往事一場空【二煞】那
麒麟閣上功臣種我不信大虫門前有大蹤跡成人長大立綱宗
把屠岸古方剮猶輕報不了三百口家屬它痛也不索做祭供把
腔子里血㶁將來潑在半空祭你那父親和公〻【尾】憑着趙家枝
葉千年勇扶立晉室山河百二雄恁的是八面威風統軍衆羅兩
行朱衣列車從却想扶輪的灵輒志氣猛觸槐的鉏霓命■送他
門的宮官不善終殺身的公孫老宂用新生的孩兒受劍鋒弃了
保英心不動青史標名在落空那的是當來厮知重不要它立碑

碣乱荒草叢中守為俺虎葬北印山下塚（剔銀燈）我子見践征塵
過小溪橋多平兮諸侯反臣來到齊臻臻擺着七卒明晃晃列
着鎗刀眼見的死在今朝更避甚痛交憂（蔓菁菜）俺虽是將着兵騎
其道盾曾為刎頸交道了个臣強君弱想公孫杵臼是斬身刀入丈
夫英勇續英豪聖人言有道伐无道把全家兒絕嗣了天呵嚴霜偏
殺死根草（醉東風）休想大丈夫竟飛九霄由它要岸古棒有千
条我咲挖呵快察詳潭挖呵難影覔我能可唯一下有一下功勞
欲要不接樹尋根覔下落我子素忒吃些絣扒吊拷（禿廝兒）般公孫
你这調順賊子把咱陳告謊的我立不住篤速速膝盖搖把不定可
正正心頭跳（水仙子）俺一人商議我先挖來到舌尖上却爍了我死
呵休想把你陳英道我怎背有上梢无下梢休道打折末一支起九
鼎油鑊煮的來没顛倒便死也死得省一任你乱下風雹（川撥棹）
你當日養神獒把忠臣良將咬你待篡奪皇朝所弄臣僚它把三
百口全家老小滿門都斬在市曹把九族都滅了將這小孩兒尋
覔自不鄒鄒生怒惡（七弟兄）是它变却柏皃怎生饒五蕴山當下
湧紅了獅蛮帶上提起錦征袍把黃泉刀扯離沙魚鞘（梅花酒）呼

可早臥血泊許生長劬勞宅天數難逃你子嗣難消陳英你可甚
恭子防備老不信你不煩惱這孩兒離乳草和今日却十朝㕥可
可剮三刀【收江南】早難道家富小兒嬌見宅傍邊相心痒難揉㕥
眸中不敢把泪珠抛々村々地搵了滿腹肉有似熱油澆【尾】我六旬
死後偏向老這孩兒一歲死後偏向小我兩个一处身亡須落得
个万代名標【唱】道我祝付你个陳英想旨那横亡的趙朔把孩兒
擡舉的成人將殺父母冤讎报把這厮爛剮千刀我不要輕々素
放了【鬬鵪鶉】也不用本部下兵卒天子有百灵咸助待交我父親道
寡孫孤要江山奪社稷似懷中取物乞緊亢金上鳶輿歇聽俗把
咱性怛【紫花兒序】俺待反故主晋灵公助新君屠岸賈古交平天冠碧
玉帶衮龍服別換个主々問甚君聖臣賢既然父慈子孝旨長主
憂臣辱【調笑令】旦長淹泪痕氣長吁我却才待定手向前緊取覆
溯支々惡心煩惡歆々生忿怒低首躊躇那的是話不投機処【紅
綉鞋】每日青鴉々幾株桑樹悶炒々一簇村夫這一人血濺々臂
拜自一輪車這一个棵樹下死這一个劍鋒誅這个老丈々將个
小孩兒分付与【石榴花】這一人惡歆々手內揣鉏鋙這一人臉臊

在俺偶這个小孩兒剑鋒下一身卒殺下个婦女血泊裏倘着身
軀這个老丈々々為甚遭誅戮這个穿紅袍的大故心毒狠絕故事々
死猜疑着自个奚幸我的悶葫芦(鬥鵪鶉)這殺場上是那个孩兒
這車々兀是誰家上祖這个更稍不得兒孫這个更救不得父母
這年卷是誰家宗祖着我從頭兒對你兒數這人是犯法違条這人
是御家負屈(普天樂)我大問從初枝刀相助交我愁縈心腹氣夯
胷脯元來這壞了的是俺父親咱家宗祖說到凄凉傷心処便哭
鐵頭人也放声啼哭屠岸古你為帝主咱為宰輔天意如何(上小
樓)若不是爹々觀付將孩兒擡舉二十年前斷脛分尸死在郊墟
屠岸古那四夫尋根拔樹斷了我全家兒滅門絕户(幺)既那廝背着
一人便合交滅了九族剗地將天下軍儲滿国黎庶交那廝區処
元來你做臣你依讓交它將諸侯欺負元來你交他弒君殺父(耍孩
兒)想着斷送父母拿住那[redacted]佞賊徒自那廝騎着木驢剮那廝
身軀爛剁了它嬌兒幼女不落下一口兒親屬今日人還害你々
如何子你是趙氏孤兒護身符着那廝滿門良賤尽遭誅你看我
三尺竟泉血模糊須臾々々前生廝少負今日填還去(五煞兒)到

明朝若把讎人遇將反賊長街上常付徃龍泉在手拽了衣服弥
動馬熊■將猿臂輕舒班首下勤金鞍馬摔下金盔皇盖軍兀軽
恕孫兒忸忸不如蜂蠆之毒〔云〕不將讎恨雪難將冤恨除想俺
橫亡爺因死的生身母我若不報泉下雙親恨着昊樂閒一皺夫
休疑慮索甚辨別好弱番察實虛〔二〕把那廝剜了眼睛豁開肚皮摘
了心肝卸了手足乞支支㧖折那腰截骨常言恨消非君子兀
毒不丈夫雖遮護我不怕前遮後從左右軍卒〔云〕欲報俺橫亡的父
母恩托賴着聖明皇帝福若見御林軍首把趙氏孤兒護我与亢
金上君王做的主

正名

韓厥救捨命烈士
陳英說妬賢送子
義逢義公孫杵臼
冤報冤趙氏孤兒

趙氏孤兒終

新刊的本薛仁貴衣錦還鄉關目全

駕上開一折了 ■淨上一折 外末一折 正末同老旦上開 若漢本貫絳州龍門鎮人氏世業莊農姓薛年紀大也人口順叫我做薛大伯嫡親三口兒有孩兒薛仁貴這孩兒從小不好莊農作業了好掄槍使棒學的十八般武藝至今聽知國家跨海征遼召募民義充軍孩兒待充軍去兀的怎奈向孩兒你撇了俺兩口兒遠處充軍去好下的呵 外末云了 孩兒你心去意難留你去子去你休問得官不得官子早回家些兒者 你如今离了村庄別了鄉黨拜淨了年老爺娘你待忘生捨死在沙場上威糾糾氣昂昂身凜凜兒堂堂臨軍陣在沙場服衣甲挽刀槍得功業顯高強那時節便還鄉兒呵休交兩口兒每日逐朝眼巴巴的空倚定看門兒望下 駕上開一折

外末上一折 淨上云 淨末爭功了 駕上開住 文官了

正末扮杜如悔上開 老夫姓杜名如晦官拜軍府參謀職掌功勞簿官里〇〇宣微臣定奪諸將功勞這場是非煞小可 想諸人心術呵

【點絳唇】拾便倒囤虎當途甚人敢去長安路子待要惡歧緊奪身生不[illegible]待
將賢人苦【混江龍】殺人可恕誰敢把別人功業厮胡突都待要勾嵩詩
伏雲兒斬斫樵謀你子說慷慨將軍八面威霆顏天子百灵扶我整羅襴
按幞頭納金帶秉象笏望那街可捕又忙那步我与你定奪个功非別
辨个安室　見駕礼數了　駕云了　外末外净云了【油葫蘆】劉合
這輛業開基仁聖主兩边廂有文共武都只道定天山三箭有又能決
也不索將軍爭競功勞簿你子似鳳凰飛上梧桐樹別人有十大功他可
寸箭死子待平地上放鶻去拿獐兒不肯滄海內鈎鰲魚【天下樂】你元的
不枉做男兒大丈夫我私曲寔死你的羨除你不會六壬遁甲呂望老
你待要須衆院巡帥府那里有死功勞的請俸祿　外末净云了　駕云了
云您二人心術我都知道【金盞兒】一个秉自機謀一不仗賁隱行一
个待施仁義一个行踐忠交同啚字理會軍儲陛下豈只問久的子兒
文跡的到頭踈他兩个正是賢愚雖並居水火不同炉　外末外净云
駕云【醉中天】天子交儉臣坐都堂食君祿子索行王道化風俗豈
不聞李杜[illegible]宜民不伏六[illegible]就殿下把輸贏賭　駕云了　贏了的朝野

內嶺崢侍主輸了的交深山里鋤刨去　駕云了　外末外淨云下

[illegible]薛仁貴君子斷其初張士貴賊兒膽底虛一个話頭兒先順

一个小里先㖿喘薛仁貴暗散娛張士貴似蚰地上蚰蜒沒足处　駕云

舡槳子了（醉扶歸）薛仁貴箭發无偏曲手段不尋俗張士貴拽硬

射親却不大故薛仁貴那箭把金錢眼里直丁的牢関住張士貴拽折

了絃鳴前出那箭离槳子有三十步　張士貴云了　駕云了（水仙子）

元賴省聖天子有齊天洪福將交老微臣將功勞尽數薛仁貴迓將軍

听官封破勇這將軍馬到处无門路却不道天理何如[illegible]他每

待定機謀當合贏輸拖賴省聖明天子百灵咸助杀的蓋[illegible]追後逐

赶的來一个比日无　駕云了　云陛下不索說[illegible]是合贏輸定

崇華賜的是將軍每建立功劳处一个索剝官御賜一个虎符金魚張士

貴你將取饒庄三頃地伏手　張鋤薛仁貴你不謝恩子麼你要取門

排十二戟户列入焦[illegible]外謝恩子[illegible]官里待報答你那血濺的

袍紅草染的紅柳绿　那一枚方天戟趁今朝占你覷張士貴容顏如

地土他這賴功的是天理升除鎮皇都四海无虞倚着這百二山河壯

也居為你呼風喚雨他拿雲握霧于是我一可你作能句一封天子詔貴

去下 駕云了 外末做夢里扣門科 正末扮孛老同老旦上

【集賢賓】子昕的叫〻地叫了我一声薛大伯天是那不遮逆我的小

敵才立不定前合後偃行不動東倒西歪折倒的我身体兒汪羸瘦恁

的鬅鬅鬆鬆撲白那當眾去了大郎安在哉便是鉄頭人也感嘆傷懷不能

堂上卓元帥府敢子落的釘一面遠鄉牌【逍遥樂】我子為你个孩

兒出外交我少精沒神尖魂散魄兒呵他那里日录〻尼節多應障㝢中

土味塵理怕望你一箭錢功把門户改光显咱薛家祖代都交我沒親

沒屬沒靠沒接沒米沒柴共孤云了【梧葉兒】那刘大公菩薩女却招

了壯王二做布袱交無發卷撮擐斂到我行休交拜我道是因甚來子

一句話道我淚盈腮薛仁貴兒子被你没主意了爺〻妳〻 老旦云了

【掛金索】也是我前世前緣少欠你冤家債逐日逐朝思量得您爺娘

害我兒薛仁貴那里停驟到我庄東交我笑靨兒鐵〻破兩腮不負我孩兒

交我直哭到門兒外 外末云了 老旦云了【後庭花】合旧了一不斂

二不該孩兒你也忒千自由百自在你從二十二上投軍去可怎三十

三上墳到來那一日离庄宅朝登紫陌絳州城顯氣槩投義軍施手策
正家門待欲改忘承望十数載【柳葉兒】千想着我兒安在誰承望你
日轉千階他向塵埃中展脚舒腰拜我与你挂號帶只想你送灯衣一去
了却早回来外末云【醋葫蘆】不索你糕也侶擱謎也似猜我廝禁持
水趲下資財實出去的破鍋困建擔墼子落的這横才兩碗我兒得後
怕爲灾外云了【么】婆々把酒快兒將豬便宰去那庄東頭當下旧府
莊你怕薛仁貴酒賜真見欲海床底下更有五升來吞咽多笑的滑延留我
一合頦外末那外净了【三】見他傷敝々的開口々謊的我黄甘々的敢
了面色昆殘个惡噎々的公吏人兩边非告你个南海南救苦觀自在
我上々你磕頭礼拜你放了我孩兒勝如做万僧齋拿外末上了【浪里來】
把孩兒捕嚮々的出宗门惨可々的持殺壞眼見的苦殹々的泊里尚自广
鞭省麻绳子肯條怎掙揣欲要你残生得在兒呵子除是九重天滴溜
々飛下一帋赦书来下　搽末下了　駕上開了　宣外末還鄉了
外末云了　正末扮孛老上云　叫伴姑兒你醉了等我咱
【[illegible]兒】郎遇災食一家々上墳准備着燒了些祭奠茶食有些个菜

鍋頭氈（德）彩雞豚衒謊知它是甚娘喬為自要得恁般來杀扮【醉太平】你失吊了鑷釵銲歪斜了油鬏髻上墳處是有醉的婆娘也不似你〻〻吃得來東倒西歪後合前偃咪得來吐天吐地旦醉了【朝天子】每日価這比那比咪的來醺〻醉古語常言是真實正是酒賤黃泥貴走向前來揪得一个頭這婆娘沒道理我敢打你我也敢罵你打你那醉了重還醉【耍民哥】你把我打揉了面皮我把你扯住衣袂不爭他絹麻土布倒芒番機不爭些真純老〻子待要弄盡傳杯淄城里沒你這般歹東西我〻死了休你送葬衣你便上青山一化做望夫石不与俺窮漢做活計咄〻婆娘婦女每子待每日薰〻醉　外末一行上云了　做驚號科【上小樓】見人言語听的馬嘶來到根的謊的我驚〻戰〻悠〻蕩〻魄散魂飛這比廂那比廂无處躲避我只索可捕〻馬前膝跪　外末云了【么】子是你合皺着古都着嘴全不似昨來村〻棒〻叫天吖地小的每若說的差之毫釐我便是死无那葬身之地　外云了【耍孩兒】俺不是拷東主西子怕言不按典話不役機俺奄門鎮積祖當差役力寡丁微俺叔〻痛癱瘓跛俺爺〻又老弱殘疾怕有夫役俺鄉鄰說知祈未要

是末使俫吶外末云了俺認得薛仁貴（快活三）俺兩个曾麥塲上偷了
谷穗樹頭上摘青梅倒騎牛背上品蒬篨偷的生瓜來連皮吃（鮑老兒）
俺兩个從小里相知那地相隨從小里槍棒若温習不肯拽攞扶犁是
他抛農業演武藝使壓自一班一輩与一付弓箭能射与一疋劣馬能
騎也不使鞭鍊吖鎚（鮑老兒）那上面更滴溜負金盔豹子尾使一条
畫桿方天戟后來向義軍叢中占了第一歡喜煞摠管張士貴他待要
南征北討西除東蕩厮杀相持問甚槍棒使劍俠人挺將扯鼓奪旗
（哨遍）搬男子成人長立想爺娘不同天和地那兩口兒忒心狂論折倒
的腰屈頭低當村里沙三牛表伴哥王留提起來長吁氣勝小呵把老
來防備他如今騎鞍壓馬蔭子封妻待省的親兒女根深恩子除是有
謄省爺娘念阿弥那厮早死遲生落塹拖坑下場少不的木驢上坐地
外末云了（耍孩兒）老爺娘受苦他榮貴不的那五六月雷声霹靂外
問了云我認得薛仁貴可知外又云了你比那時節吃的較豐肥更長
出些髭髯我恰罵了你幾句榛休罪須是咱間別了多年不認得
你馬兒上簪又的你記得共我模班僧寺上樹夸六軸比高低外末問了

【五煞】你娘近七旬你爺整八十又沒一个哥哥妹妹和兄弟你那孤獨鰥寡爺娘怜你那老弱殘疾娘受飢你空長三十歲枉了頂天立地帶眼安眉【二煞】那兩口兒端的衣无遮身衣食无充口食這鄉庄近疃都知委怕小的每眼前說謊胡文對常言道路上行人口勝碑說的都識的受了些凡寒暑溫飢飽勞役 外末云了【三煞】俺歆与柴济与些米付能我拾下些吃的无穿的您爺受絕臘月三冬冷您娘撥尽寒炉一夜灰臟的肝腸碎甚的是羊肉白麵子是些淡飯黃虀 外云【四煞】与人家擔好水換惡水又不會兩頭貶賤北頭貶貴您享着玉堂里臣宰千鍾祿都覷自那草舍內爺娘孤孤凄凄了些个恓惶淚子辦白煩煩惱惱切切悲悲【收尾煞】從黃昏哭到早晨又又哭到晚西作念我离鄉背井薛仁貴 帶云你今日得不官佳人捧臂壯士擎拳旗早家去些兒不你那一双年老爺娘死的正勝似生殺你 下 外末云了 重扮孛老同老旦上

【新水令】為你个養家兒常哭的我眼昏精花兒呵從你去十年交我放心不下你多應慰他存掩黃沙你可甚出入通達遣煩惱甚時罷

【駐馬聽】你撇下兩口兒老爺娘却怎生一去不來家流落在天涯貼你

似蜘蛛戲鏡中花被你思量殺我也兒呵（豆葉黄）彼你个小冤家把我來
迤逗杀黄泉死旅店客家脱天今夜宿在誰家爺娘看看上十八死限兒來
時誰与我拽布拖麻奠酒澆茶（慶東原）你把我誰當閑作戲要聽夢
里拖逗得我心中怕孩兒在呵可是灾殃猶發孩兒在呵砍公屁長芽孩
兒在呵子除是枯樹上開花俺孩兒不能勾帝王宣子落的漁樵話外末云了
衆云了　一行做住　外末云了（慶宣和）俺家里没甚草料多
那里取槽鍘這幾年折倒的我家緣尽消乏帶云我家騎也没一个騎吏
那里有鋪馬騎馬　外末云了　云官人每可怜見俺窮人家有甚末
東西去（川撥棹）子听得說根芽一回家没乱杀何須自誇武藝超群
滑戟兼通遼上陣処投袍貫甲把遼兵一陣杀招提你為附馬（七弟兄）
交人笑話咲咱兀的甚奢華枉吃他當村人罵我則會巴巴沙沙摸魚鰕
俺刺刺搭搭搭搭旌把（梅花酒）漏星堂半間石灰廈又没甚粮食囤塌老
鼠兒赤西西出刺都叫乞乞尸尸兒餓杀（鴈兒落）穿着个破衫衣答乱子兒乱
茹麻合手將來縛上恰最少有三四把（搗練子）俺兒命運不通達与人家
推耒推磨作生涯破笠子頭上答旧麻鞋腳上撒外云了是俺兒薛仁貴

【梅花酒】可甚麼殺身子兒村沙衣服兒嘈耕眼腦兒赤瞎我柱杖兒不剌燒火草沒半恰土亢上額斯啞似教化深村里受波查薛仁貴自詳察【收江南】怎敢和大唐○○做對門家若是兒家女家有爭差有甚來大紫金瓜我其實怕他大姉子休謊小生云末云你拜我少些礼數【太平令】有箇我秋成收罷去扇分与一窩麻怕少時明年添与兩檐瓜生得龐道整身子是誰帶着茶藤綠生花恰似普賢菩薩來二大拜他兩个成精蝶吒做癲倒了【鴛鴦煞】子是管頭去手查沙揪住我矩頭髮稜在堦直下搶了我老爹是當今駕詳察儂這窮身分怎消受他衆外做末正末了【殿前歡】若官司見呵敢交咱受刑罰帶云早是禁斷殺牛秋攏有个當坊土地撞人家你丕又地走謊得我參又怕擺列着兩行頭荅老小人有句話我道麻你休踏着磚兒碎瓦撲同敢搕我在堦直下不是磕碎腦代搶了鼻凹 散場

題目 白袍將朝中隱福 黑心賊雪上加霜

正名 唐太宗招賢納士 薛仁貴衣錦还鄉

新刊的本薛仁貴衣錦還鄉關目全

古杭新刊關目輔成王周公攝政

微子一折 駕上宣住 正末扮太師上 開

自家姬姓周家的後裔見為太師從先芒文王時參預國事至今上武王一同克商伐紂發皇与諸侯會于鹿臺臺喚公叨不知有甚公事 孔駕科 駕云 封公了 駕云

陛下當元本子是吊民伐罪今東有罪的伐了有功的賞了逆有紂子武庚合祭殺祀若不封贈恐違前言 駕云了 叔鮮去阿你爭奈兄弟注剛交叔處叔度二人方可同去將叔鮮又封殷叔〻度封蔡叔〻處封霍〻叔爲三監保他們怎生 一ソ下 駕云 吾歸農科 謝恩科

【仙呂】【點絳唇】滅紂主殘殺故天祀后稷南郊以配天惟陛下福

九五數飛龍在天兆日商亡日周興了一重天

叔一折 太后云了 駕云一ソ都云了

正末扮柬主上　開　自今上踐祚先為而治一十五年亡邦

辛有一殃弗褒兮築高臺二層令齋戒七日柬主親冊告于太王

々季文王感以身之身以代主上之命未知天意若何暗想

周家帝王全順時積得至今恰五六代皆順天意人心都不曾延

其壽年（駕後行樂）后稷躬耕帝堯徵聘封邰姓曲蚕務興

行周業從殘盜（望岐山過）大公修公劉德行岐山下市井

不任成　王季立不放祖考太伯賢遠入蠻荊文及西伯文王善

糸孝直至當今天下全昇平當此際紂君暴虐廢天時殺剡豕

行寵妲己貪淫肆虐信惡來蕩法極刑建鹿臺宮為九市奏淫

歌夜至蓮酬酒為池可行舟掛肉為林不問膾腥課刑往去逐

男女剖心斯胎殺公卿天降災三年不雨民失業四海逃生所

衆口一詞可懲傍鑒伐人百姓盡戊午日孟津渡甲子日紂

[illegible]大燎而死妲己氏劍下以王拿兮鉞吊民伐罪

[illegible]白刃畫開万邦入貢五谷[illegible]

累守周先聖先賢以爲常順黃天洗淨日道云與黎民去却
心頭病倍教以袞者安念佗不已以龍体安寧　上壇告天科
【滾繡毬】今日遂毋修成將珽禕登心恭誠懇三天上帝降
靈異宜皇充寘消賀懲貪吏亡姓都手爲愛民憂國憂成穢配三
才天地人明三光日月星百姓將及時甘雨把君得其並都姓主
上延壽長生【天下樂】成二條呼万歲聲全今上神天並至明
不如云予仁共合以緊已懲三天神意察把吾保壽增寧可
保護良善遂命　微所者章科【那吒令】定享東九鼎
以乾坤王刑治宗廟能九成放閑推鄭声卑春秋九令入來瑜羈
景金声鳴濤磨鐘陳簫鑾鳴鸞錚血食列俎豆犧牲【鵲踏枝】陰陽不順
爲君疾不已與來下下宜行無生死各及天年要陰
人情比及齊七政璇璣玉衡先察飛五行各木櫃金縢
【寄生草】泛九五三一數乾乾元亨利貞當元定太初一云
周判初伏羲聖自立六十四卦承二要先君定卦与折四十

九丢玉章下當今命果然有福顧先天死答見神言設若見
吉祥承上人有福一分兆勝　云　小了三封未知卦象若何
到太廟科　做開金縢看卜兆書科　外上宣了　做將文
冊同卜兆書一發放在金縢櫃中了　出來科　海　不想
金縢將先天祝冊錯放在金縢中待取去爭奈宿緊日子
冊取也不如　走下　駕上云住　凡攜科　駕又云
（公）陛下汝必不足以為天異何防的言聖情陛下憂心小
色恐用家正　陛下見天象乾象為文章發陛下議拋開祈留主
痌瘝淨太後曾被自奔了康海月象晚府星死為雲魔了長斗
杓混柄　駕云了　（六么令）不爭推奔却周天下來別推
星見南交進受念四海生靈鳳凰飛羽未全成犁牛子角未長
譬如如此把後朝遠說的明了耳边听口不住称神圣目睁睁
嗚呼違去臨大命不敢違尊命依圣教死後還識（公）良金
列臣臣輔朝廷寄命叮嚀家育親所社稷重與付臣臣文撐忠信

悲懑天地為監上有海濱隅咸天不容吾皇駕崩陛下於公旦處
公旦是索行燒至目若登上下交征內外產爭來徵自怎地拯
行駕与劒了說劒折不自裏斯逆誅擭佞圣旨道死奪駕如朕
親行自死了也此持威柄六載不墜而治其政不肅而成
鮮駕科（旦云）捨把客有暗中傳不想太子須臾宣之目
怎敢使赤子當二入并自爻万死怎敢當其位念可摧愿罪名也
小子小神武文明此件了可不為難怎敢諫諫竟情自依有天道
入公順處行駕云了旦休問人公怎生見如今天心先應自在
蕃乳象不見刺見明灣淮照東宮一点紫微星駕云了　下
緣與上了　打請住　正末拎上了
自從君死道暴殄天物害虐丞民為天下逋逃主萃淵藪麟
驚士女惟其士女匪厥玄黃昭我周王自伐紂之後大賚于
四海而万姓服悅列爵惟五分土惟三建官惟賢位事惟能
重為五教惇信民義崇德報功垂拱而天下治豈想有今日

【耍孩兒】怨聚口墩又苦殘殺紂王死道聽日致師于牧野
商紂一戎衣天下定宣明千載怎生使鳳返丹霄哭一声痛連
心血流亡殺【醉春風】嘗初成大業建元疾今日弃臣民歸
去卓充為而治數十年陛下今日甲子俺殘時了有善立新君
呵了搶棄累山陵索問平国政定之尊号　稱見了　云了
【迎仙客】今日冊康宮登寶位代先帝拜南郊　云了祈言絕
擗踊一声陰氣倒然如此省親誰怕祀顙的成病了纔下忘孝
子心誰孝將尊何用宗廟　駕云了【上小樓】誰不知商君
得濤都子為冊朱不忻殿下亡勝殷湯賢勝虞舜慈似唐堯見
如今獄訟彰明望着黎民歌樂殿下踐皇基正位用天之道
【么】習先考亡田瑩文子善恭孝百然配却三才應却三合
寰郊三苗但凡事謹守為父之道別死得教孝道的感普天之
下太平之兆　小駕待接大礼謗科【滿庭芳】臣食僅金
瓜施服君拜除八般大礼臣索斟九鼎湯鑊丟論消安天治国

衆臣分列効是兩班文武大小臣僚駕云了末千臣了召公扶
持的乾坤定天清地濁卑公擎扶的陰陽正雨順江調若論
尚順有道伐无道戊午日兵臨孟津甲子日血浸朝歌玉碩承
臣奠六韜小駕云了更改住了咱歸衮衣不换柘黄袍
小駕云了　帝劔做住了【呆骨朵】也倚上溪扶自
大小官員揚塵舞蹈若不个敢喧呼的正衙新条依班次休待
慢今毫直從每听処分一齊的花呼躍扶持有德的君主誰
敢還物不多情未的先君劔利水吹毛它子索封侯拜爵稱臣
上表列土分毛
無死遷之祿誅敢不從者不依命者自有常典　小駕云了　今日望天恩陛下令繼万
等衆呼噪了　做住　太后上　宣然大頭定一意一悲
【雙調】【新水令】悲呀悲定寰區能旺主歸天早真的安樂了西伯君
王交了休道人子道天无語萬事也根說民從陰陽二宗和調
先君崩愁云冷霧迷坤宙稱君立和氣春又施巾朝臣不勝奉

先君德不及虞舜禹稷才不及伊尹皋陶（么）［末云］臣身曾
家宰為阿保這一遭也不小知它當先君臨命把微臣不
辭的道有心待歸伺望朝林將軍國咨臣下它把文章教不曾
太后云了　做不穩科　臣坐子坐把不定心頭跳伴君王
坐朝問道把鐵臣立草為標
臣做依先君遺命有所不免忝當此位有幾件合行的工夫
願為急務這大聞行呵正家邦一人而千萬人悅　后云了
（么）不必呵省近族呵削了大權貴的宦卒澤阿加与重
賞正節朗周禮開學校一壁交有司窮削滅的刑罰宋一壁交
閑市処徵收的稅斂薄釋了放殺饒了強盜濟貧困不敢侮於
鰥寡免孟孫而况敢於通逃（三煞）從今后刻地拯貧痛
身疾病　從今後刻地使你的心碎了從今後刻地享舜之德
二乃君從頭鷄兒叫從今後刻地為宗廟明春秋祭祀周三桓
從今后刻地憂天下呵則把心思量計万条臣不得已非心崇刺

此似淵深淵無競〻十二篇尋水無法二篇〻（尾）宣行的目
反內外服將佐的君〻壽數高尋天子將亦行的國了挽偏照
數自收國忠心誠了　下
愛叔一牀　召公奏云　駕云了　正末上了　開
自先君在日亦行天子事這些時候里坐於御塌左侍坐於
天子之側名曰抱孤亦政候里坐朝奏之一遭去想亦政以
未天下皆為泰行先君之業
（越調）從先帝升遐蒼天歸國宗祀明堂歌樂至仍論祀典錢
言違行詭至理宵衣旰食抱桂石抱孤的黃扉翦將狼蕩山上沾
動植（鬥鵪鶉）奏武成來一人有慶拜稽首文同感協堪兵戈
四海先敵怒民亂亦行國事為君幼稚興極幾祖將侯的肥朝
夕帰政与君王就自位便受我甚賞竭力上不違三陵成天下
不欵九去黔黎　孔駕了　云了（小桃紅）微臣冠服衣總
執桓圭坐休近半老將先每女面而朝臣已可南面而立自想先王

早將死亡与家宰挑休眾第一末曾奉的先君程勃第二末丑扮
首當今皇○若本如此怎敢番穩怕〻文武兩班外
太公云了　太公休胡說国家別㵎訣【端正好】為臣不
齊你結舌退新帰　似你般白髮故人稀白可你接孫材兒換君
宛晚凡了便宜【鬼三台】陛下道他當日扶輪推軾為計畢
忘了戊午日兵淮孟永甲子日勝商紂一戎衣奪与咱江山社
稷陛下道俺臣恣佗子其的詢我里太公望子之父吳佗未嘗
奸先帝王輕車中宅須曾到文王州与憂皇
召奏前諫章了　宣淨了　做住【金盞兒】末不說
把賢川閉塞為甚把寫與你扶起姓劫淮夷的月胡
淨云了　瓜不到淮夷怎知道替反朝拜的信息　淨云了
【醉太平】客旅每根知道的忍真實可知道路上行人口勝
硬我子為君王幼小梳盃国除此外別死它意之將不利於
太亮內開城內術大一万歲臣死却辭身之地

【紅繡鞋】臣子多為家寧安邦治國怎敢道欺幼主立纂
甚麼君臣表白臣所為免今的小民每猜疑（卜成王云）君
地頭不擡文武每只說着係他呵老微臣不死呀為賊臣奸
無此心到如今說甚的盡忠心有只點分析怕有蒼天知
太后云　已將臣分付於有司者（□□）道廝該千刑大
逆罪合當万剮凌持總把臣全家族籍已將臣九族誅夷（么）
係他都依正理壞了臣於法合宜壞了臣於民有益不壞臣於
義不利（各□外）君不壞阿　三十里流言怎息君不壞阿如
今武庚叛紂依業管叔又背亂為非蔡叔將軍謀反絡府叔又
戈甲杖隨西賊東土震動京畿怎奈何四王處烟塵並起調太
后和君王赦臣死罪若斬了臣怕敵了其實不可了（□□□）
【滾□】臣當辭位官弃職乞於殘骸歸田里如今道不放微臣
出宮闈尽退兩班為微臣叩頭出血免冠請罪太后取赤金子
為甚把金盆無約退水敢把懿旨相違微臣身臨首罪怎臣生誘尽

怎洗阿滌得了眼边血污滌阿滌了淨面上塵灰
外二子追緑水何曾洗殁兆白首死斷閣鼎不凡如今内外書
迎華熟行當恁的 云云三監了怒恕了（公）一人交太公征旌
於三監共武庚叫消息這孝子殺到那里不分个孝級章怨問
周室宗族紂黄猶他恁大年幾統領着催騎七老將舍兵敢敵
土中了三四周 云 怎生信别人言語便交征伐去果外
曾反阿不枉了若不曾反阿這孝子那里問三監身施公家元
教都來了枉教了孝子死罪生免 子除這般 對鶯云
陛下今日三監和武庚流言至此只因微臣阿反了太公應外
二不放微臣出朝宣付臣兵權親身征伐去阿怎生
臣一片眼兒的孝微臣三不歸怎施呈大將軍八
面威來嚐了前罪又待着兵衞怕乞公那意大臣猜忌怨情的
把家私封記老妻留係伯禽監繫俺一家兒當内質 你
兩个佳臣弄筆當今前門人察是奔家治國平天下了殺板

蔡叔辯孔放伯卑王阜召公來　正末上了【[illegible]】（陰陽初
破流言千里地定了江淮更怕爲官的坐觀成敗今日却乞勾
孔公侯伯子男同嘆自己年月日時臨當初把福變爲哭今日
否極也却生泰【寄生草】當刀姚鳳闕瑞階前叔度遙我全
死經濟才自從啓金縢王冊姜太公從頭說出來兆表我忒金
縢鎖鑰永乞開宅我滿門良賤今何在子爲有神靈也豈
我免罪責我有剖心向這七八間神祇不容地不載天不蓋
【[illegible]】七民每當擱斷上字待孔官里步行出五門外錦衣
卷日耕稼待官里向前行您將我府上臺　放下了　不止肯料
【[illegible]】您真个不放也我拾了老性命就府與上跳下來放
了云了爲甚嬾向金床前奮自又怕第二遍流言起下來家
資民之愛君托付巨被頹元首良哉股肱賢哉　駕云了　云
【川撥棹】但一脚地过江淮怎生便禍從天上來惹怨氣沉埋
被元氣沖開雷震瑞臺乃古靈您怎生纔陰陽調和鼎鼐

乃撼乾坤摘世界走砂石昏日色堰田禾傷稼穡拔林木到殿堦【水仙子】恁可甚春凡來似不曾來不知當日失曰那个灾甚不如此呵及公生老死居朝外老微臣甚凡允吹劍来天心与人意和諧非及臣威乃大只曰君前过改禾稼起稍掛上丟開罵云了【做末云】如今彼論人當了寀青不想那元吉人挽然在伏將那陳言獻策的請过来净云了向口上疾忙悄咏是自不寬大

【太平令】打打這厮凍妻子舌尖了快打打這厮谄喃囓信口胡開打打這厮大昔卜的讒言挑壞打打這厮没的有把平人屈賴將口来鉗開至兩腮不善的所這人說及衆的除天可管一行下了　陛下這反賛的都有罵下問皷　——

武旦又做散了　衆云了　云来都及休

【鴛鴦煞】今日个將彼論稼對証死差弁賍拿敗須及你稿云一時来也每个个称詞一一從实死臣頻頻加領拆症的文

狀頭了（叫聲）見的臣胷中怒氣衝冠披襟低頭你安閑
了天下無辜蔡叔將他迭流入千万遺崖把這廝七單兒分
開轉迭交齊天之下号令明白為甚把管叔公刑于四海各知
道咗刎頭自轉于街使把你殘刑的血浸尸骸不由我普遭
二的痛落双眼兄弟阿見你的受痛柰〻昆仲情懷〻你的受
情〻〻国家各閑 斷出 一行下了 駕上云住
（唱）當了和一班有利害今日帰政了兒如碍見如今天
年紀六旬腥總先三代（滾繡毬）陛下今日国政自已裁〻
月今日兵道口雜開生不負先君命者賢帰寧相皆往常坐地
的情懷自委安身死措心死柰今日拜辭人銜例大臣千的
由百官云 太后云了 礼不可兆（叨叨令）伯會偹法罵
兆公適塋自免新請戒外人外君臣遇一朝一代太后云了奴又
通儒六鍾不可等當為鑑戒所道切痛虞心性 气秀育壞
臣不忠不孝 死了死才 燕建年禁業求 留万年息人 會

爲君忠使臣托孤的主人安在（下）

唐叔獻加禾上了　祭也

題目　說武庚管叔流言

正名　輔成王周公攝政

新刊關目輔成王周公攝政

三

大都新編關目的本東窻事犯

正末粉引二將上 坐定開 云姓岳名飛字鵬舉幼習武藝
隨高宗南渡於金陵不經旬日有大金国四太子追襲到於
浙西錢唐鎮立名行在即其帝位云統軍在朱仙鎮拒敵四
太子閉門不出云平生願待復奪東京近新交上表欲起軍
去不見聖旨到来這幾日神思不安呵不知有甚事
不知朝治里有甚事張憲岳雲在意看守边塞子么日便索
上馬去

【端正好】見一日帝王宣十三次多應[illegible]黨迎俺百万雄師莫不朝廷
中別有甚閑[illegible]不少[illegible]怎的[illegible]佀差天使【么】多敢是聖
明君犒賞特宣賜怎肯信讒言[illegible]枝止不過休兵罷戰還朝
呵是我暗暗地自尋思莫不是封 聖恩慈明宣賜賞金資
添軍校遷[illegible]將[illegible]六韜[illegible]附取京師示猛將血横

只奪了四京了須要致了俺平生志〔下〕
〔正末帶枷上開〕自宣ム到於闕下不引見官里有秦檜將ム
送下大理寺問罪陛下信奸臣賊子將俺功臣丐攛太平不用
旧將軍信有之【醉春風】立国安邦列着虎賁狼將沙
場上卧雪眠霜爭乎憑百二山河掌【迎仙客】想挾人捉將相持
厮杀数千場則落得披枷帶鎖枉了俺展土開疆信有ケ挾天子令
諸侯紫綬臣待攛俺与边塞破敵軍欽衣郎俺与你掃除妖氣
洗蕩狼煙不能勾名標簿上想那厯問厅前想児曹反謀帝王
前不由英雄泪滴枷梢上想自俺掌帥府將軍一ム到不出的坐都
堂約法三章〔云〕非是岳飛造反皇天可表【紅繡鞋】想十
三人死拜神吞贓臨沐浴向青城虜了上皇【么】誰得禁軍八百万
卸甲那其間保一个便中宝劒鋒掌秋霜掛戰是个幫帝闕
攢憤元戎將蔡京是个傳書獻韜間頭斤稱一个治家亡了家不
安邦的喪了邦虜得些金枝玉葉离了鄉黨若不是泥馬走康

王【天下樂】到如今宋室江山都屬四國王生併的冃破城荒那一場
我与你重安日月定了四方戰沙場幾个死破敵軍幾処傷兀的
是功名紙半張　既是我謀叐那里積草屯粮誰見来
【那吒令】恁尋思試想向杀場戰塲恁尋思試想俺安邦定之
邦恁尋思試想立朝綱紀綱我不合扶持的帝業興我不合保護
的山河壯我不合登頓的地老天荒【鵲踏枝】我不合定存亡刻
刀鎗恁刻的定計鋪謀損害賢良試打入天羅地網待交俺九
族遭殃【寄生草】仰面將高天問英雄氣怨上蒼罔天公不
曾天垂像治居民不曾交居民蕩統三軍不曾交三軍喪子
落的藕身枷鎖跪斤前却甚一輪皂蓋飛頭上【村里迓鼓】
我不合扶立一人為帝交万民失望我不合於家為国無明夜將
烟塵掃蕩我不合供手策憑恁英勇占得山河雄壯鎮得四海寧
帝業昌民心自息子兀的是我請官受賞【元和令】消不得上馬金
下馬鋃也合交出朝將入朝相我与恁奪旗扯鼓統兒卻不能

勾列金釵十二行交這个狗彘文蠢〻老郎到能勾暮登〻天子堂
【上馬嬌】不索你很更怕我荒 你道是先打後商量做了不耕牛
爲主勞鞭杖見外則荒內則相隔着漢洋江陛下常少、催鎮蘇
杭【勝葫蘆】則怕不知禍起在蕭牆 你待與心乱朝綱許傳宣
賺离我边庭上元来恁般世界有官方暗〻將刀斧列在堦傍
【幺篇】他甚爛醉佳人錦瑟傍今日和天也順時光則那逆
天的天不交東順天的禍從天降逆天的神灵不報順天的
受灾殃【太平令】你道我把朝廷乱不合將社稷一臣我不合
降威方稱寨施心亮我不合挺孝成賊到中軍帳 我不合 破金
国扶立的高宗旺待將我簽頭号令市曹中却甚功勞寫在凌
煙上【二煞】白 天可表岳飛忠孝【鴛鴦煞】下我在死因牢
再不坐九鼎蓮花帳 了我這謀反事如何肯當 我也微个負
屈御兒忠孝鬼見有侵境界小国偏邦 秦檜結勾起刀搶陛
下則怕你坐不久龍床 俺死呵落得个蓋世界居宗〻〻嘆岳飛

子父每不合捨性命生併的南伏北降出氣力西除東蕩

殺了岳飛岳雲張憲三人。陛下你便倡砍折条擎天駕海紫

金梁 下 正末扮呆行者拿火筒上 念

吾乃地藏神化為呆行者在靈隱寺中泄漏秦太師東

窗事犯 詩曰

損人自損自身已　我風我痴我便宜

人我場中恁試想　到底誰逃死限催

【粉蝶兒】休笑我垢面風痴恁參不透我本心主意 子与世人

愚不解禅機鬅鬙着短頭髮胯着个破抪衲就雲裹敢包

羅天地我將這吹火筒却离了香積 唱我泄天機故臨凡世

【醉春風】又不曾礼經懺法堂中俺則是打勤勞山寺里則為

你上說天子下欺臣 帶云 你道我痴 我道你奸

縛虎則易 縱虎則難 太師這言語单道着你〻休

笑〻我嚷我千争如〻罵〻我緣由我對你說破看怎生

支對　有甚了知你来意（迎仙客）你来意我理會得
你未說我先知〻你个怕心也你那夢境悪故未動俺山寺里
祝神祇礼懺會休只管央及俺菩提道不得念彼觀音力
等太師云了（石榴花）太師一問真实你听我說因依
當時不信大賢妻他曾苦〻地勸你〻豈不自知東窻下不辯西
来意我胡卢提你無支持　子爲您奸滑狡佞將心昧你但夆意
我早先知（鬥鵪鶉）知你結勾他邦可甚於家爲国咱人事要
尋思免劳後悔豈不聞湛〻青天不可欺據着你這所爲未
這里謊児蓋神做的个藏頭露尾　云　太師尔休笑這火筒
（紅繡鞋）他本是个君子人則待挾權倚勢吹一吹登時交〻烟滅灰
飛　則爲他節外生枝交人落便宜爲甚不厮中放常向我手中携乃
這其間不是我掌握自呵（幺）敢把烟塵傾了社稷
（十二月）哄你个朝中宰職只管里懊惱闌梨我這里則〻取出他那
甲䐜〻摭提不是風和尚直恁爲觜也強如千嗽了〻空食

[堯民歌]你好坐而不畜覓立而飢這的是兩頭白面做來的我重吃了兩个莫驚疑你蛆壞了三人待推誰昔天下明知，，其中造化機百姓每恰似酸餡一般 都一肚皮衠包着氣[滿庭芳]你則待亡家敗国 你我曾奪旗扯皷厮杀相持將別人边塞功劳成罪你子會改是為非有神方難除你病疾死妙藥將我難醫曾尔將那英雄輩都向剛刀下做鬼雲陽内血沾衣[快活三]則為尔非未我這風越起風過處日光輝 子為你拿了云捱住雨不淋漓 便下雨呵則是替岳飛天垂泪[鮑老兒]猜頭兒看，趲到尔那里怕犯法没頭罪我不怠經強如人呪罵你，，子細參詳八句詩中意你心我知一言既出四馬難追 詩曰

久聞丞相理乾坤　占断官中第一人
都領群臣朝帝闕　堂中欽伏老勳臣
有謀解使蠻夷退　塞閉奸邪禁衛寧
賢相一心忠报国　路上行人説太平

俺這里景致好【□□】寺岸巍巍秀麗山疊疊翠宮湖瀑
布嵐光水碧遶山千層石尖尖竹這邊玉湖清浩蕩盡蘇堤青山
只會磨人古綠水何曾洗白了你修福利送的交人亡家破尾
鮮景飛【幺篇】岳飛怎家邦功已休亡秦檜交朝廷事已知你兩
家究饒伯詹閻水則姦姦絕宰相千秋狠送了慷慨將軍八
面威你所無虧天理休言神明不根只爭來早來遲【□□】你看看
業罐滿死限催那三人共在陰司內這話是金國未動蟬先
覺噎嘿死不知那時你歸泉並索受他十惡罪犯休相想打的
出六道輪廻【□□】便似唾唾般說与你猜你索侶悶葫兒心上疑
有一日東窗事犯知我來意子怕你手揣着胸脯憶时節悔下
正末扮靈隱上云　自家姓何宗立的便是秦太師鈞命交西
山靈隱寺勾捉呆行者去誰想不見唯留下一張上有八句詩須
索交太師看　做見太師　等太師看詩科　詩曰
棄了袈裟別了參　天來塵世住心庵

二時齋粥無心戀　薄利虛名不意貪
性侶白雲為頌岫　心如孤月下寒潭
丞相問我歸何処　家住東南第一山
秦太師鈞旨交往東南第一山勾擬呆行者葉守一須索走遭去
閃下　等賣卦先生上云住　末便上云　遠遠地見一个賣
卦先生第一問東南山去路第二買一卦則个　等賣卦先生
云了下　做望了拜　【賞花時】這六爻內特將禍福看指引迷
人八卦間　等牧童吹笛科　做听住　子听的笛声韵悠然
這其間天昏日晚直引鬼門關○閃下　等地藏王上云
做見了科　云　我那里不尋你却在這里秦太師鈞旨有勾
【么】亢底明寫東南第一山　等押秦太師帶枷上云了
則見鬼吏牛頭燎霧問是太師閣省淚訴艱難交傳示夫人子說道
東窗事犯大古是人馬振平安　下　等駕上云住睡了　門神上了
正末扮鬼了引二將上　開　么三人自秦檜屈壞了俺陽壽未

紋奏天佛牒玉帝勅東岳玉皇帝交未高宗太上皇托夢去

〔鬼三台〕但行処怨霧凄迷悲風乱吼恰离枉死城中早轉到陰山背後不能青史内標子落的剛刀下斬首每日泰不霄魏不收送的俺酩子里遭誅更怕我葫芦罷手〔紫花兒序〕三魂兒渺渺洒洒七魄兒怨怨哀哀一灵兒蕩蕩悠悠俺不是降灾邪祟俺是出力公候你問緣由我對聖主明言剮骨雖俺說的並無虛謬謝上聖將這屈死冤魂放入這鳳閣龍樓〔小桃紅〕躬身叉手緊低頭又不敢把龍床扣拜舜山呼痛僝僽見官里猛擡頭驚回御寢把天顏奏影影下誠惶頓首臣說着傷心感旧尚古自眉鎖御堂愁

〔鬼三台〕臣在生時多生受馳甲冑做先鋒蹦首向沙塞擁旄縱臣說着呵自羞想微臣挾人捉將一旦休子落的披枷帶鎖綑也重囚臣想統三軍來遼長春不想半路里被着短籌〔紫花兒序〕臣性命不若如花梢滴露風里楊花水上浮漚臣統三軍捨命与四国王做敵頭將四京九府平收不想臣扶持君王不到頭提起來兩淚交

流胡微臣盖世功名到今日一筆都勾　臣等三人每曾与国家出氣

刀來（金蕉葉）臣捨性命沙場上戰鬬臣出氣力軍前陣後

剗地撇俺在三闕望不綵臣意社稷江山宇宙（調笑令）陛下察

趂逐替微臣根究讎臣須是一日无常万事休不能勾懸牌掛

印將君恩受子落的絣扒吊拷百事有早難道衆臣千秋

（禿廝兒）臣望寫皇閣千年○不朽標青史万代名留臣做了

小兒飢盡餅餡内獨道冤讎ミミ怎肯干休（聖藥王）臣宣万

頭又不曾寫犯由也合三思然後再追求臣海外收伏了四百

州將凌金闕畨作抱官囚幺已後再誰想分破帝王憂

（絡絲娘）臣捨性命出氣力請衣糧將边庭鎮守秦檜浸功

勞請俸千吃了堂食御酒他待將咱宋室江山一筆勾好金

帛和大金家結勾（綿搭絮）臣趂省悲風淅ミ怨氣哀ミ天

公不管地府難收相伴自也草閑花芔睡地愁不能勾勅賜官封

万户侯想世事悠ミ嘆大雄豕水流（拙魯速）臣將抽頭不抽

頭向杀人处便擡頭秦檜女排釣鉤正旦他機勾怎生收救臣
當物穷兇食不見鉤〔[illegible]〕想微臣志未酬除秦檜一命休陛
下逼逐記在心頭將緣由苦〻遺留明〻説透把那禽獸剮割
肌肉号令蒿頭懸不尽〻心上憂〔收尾〕忠臣難出賊臣勾陛下
宣的文武功卿講寵用刀斧將詩秦檜市曹中誅喚俺這屈死
寃魂奠一盞酒　正末扮何立上　開　自太師差自家東南第一
山勾呆行者藥守一去不想去惹多时節
〔[illegible]〕秦鈞命陷在豊都别妻子离了鄉郡則我便是个了事
公人鬼屎篭里衣飯也能寻跡一去二十載無音信〔[illegible]〕去时
節未叫蜀回来經残春不覔見紫秋霜兩鬢轉回頭高塚麒麟
改換的日月别重安的社稷穩每應旧功臣老尽〻今日另嵬〻别是
个乾坤果然道長江後浪催前浪今日立起新君換旧君岁月如奔
〔[illegible]〕玉增前聖主将臣來問听臣説太師元因當日做好事回
来路逢着一人施全忠膽大將他壞秦檜短怨氣大難侵近本向灵

隱寺欲瘞埋不想到宅上惹禍根（倘秀才）太師頓然有將詩制
議論[illegible]這个呆行者好言而有准道那八个字自包天地自[illegible]學
因此上差臣爲公吏勾喚那僧人因此上事緊（滾繡毬）想着[illegible]
師情性狠不由何宗立去心緊正行里起撼天關六風一陣先上片時
間早刮的地條[illegible] 那風出山捲怪[illegible] 那風入山推敗雲巒刮的那
太華山一時崩損[illegible] 龠希力々難以影 那風刮的六朝老樹
和根倒万里長江[illegible] 進[illegible]無門（倘秀才）又无侵古道蹤
篤遠村覓一个卦 隱他和那野草閑花作近鄰要
知山下路須問樵[illegible] 微臣向前去問那先生々々々
道你休問我 （叨叨令）恰問罷早[illegible]存云
端霧[illegible]風信[illegible] 留声韵我[illegible]那東南山去
歸將它問它指一[illegible] 去了也末哥々々々向前來
杜住禪師問 云 太師鈞命有勾那和尚道
不索你勾[illegible] 這里待你[illegible]后交你看咱

【鴈兒落】俺道罷見上……在自身並死耶玉女金童接了

則有一火𤞑牛頭鬼吏狠交煮……鐵臣普羅羅推出獄門

【得勝令】太師道從見了呆……山山里作下文不想東窗下事

犯賢道它則与護君王幹家……心規運子覷它虛勢黎民好金

帛前後絕倫他不合倉敖中上……取府庫中偷了良狠毒心一千

般不依本分更覷軍權壓杀了……好將軍當初禍臨岳飛今日

災臨已□多少家在兒孫近在□……說 口護神【伯嗏了】夫人听

說了陰司下因早不覓冤魂邊淚痕自想一夜夫妻百夜恩說的

夫人衡愁悶為太師受辛勤要見太師呵則除是閻山靠夢冤

【後庭花】那陰司刑法別比陽間官府狠不想它苦撒撒痛遭危

困子因笑吟吟陷平人洗綿綿尋痕參可可皮肉開血力力骨肉分

痛杀杀恁嗟那三推六問臨押都是惡鬼獰神說太師千般凌辱

君則除杀一上青山便化身是夫人九烈三真

【柳葉兒】岳飛道秦檜不肖文舉淚肯何追報信至潭淚滴賞發的交

戰卦三斉印道陛下自离京兆泥馬走佔高祖榮陽一跳身摳了它
子父每搶死忘生若征西戰擂鼓奪旗捉將挾人溅人頭厮嗳
喻热血相噴兵每煞他批壓腮印月卧甲地生鱗（唱）授至太尉
九重禁闕君王准交燒与掌悪鄧都地藏神並斧了岳飛岳
雲張憲三人已上昇三不全身將身身秦檜賊臣不須論想他
誆上欺君若虐黎民近有東岳灵文交替了陳壽千年禿字碑
古自証不的本（末云）見一日十三次金字牌差天臣將宣
命開宣微臣火速臨京闕以此上不分明夜离了樂郡驅驛馬踐
塵埃度過長江一派臣到朝中心掙揣想秦檜官告劃送微
臣大理寺問罪責將交朝廷名揣壓英雄淚滴賊臣争戰
了十数載將功劳番做罪責[illegible]
（駕云）今日都撇在九霄雲外不能勾位三公日轉千階將
秦檜三十六族家族懐每家讎大將秦檜剖棺鄭劉尸
骸 任您的呵（唱）和離報的 曰

等地藏王證了　散

題目　岳樞密為宋國除患
秦太師暗結勾反諫

正名　何宗立勾西山行者
地藏王證東窗事犯

大都新刊關目東窗事犯的本全

古杭新刊關目霍光鬼諫

昌邑王上開了、外云了　外云諫不從了　等外出了

正末扮霍光帶劍上開　老夫霍光官拜大司馬昭帝駕崩昌邑王即位文官尚書楊敞武官老夫俺二人扶立爲他老夫因病數日不朝所的道昌邑王爲君未及一月造下一千一百一十七樁不明朝治官人每道當初扶立他不干別人事都是霍光那老子　海岳之夫怎主阿　暗想高祖劉立起慈大漢朝天下也非同小可

【仙呂點絳唇】策立懷王遣差劉項驗兵將西楚秦邦都有豪氣三千丈【混江龍】得其民望沛公戈戟入咸陽子嬰受降於軹道霸王刎首烏江亡秦劉社稷秀來劉業開基漢高皇後日便箭問韶隊里弦管声中歌侯宛轉老袍尚古由醉薰薰、終日如泥樣子

聽的調絃品竹耍的是花過經耍
云 來到朝門外子胥撞見伯嚭揚散不如子從後宰門入去
揚散撞見了云了尚書諫不從放心老夫進諫去
油葫蘆 終日醺醺入醉鄉這其間敢𤒹洞房呀可早高燒銀燭照紅粧子聽的鬧炒炒歌聲人來往韻悠悠菴管聲寮亮此日賽太康我待諫昌邑王可敢闌擋了竹葉樽前唱回心待修國政理朝綱 天下樂 赳地攔住佳人錦瑟傍我過得肖墻我待朝帝王不聽的古剌剌淨鞭三下響不見文官每列在左比武官每列在右厢尚古自列金釵十二行
見昌邑王了 云了 殺下知罪麼 邑王云了 云
為恐未及一月造下罪一千一百一十七庄殿下由不写
那吒令 陛下道你淫濫如宅西施越王好色如奸死祥楚王乱宫如宛妲己紂王劉邑罪宰臣我鄉把他則是好好商量
鵲踏枝 似這般壞家邦損忠良茫茫分付江山遁納花床到

如今四方軍民都讚揚他得过如禹舜堯湯
【寄生草】他亦得仁凡盛帝業昌孝昭帝先向山陵葬昌邑王
不識親相兒如今新天子守服繼它元這的是前人田土後人
收可正是長江後浪催前浪　等昌邑王云了　【六么序】到
把我迎頭阻攔面搶到那廝行數里翁黃甚弄他血氣方剛武藝
高強我覷的小可尋常不由人豪氣三千丈登時交你得挺尚
墻不問五步內激血濺金階上休那里俄延歲月打捱時光
【么】應時行廝走遮在床扯住衣裳子就待金鑾殿上向兩个
一場我見他言語荒忙手腳慞往事急也却索鎮住你茫然
当豈不聞專諸能刺吳王今日也為君臣義分元承望
你待仿驪姬亂晉陷害伊尹扶湯　云
尚書昌邑王无道怎商量別文武百官擺整齊鑾駕請新
君去來　做迎鑾上了云　昌邑王无道不堪為宗廟之
主今日別立新君　兩班一齊　者　一行云了

云
昌邑王新君。○免你死罪封為庶人出朝去者
昌邑云了　駕封官了　云　老臣情愿致仕歸宗者　駕上
宣二净了　封官了　云　陛下言與不與子孫封許六官職
但一人頂門兒幾兒存【後庭花】怎消得把千鍾祿位
享將万民財物臣把二品官宣受除了三台堂印掌他那理會得
鄧州擬定斷每村沙莽撞心下的毒藥行除不的弓一張便朝
臣每皆郎衣登天子堂【青哥兒】他怎做的朝中宰相
失其民望諒這斷生長在細米乾柴不滿房皮服与紫
綬金章羽葆莊嚴簇擁着輔佐五皇判斷朝綱整治家邦
我子怕差錯些陽微爛了天降災殃六月飛霜旱來了豈無
水澇了田庄四境飢荒萬姓逃亡覷百姓似狼餐似猪羊
說歎綰總模樣面黄肌瘦褪脚郎顏妹羨嫣然夫貫衣羨共休望
皺骨奸折傍挑是非施設没底箕簸王侍遠法商湯出伏戈羌
效塂平章探躁賢良興賢忠良行止端方才能常論適經邦

辰土開疆交万国伏降方民安康万寿无疆万世稱揚[illegible]

佃傑儕療厭性輕狂倡他怎翻發作鎮鎮緣

駕云了　云一條月就今日辭了我老句南採訪走一遭去

【賺煞尾】帝登基天垂像子今日天晴日朗舜日堯年樂上答

項直土畢紫霧紅光齊下五雲鄉它寂寞家向秋江年年的懲

宇宙奏酒謝天響一个登基拜廷章一个潛身在海上這的是

画屯出世假龍藏下

駕云了下　一淨上開住　卜兒云了　二淨見了下

駕一行上開住　二淨上叔　小旦了　卜兒上再云下

正末騎竹馬上開　一齊官里委言恙老夫去南採訪巡行一

遭又早是半年光景今日到家多大來喜悅

【越調】【鬪鵪鶉】區區鞍馬路迢遞遞豈辭辛苦臉行冬人也客呢事發與

皇家中氣力使乘我也死而无怨這一場辦耕民竟養兵窑鄉

心窮寒【紫花兒序】行到一十程路途三四十向一五南行到半年

來不□道途□□想着□門山妻盡燮中生孩子殿前刑活現

撥到家科　一左右□□了馬者　卜兒接住了　云了

【滾繡毬】拂綽了塵埃□□面書的咱夫婦團圓岳家時孩兒每

行受了些數蒸□金咱自有些　俸禄有些　公田恕着這等家私堆

過遣　云　我從路上想咱兩个怎生下來見我　卜兒云了

云　成君女孩兒也不出綉房來見我　卜云了　氣倒科

【賀新郎】俺今身喪剔元甚要拜見將一个親子妹向君王行托

獻大古里是布衣走上黃金殿子佬那莊官家可甚納士招賢

恁咱每月岩盦下綢水边和那乞食的淮陰少年【隔尾】偏不

曾一跳身都榮顯不曾獻妹　佳財父俸殘些兒麼　一口氣不

來孩住咱侯氣的我手兒腳兒僵着爲家戲

云　我子今日朝見天子就納諫去　等□上開住

外上末了　下末便上　放与楊敬栖見科　云了

尚書与若夫奧那二滅出來向　二净出來云了　下

【石榴花】我想與皇家出氣力二十年我也曾房島村掌宰梳
今日向都堂出納為帝王宣不付与的亓迁做个衣食我也曾
亡生捨死沙場上戰我也曾眠霜臥雪陣後軍前熬忽的我水騁
鞍皮透箭鵰翎箭御金甲博得个紫袍穿【鬪鵪鶉】打這厮
由幾曾上封官粉鼻凹裏受宣您是諸帶頭衣食我劍甲上
職不不打死合當豁不了窮說這里時到半年間未子父情
腸陰失了君臣体面　做見駕了　駕云了
【上小樓】打這厮才低智淺怎消的餞朝迁轉他那里尊長士
保國治國安邦獻策呈言量這厮有甚是末高識遠見怎消的就
都堂云封八縣云了【么】尚我敢受了百姓不爭負了帝王
宣敕大臣叢憂良賤實天顯意那絕黎文以後市井中遊蕩
刑憲義子的又連累的寵的良賤　云　乞陛下就此二賊打
卷發民　咸居下於吟宮聖容不鑒　一駕云了　一行下
掛救云了　云　宮里不從諫也　罷罷

【四煞】既君王不疼怨誰分辨便是老性命滴溜在眼
前這場羞辱怎禁當好交我低首無言天言無怨誰分解斧鉞
爲斧將斬在目前人皆嗟嘆可拔該一百重罰流也三千
【三煞】可知道摘星樓剖了比干汨羅江屈殺屈原妬賢姦
蠹殺了勾踐從來乱国皆无道自古昏君不重賢不把諂佞辯
乎枉了人心嗟嘆邦里敬仰德行顏淵【二煞】我爲甚棄職官
我爲何不愛名子爲父後清名显我孜孜不念主尋尋思可甚
孫个个賢称不了平生意你速離了我跟底休到我根前
【收尾煞】便加做一品官剩愛敵幾道宣揚敕云了誰待侍唐
天眉勢威凡显外云了我子伯養閑去爲官分福罷下
二淨云了　駕一折　外開一折　正末做暴病扶上開
自從打了二賊一卧二旬而不起好是煩惱人自從前說
多功勞今日一筆勾　一放長吁氣科
【端正好】於家邦有功勞爲国家生受自從立唐室扶持矣劉愁

壞不遂空低首常子是泪湿征衣袖（醉太平）我来的那日頭

衆証候都子為辱家門禽獸子我這殘生干則千休將霍

纏住拘將霍禹匹而歐背面氣感得我吉丞嗽對夫人仔細尋

由都子為辱家門兇不尽心頭上氣喘妹妹遮不了臉上羞往命

似水上浮浪　等二淨上做探病了　云　孩兒我年紀子

是兩脚疼痛　二淨拘繃了（倘秀才）匹配下鸞胶鳳

友博換將堂食御酒你子是男兒得志秋我早子恓惶荷葬荒

丘是一个了收　小旦云了　云　孩兒我上天遠入地近也

布我句道留听我說与你　等小旦云了

（呆古朵）怕你无尊君皇晚身亡後交你个女孩兒听我道留

交也　早納士招賢休交他迷花恋酒怨怕贼子將忠臣替作索

欽慢去君王行奏你子李立文有那死艷文答李那說刘吕太后

等駕上　云住　正末云　呀　旦該丙死

（倘秀才）目披不的金章紫綬剛道的个誠惶頓首自講不的

舞蹈揚塵三扣頭陛下特於念旧公侯親自來問候駕問了·
云有幾件事陛下索從微臣奏休陛下開赦書撒放罪囚薄税
斂存恤户口隨路州城把庙宇修誅不擇骨肉賞不避仇讎恩
從上流【滚綉毬】陛下交軍衣襖旋旋閱軍粮食日日有使使
来他也不等生受敢捨性命在劍戟戈矛𠆤争咱粮又催税又
催那其間敢不收簽不熟枉併的它一家又逃走豈不𥁞答杖
徒流陛下開倉賑濟窮百姓敢不自然樂業安家不憝求子這
的是治國元由

一行上告駕住 云 陛下這兩个賊子久後必然造反
告一番独角赦了老臣之罪回 駕云了

【倘秀才】目子俺達累了霍光老幼這厮每必反咱刘朝宇宙
這的是未來事微臣早参透幾句話記在心頭休交落後
【滚綉毬】這兩个吃劍頭久以後死得来不分様的目子俺達
累的三尺荒坵不争您剖棺梆戮尸首這一番独角赦把老臣

拎救我俠一似護身符懷内牢收不争剖開古父新墳塚不交
人罵罵微臣業骨頭勤業都休（外云了）
（白鶴子）飽諳世事蛸開口寸怎伏待君王不到頭子孜治国
安邦去邪扬正納士招贤立漢 因刘 争取祖公〻鄧達大度海
量寬洪納諫如流托賴上天眷祐子孜陛下知文武重公侯
（二）天河謾心昧已的嬋与陽哥爺到我為国於家拔劍短
劍也是我前是前緣今遭自受染病軟疾千則千休子落的三
魂杳〻四体㳺〻七魄悠〻好交我死言低首淚不做淚珠流
（三煞）双手麻沉細難收歛一口氣不回来便是休向料朕
生決不久是是微臣死之後不甘墓高原葬士立何必追斎社生
又看經文念破口休想亡灵免得憂果必君王賜恩厚思念
微臣国政修出殯威儀迎过路口登五門君王望影樓陛下若
可怜微臣遇墓看灵[illegible]享真一盞酒下 （駕上開住啟睡意了）
正末扮魂子上開霍山霍禹造反須索奏知天子去咱（下）

陰司冥界好与人出氣伺可　外一折了下

等駕上再開住　二淨設計一折下

［調笑令］吟聽々乃擺動引魂幡也是我為國家呵一灵兒不

散尚挑起紗昭道輕擺着馬鑾環我待辛皇宮攀襴將我那有

仁德帝王諫

［鬼三台］夜靜更闌陌然登山尋故闕雲收霧散披星帶月入

長安生前出力保江山今終又御扶炎宋你看我這一番攀王

保駕死錚錚

做入宮科　做灯後立住等駕打慘科　云了　云

參謊了我主微臣不是邪祟　等駕云了　［禿廝兒］編

臣共朝臣雉班魂魄隨乃散也闕事明日趕早朝把君王諫

等駕云了　［聖藥王］來日个宰相五更寒正三鼓末更殘

駕云了　便待眨怕我離宮闕可甚的連你老泰山了當罷侍我

似伊尹周公旦今日把我做邪魔鬼祟看

正末云　陛下有人造反也　駕云
雁兒落　陛下道東連函谷關西接連雲棧誰人斷劍閣誰人
枷拴把　得勝令　陛下隄備着鐵甲將軍夜過關到把目枷拴
攙了咱船到江心補漏遲兒百姓遭塗炭日武不及伍子胥文
不及周公旦可惜了六合乾坤万里江山
陛下霍山霍禹造反明日請我主赴私宅以擊金鐘為号
待乱天下纔日一徃来奏知我主　下
駕提天明了一拿二峰上了　駕斷了　安排祭土了
落梅風　滅九族誅戮了碎剮斬全家抄估了事堪可憐見二
十年公幹臺頂上灑灑　未乾這的是承明殿霍光鬼諫

散場

題目

長安城霍山造反
海温縣發王遭難
正名
交信宮宣帝登基
明殿霍光鬼諫
[illegible]光鬼諫

新刊關目張鼎智勘魔合羅

正末同旦上云　自家李得昌便是妻刘氏有个小孩兒嫡親三口兒在這河南府居住開着个緞線鋪有叔叔李伯英与叔伯弟兄李文鐸開着个生藥鋪對着門住如今我往南昌做買賣去渾家在意看家咱　旦云住　【賞花時】你叔嫂從來清性乖因此上將伊曾勸來休閑惱莫傷懷照覷這家私里外好覷付小嬰孩　【么】男子漢為人須掙揣如今向他鄉做買賣你則潑淚盈腮多不到半載但得利便回來　下

旦下　二外一折　正末擔砌末上　云　從南昌兒買回來這里離家有十里田地早起天晴如今陰慈的好雨衣裳行里都濕了則是无避雨處　【點絳唇】七月才初孟秋時序尤存暑氣穿包這單布衣服怎遮驟疏雨　【混江龍】渾又不

住荒郊一望水模糊子見雨迷山岫雲閉青虛雲氣重如倒懸
東大海雨勢大似翻合洞庭湖漏眼兀的路里洞々雲迷四野
白茫々水瀰長途【油葫蘆】便似翻俺在瀟湘水墨圖淋的
俺濕漉又显那吉丟右撲波渲々成渠吸留忽浪水流乞留屈
呂路失留踈剌乞擺答奚留急了樹乞紐忽噥泥匹丟撲答淤急
張拘住慢行早尺留出呂去我子索滴留滴列整身軀【天下
樂】百忙的麻鞋斷了蒜辮行窮對付扯的蒲包上頂麻匹拴
得七里八歩那里敢十歇九住避不得千辛万苦意緊急心荒
个住淋的我頭怎擡脚怎舒眼巴又沒是処【那吒令】恨不
速怎敢猶豫【鵲踏枝】則見近高陂貪[illegible]長途遠驀地擡頭見座
林木這的是寺宇知他是宮宇署而閣避雨權居　云是个廟
宇匹入去避雨咱【寄生草】拆供床攀門户看野草長街隅
我捻土焚香盈地炉拜罷也頻々又瞻謝灵神祐護金鞭指路交
死災殃疾到鄉間【醉扶歸】忙扭折傘湾再盤濕衣服則怕

蓋行李油单有漏処再把行貨從頭覷疑怪三四番揩不乾額
顱呆丑生忘了將湿灑又頭巾與頭巾挼科【隔尾】鹿兒般撲
又撞脅脯火碌似烘又燒肺腹貞不是腥臊臭氣把神道酬我
轉思慮這病少半兒囙凡效半是雨【金盞兒】淋的不心凍
折得便眉鎖不朗朗摇響璑皮鼓高山上見了我出门覩覷好
出落快鋪謀有拴頭鎖釵子歷鬌骨頭梳有吹吹巧泥媳婦消夜
閙蛾兒云　売貨巾哥又你与我寄个信到家交來接我咱
外癒了云住【後庭花】安看一片新板搭住一間高屋隔
壁見熟食店對門兒生藥鋪怕了知処則問李德昌絨鋪俺街
坊都道与【尾】是必記心懷休疑慮祝付了重叠祝付自已
擔疾難去家或交它借馬尋莫憫憫這褒又搦筆全死你去何
須要写書你个哥又見咱道与俺看家拙婦交它早此此兒扶策
我這病身軀下　高山下　李文鐸上　高山上見問科
李文鐸云下　高山下　正末病重上云　交売貨巾哥

又寄信去不見來回我怎生奈何（醉中天）五兩腹内陰二
似刀攪噙二的鎖鑽錐鑽角忽又的耳如燒熾二增寒撲二心頭
跳（喜遷鶯）那些兒最難熬一陣頭疼似擘碎腦却待交請
人醫療亡宗死人家野外荒郊想着則怕歹人來到不由咱常擾
偷逢賊盜的蹤又心驚膽戰音速又肉跳身焦（出隊子）怎
這般没顛没倒越將人厮倒撲一會家音又鼓澁滿若錐挑一會
家忽又的頭疼似火燒一會家撇又增寒如水澆（刮地風）
眼睜又的黄兒音沓急煎又心痒難揉慢騰又行出灵神宙望
科辛回癡眯由子未了避道恰道邐彳厼我則道十分緊閉着不
爭捨牢（四門子）當時要的門開了你則交吃一交可知
道驚㔨編杀枯根草那其間又跌着我殘病般一陣家疼一會家
焦莫不分則物業没下稍一會家疼一會家焦則把灵神禱告
李文鋒上　末害跐科（水仙子）呀二二我這里正覷着
海二二唬得我魂魄飄拋二二將爺不忙遊來二二一把泥神緊

歲消＝＝宅偏掩肤肏宅＝＝走將來晨時與賊我＝＝弄發
晩仔細觀相貌是＝＝我兄弟間別身安樂休＝＝免拜李文
舉 外逝藥未吃料（宋兒念）不是昨宵則是今朝被凡宋撲
的傷肴熱下去心似熱油潑烘＝燒五臟怨＝燎＝焦兄弟＝這
敢不是凡宋藥（神奴兒）宅化的水調我咽的熱了則竟烘
的昏迷可早埋的藥倒却似炮生七竅冰鴞了四稍海不存望
咲里藏刀呀眼見是喪荒郊外一抓下（孛里旺云）這廝好
擴人安已不合神道分物又不多分騎分明好凡宋忘空下得欠
哥＝身夭更做道分心重情分少在辱求手分金要離（官剌）
（古）身猶被病詵纏甚麥藥迯咽喉從藥把接鄭許鄭李扰青
天暗表愿灵神早報行善得善行惡得惡天呵未不是今年家
禍招（排金三歲）我則道調課凡宋詐想它暗里藏毒藥到聊
今宅致命金財我正是禾名家宅哨疑怪求時不將肖親嫂＝
万代人傳倒大來惹得鬧張吠（旦）聽有東西共財宝一星＝

不落半分毫空海好情理可乞緊緊將馬鞭將去了（下）（旦上云）
文舉上云住　王大上了　文舉拖到官科　孤上了云
一行上告住　孤省會一行一　旦吃枷了　正末上唱
【逍遙樂】這哉日併迭的有幻當因食押娘司房俺倒大來揩
公筆利官筆尖上定生死存亡察詳生分女落盜為非不孝男
趁波浪官人委付將文案掌有公平豈敢行唐听澡聲聲的
声寃叫屈的吽擂籍見科【掛玉鈎】我恰子撞頭觀望節使
升厅淨悄悄有如听講整頓了衣裳正行中李自端詳見枷紐
的公人如虎狼推擁定得罪的婆娘子見啼哭垂淚寃鈎
披枷不知是竟見土身系【金盞兒】子見温浸浸血污旧衣裳
多管磣可可身躯新棒瘡被死囚枷壓的曲了脊梁把咽喉罔
舒又覺傷心兩眼淚汪汪【醋葫蘆】我恰觀了一會覷了半晌
子那不行中把寃屈暗包藏不知婆娘家犯甚勾當直這般
帶枷吃棒休又不干己多枉听張旦告科（云）我慢慢的問两

廝他逕〻的映秉墻哭啼又曰内訴衷腸我待两三番措阻不
問當也緊揪住我衣服不放不由咱須索廝應昂云我官人
行說了　見孤住　(金盞兒)這是打家賊着完藏這是犯
界私鹽罵下擲這公事正与咱一地方這是恰下將文這是官
差納遠倉粮　(浪來里)這是泌河道便蓋橋隨州城新吞君
這是主首陳立亙田莊這張千毆打王大傷則好勾將來對詞
責狀這只王阿張數次罵街坊　押文字了　旦又告了
(浪來里)又沒甚公事忙心緒慌若有大公事失悞不惹灾殃
𡒄這些兒早不將心既想咬張鼎你大古里貴人多忘畧而听
引共心忙　回見孤說罷了　孤云住
(浪來里)早是為官的性忒剛你个做吏的又不見長這案不
完公事不商量則道干連人背後少一張更少那奸夫的招狀
張鼎云搃推擁赴云陽　孤云下　(尾)那劉玉娘罪責虚張
司吏曰非強把御寃人拶出皆是非鄉則那雄鄉的屈死李德昌

命掏在何处我大交平人无过交盗賊僣 旦下 正末上唱
【醉春風】好意的勸他家惡頭兒揣自己亓來口是
禍之門 張鼎叩卻又悔又若受万法皆明出脫衆人无事全在
寸心不昧 將刘王妳過來 衆推上住 【四邊靜】虎狼似惡
公人撲魯揪捽斤前跪我則見噎着氣吞旮声把頭低 云
刘王妳你怎生藥杀丈夫来 旦云住 【普天樂】你適喃
冤負屈賤謀你則這致命鑰財本是誰你直打得皮開肉綻悔
嗻遲不是我厮臨逼早說了是便宜
【紅繡鞋】我得了嚴假限一朝兩日你卻寸支吾到数次十廻
你官良蕊場六問共三推一庄話没半星实我根前怎過得打科
【迎仙客】比及不撒子先受了麻槌行杖的腙頭旮氣力直打
得紫連青又問赤瑟得桿搽煩逼得晦如何晦 旦云了
【白鶴子】你適便死呵則是到蹇砥定不招实則你那出城搜
主何心則它陌門死因何意 旦云住 【么】那下出的是同兕

四

堯新伴當元茶酒旧相知可是怎生上帝家去因甚逼消息云
玉女你飽淂那寄信的未 旦云住 三（幺）那厮身材長
共短 肌骨瘦和肥 它是面皮黑面皮黃有髭鬚无髭鬚 旦云住
（幺）真不身居在子巷東家住在大街北甚街巷甚庄宅何姓
字何名諱 旦云住 末云 孔子道視其所以觀其由因祭
其所安人焉廋哉 二 二 二 五（幺）我又至逼迫出來下落搜尋
得案完備敢惧煎我鬢斑白惹他的心腸碎 做尋思了云
是幾日寄信來 旦云 五（幺）是七月七日夜人定由酉為
卽食裁縫羅敵秋衣為何事離宅中有甚事來城內 旦云了
末云 取那廝合羅來 取到了（叫聲）你曾把愚痴的
小孩兒教剎 二 二 的 惹你若肥這冤屈事說与勘官知
（叫聲尾）不強如你教幼女滛穢別伝人奔繡刺女分付不明
白冤屈重刑名麼合羅呵全在你 二 出脫婦人脚冤我敢交大
人 祭強如名小童膺戳 末云 焉有鑫黑之報狗有展草

之見禽獸尚然如此何況你爲人類既交人補火添香何似
通灵显圣可怜爭屈啣冤婦指出爭財致命人
【衮繡毬】你曲弯二蛾眉吞寬綽二染絳衣黄烘二鳳冠霞披
覷形容仙女合宜直到七月七乞巧的便是神通百般依随也
似十指玉筍穿針線你敢啓一點朱唇說是非交凡俗人知
【倘秀才】待趣下觀音般像似沒半點慈悲的面皮空包藏着我殺
問你个麼合羅口不氣徒上下細觀窺到底見高山二云科了
【醋葫蘆】云則道在那壁元來在這里准趣底坐下包藏着殺
人賊呼左右叩增甚那个把高山認的　祗候云了喚高山
見了跪住　末云　你藥殺李德昌來　你快疾招了高
山云了【么篇三】麼合羅你做的高山須是你名諱犯賊
金敗更推誰划地硬抵着頭皮諱【剔銀燈】須是你藥殺他男
兒交帶累小它妻海你暢好會使拖刀計謊今在兒在空匣里怎
住的禁到底须索着田地你狂言詐語花唇巧舌信口胡題則

要你夜頭合器分星百兩責狀招實 高山云 【[illegible]】 做公
数說半句不分說兒有道理拾系辭了 一會子刺這人亦將
昧則這婆女盜可更這漢虛是它官司逼得殺老呵命甲勘不
出其中情意 張鼎索躬千計 【[illegible]】 從相雄伴消息沿路上曾
撞着誰 高山云了 听言罷悶懲添衛青這官司試兒的呼左
右親問端的這丈夫誰相識 正末云 只除佳息的知將出来
請李文舉去 外云住 又舉上見了 云住 【[illegible]】
又不是多年旧積則是些冷物重傷皮胃子那兒中湯我想
甚醫治你則多加些附子和當归 外与藥了 末与跟了
外下 便喚外上見了 末云 一頭吃了你藥養藥杀官人
末云 如今官人省我問你々依着我者推你老的到其間
有个魏當 喚老大夫上了 末放 【唱】 那老子逐問他
又便與道与見有人當官告者 【[illegible]】 新刷案的張
司吏一徑衝勾追來要你但若分毫不依着 [illegible] 衙门內

李伯英上見云住【么】你問我誰向官中指攀着
伊是你那箇姪子曾參賓過處盤你又不是恰才新認義須是你
的親姪交李丑生死端忒下的 李伯英云 末云 你孩兒
墻那聳道你合當湯藥二死你親姪兒表你休謗我問你兒所
者 末開了 文錄指父科了 伯英云住【□□】子
著這些二兒見識瞞過這老无知卻不你千悔万悔是潑水在地
怎收拾合嘱的个黄甘二臉兒如地皮古語一言既出方信四馬
難追已招伏誰肯擘劃怎支持【道和】劫則端的二二惡事不
能实忒蹺蹊交俺二二誰根緣天交張鼎緊使機脱灾危毁脆
出是和非誰支吾誰支對誰分說誰分說那些二二咱歡喜那
些二二咱伶俐一行人取責招伏說那些二二它愁壞當初指
望成家計到如今番做得便【尾】人間私語天聞若雷勸君休
將神天昧善惡事使也不得恰須是只争个来早共来遲

古杭新刊張鼎智勘魔合羅雜劇 終

古杭新刊的本関大王單刀會

駕一行上開住　外末上奏住云　駕云　外末云住

正末扮喬国老上　住　外末云　尋思云　今日三分已定恐引干戈又交生灵受苦怨聲載海也合諫天子咱

過去見礼數了　駕云　云　陛下万歲〻〻擬微臣愚見那荊州不可取　駕又云　云　不可去〻〻〻

【點絳唇】咱本是漢国臣僚欺負君軟弱興心鬧當日五處鎗刀併了董卓誅了袁紹

【混江龍】存的孫劉曹操平分一国作三朝不付能河清海晏雨順風調兵器改為農器用征旗不動酒旗搖軍罷戰馬添膘殺氣散陣雲消後將校依臣條脫金甲着羅袍帳前旗捲虎潛竿腰間劍插龍歸鞘教治的民安国泰却又早將老兵喬　駕云　咱合与它這宸上九州想

當日曹操本未取[illegible]吳生被那弟兄每當住　駕末云住

欺

【油葫蘆】他兄弟每雖多軍將少赤緊的把長陽坂先困了前
分的周瑜和蔣幹是布衣交股肱臣諸葛施韜略苦肉計黃蓋
添粮草那軍多半向火内燒三停來水上漂若不是天交有道
伐無道這其間吳国亦屬曹【天下樂】銅雀春深鎖二喬這
三朝恰定交不爭咱一時錯番為一世錯你待使霸道起戰討
欺負咱雲長年紀老等天了【那吒令】收西川白帝城把周瑜
送了漢江边張翼德把尸靈當着船頭上把魯大夫險幾乎間
諕倒將西蜀地面爭関將軍所的又鬧敢亂了下毛邑
（外云住）你道関將軍會甚的【鵲踏枝】他誅文丑騁粗
躁刺顔良顯英豪向百万軍中將首級輕梟那赤壁般相府的
英雄今日不比往常他每怕不口和咱好說話他每那喜笑裏
的暗藏刀【寄生草】倖然天生得咱這人自沼全不肖
施仁發政行王道你小可如後漢[illegible]不知南陽諸
葛應難料【金盞兒】上陣處三綹[illegible]虎軀搖五

百亇爪閂西孫權之亇　諸神道敵軍兵了霹訬以了一紙散五洩
你每教波取戟別甲刺穿取戟之鞬龍戀的呵敵鬲番那千里馬
迎住那二停刀（醉扶歸）你當初口快將它保救的亇膾大
把身包你待暗暗的埋伏緊緊的設你若是請將來到君
了那䂃冤几有兒那亓個自不敢把荊州要（金盞兒）你
適三条計決難逃若是一句話不相饒那亓個不敢把荊州
要（金盞兒）你適三条計決難逃若是一句話不相饒那亓
間使亓也武官麁鹵文官校那漢酒中失昔鼠臭蹇旋搭的股
川捎住宝帝項上按着刷刀金盞你岸邊頭藏着戰船却去奈
池水面上搭起浮橋（后庭花）您子道說公公見小您須知
曹公心亮高一个主意爭天下一个封金掛印豎上的霸陵橋
曹操使不合神道把軍兵先暗了（鬼三台）斬路酒年中敬
侯行礼內中耗沒亂來旋兇共嫂嫂曹孟德心斂也做小哥爸
該雲長善馬人交万声呼將去来許褚張遼那廝道頭道兵菊

輊轅動偃月刀曹操伏劍投降恨罕真起稽下十般兵機
家智力謀策機謀倍了也則除的一場孩兒劉備了一頭西川
十樣錦征袍云了下末重於正引道童上坐定云貧道乃大同
馬懿操曾使曹了自夜鸂會策與劉皇叔於先主八有高皇
之氣將門子里封與皇叔為一子孝南陽卧龍為軍師了了
西川向山間林下自看了十五年爭虎鬭貧道絕名利有罷
辱到一快活（正宮端正好）我本是个釣魚人卻做了扶利更
噫英布彭越韓信伐我這一身處兩隻手云手弄不出麻袍袖
（滾繡毬）我如今漁樵村裏更爭誇交樂的多活魚新酒酉巴尾盆
砂鍋磁甌樁臺不盡高哥自打手自從他撥〻昏書我盡吃
納醉明眠納被家頭也撒縱外一三竿日為的殺茶人門万户侯
到大便由（倘秀才）休教天下獨坐爽御宴上堂金豪手負的
百生蜀下蜀漢這一點兵卻壽且便是故友（滾繡毬）
你看我執筋仁也他幾座那漢男子輸了半壽問甚麼文難

來後自濺鮮血交流你為漢亡九座州我為楚前一醉酒噴西
乞落不得个完全尸首我共你伴客同病相憐你為兩朝你保
十年根我却甚江一盞〻酒万古愁論起來魂〻悠〻【倘秀才】
你子索躬首身將他來問候驢騰肴愁〻勸酒他詩吃侯吃劍
侯側那里交他受侯受他酒東你着道首東去他道西呵你順有
西流他醉时節你便走【滾繡毬】他終前有半點兒言語前
帶三分酒那嘆酒性操不中調你是父桂口兒則休提白那
荊州完爭用殺人眼輕舒開挺將手那神道恒將卧吞石坡磴
时收五蘊山列火難收若是他玉山低趄你則頻斟酒看是他
宝劍塊運你則准備看頭枉送了八十座軍州【倘秀才】你
道東吳国魯大夫仁兄下手則消的西蜀郡諸葛亮先生啓口
秦与那海量仁慈的漢皇收那先生操琴是雪降揮劍鬼神愁
則怕您無熟措手【滾繡毬】黃漢昇猛似彪離手應時將斗
与孟起是殺人的領袖那殺漢虎牢關三英戰了十八東諸侯驚

一疋千里騅橫一条丈八矛當陽坡前安雷吼霄當住曹丞相
一百万帝甲䩞䩞叫一声混天塵土紛紛的橋先斷喝一声輸
岸蕩濤滾滾的水逆流這一火怎當百千休　君是你
鼕鼕戰鼓云相接不剌剌戰馬望前驟他恁噎噎擺起征袍袖
不鄧鄧惱犯沙收救你索与他　外云　也未哥哥　那一
柄青龍刀落处都多透　帝　你兄弟　帕利着我手樹栗
低防打破我頭他千里独行覓二友疋馬单刀鎮九州人似巴
山越嶺瘦馬蹄番江混海他輕拿住泉未卑鬼怒拔昆吾鞭
文丑齊盖下顏良剜鼻了首級傷英雄立取了頭這个雄是咱
的先生决應了口　吾兄呵　那未人的関公要揄他下不的手　下
净開一折　関舍人上開一折　净上　都下了
正末扮尊子蕪居扮將士擁子上坐定　云
方今天下鼎峙三分　曹公占了中原　吳王占了江東　尊兄皇
叔占了西川　封関公為荊王　公在荊州鎮守　吾公臨想白

好疾也自從秦始皇滅了二百余年也又想起楚漢爭鋒
王霸業不想有今日【殿前歡】天下荒又却周秦早屬了
刘項刘項君臣遥指咸陽一个力拔山一个量容海這兩个一時
開創想當日黃閣烏江一个用了三傑一个立誅了八將
【醉春風】一个短劍一身亡一个淨斂三下暗想他宗尊授与
光孫却都是枉〻〻獻帝又無靠董卓又不仁不義呂布
又一冲一撞【十二月】那时節兄弟在范陽兄長在樓桑關公
在解良諸葛在南陽一时英雄四方結義了皇叔關公
【堯民歌】一年三謁卧龍岡早鼎足三分漢家邦繼伯又你言
道霸作蜀王關公是弓卓刀鎮荊襄長江經今幾戰場洽便似
後浪催前浪【石榴花】兩朝相隔漢陽江鴛布遍像兩請雲
小校的每安排着筵宴不尋常休怒遍畫堂别是風光休怒鳳
凰台兩棒瑰光臨決然安排着巴豆砒霜和玳瑁筵搖列着英雄
將休怒時開宴出紅粧【鬥鵪鶉】安排下打鳳撈龍准備着

天羅地網那里是待客筵席則是個殺人的戰場他每設意誠
心便休惚全不怕后人講說他謹謹細説敘与你親身趁
【上小樓】你道他兵多將廣人強馬壯大丈夫雙全一人
拚命万夫難當你道南漢江起戰場急難侵傍我他每難又
送的我在船上【么】你道先下手強後下手殃一隻手揪住寶
帶臂展猿猱㨯抓秋䐶他待暗暗藏藏緊緊防都是狐朋狗黨小
可如我千里獨行五關斬將【快活三】小可如我攙親姪劝
負王引阿嫂尋兄皇叔霸陵橋上氣昂昂側坐在雕鞍上
【鮑老兒】我戰鼓才擂斬了蔡陽血濺在沙場上刀挑了征袍若
了許昌摔了曹丞相向筵上食下對兩對文武更小可如三月
襄陽【剔銀燈】折末他雄糾糾軍兵成來場殘凜凜兵屯合
虎狼大將軍奇鋒在孫吳上倚着有馬如龍人似金剛不是我十
分強硬主伏勇有斷不去齊拳攥掌【蔓菁菜】他便有快對
不過征將兆戈戟列列六合對幢三國英雄漢雲長端的是豪氣瀟

三十六（沽美酒）他止不过擺金鐙六行教仙王的院奏笙[illegible]
殺承雲樂章教光祿司準備滿地那珍羞百〻
金盃玉醆按藏着鋤長槍我不用三停刀
衣郎（滴〻金）我問這量我斟量東吳子敬去
〻〻年謙讓把盃〻〻闘談論我這危邦一
都只為堯边你凡又不俏但使机只它家鼓注
交它〻〻請我赴銀羅叢血水似湧潮盃
杀的死尸骸立滿〻〻渰陽江（尾）須
公又年那宴鴻門楚霸王行下蒲葵人都
你前日上裝心小可如我万軍中下馬刮
會人云住　一行勒下　爭一云　二
准不将文字席問引辛子做船上坐
你是小可（新水令）大江東去了
冊一葉不比九重龍鳳闕這里是千〻

來來我覷的單刀會似村會社【[illegible]】年少周郎何處也不見了灰飛煙滅可[illegible]當時絕壓兵江水猶然熱好交我心下不盡英雄血【[illegible]】文奪以行占上國國拼不休殺一時多少豪傑人生百全不覺【[illegible]】一將一國興亡一朝滅那二朝阻隔六年別不付之兄也卻又早老也心兄決一夜【[illegible]】你招我心下待收今日古閑支郎之子者也詩子曰這句話單【[illegible]】從諸孫劉皇叔被您瞞的好呂越子業從光武秉政除邪漢王帝把重草下蕩王氣合情受漢朝家業則您那吳天子壹之後你个不記的先生曰說【[illegible]】則為你把這三尺龍泉鐵這鐵飢食上將頭渴飲仇人血

【[illegible]】

子是將你乞在筵中盡說的人向樂同俺這故友子和孔明勿問
休交俺弟兄每新別我這里聽看你个魯大夫休高談暢好
是訶那休怪我十分酒醉也（[illegible]）閑炒〻軍兵列手來
的休家當言俺我我歡交這劍下為江日前見血你好似翻遊
我鉋如及下使不〻你片口張舌往念的你文鴟壯士一怒別
詐休擾來〻〻好〻的送我到船上看恨慢〻的相別
（[illegible]）凡紫衫銀帶公人列晚天涼江水
一若花謝心中喜悅凡〻昏慘〻晚霞收冷〻江風起急颭〻
雲帆扯重〻待後承謝道與梢公且慢者早纜解開岸邊云船
分開波中浪棹攪碎江心月於下談有甚英兄[illegible]長朝夜兩
國事務當去也奈不下老兄心不去了俺漢朝節（[illegible]）魯
手下鉤後筵席也我表要延席推怨狗羊狠心使見了偷了我
衙敵軍的詐騎拿住也去等待（[illegible]）交下麻繩牢拴子
行下省會与將來人[illegible]用刀斧手拱行陣到我[illegible]

將斗來大鋼刀活潑潑將頭顱砍也麼天　拙只打搧大眼尚古
仍舊不平氣人下惡氣

題目

喬國老諫吳帝
司馬徽休官職
魯肅索荊州
大王單刀會

古杭新刊的本關大王單刀會

新編關目晋文公火燒介子推

淨扮一折 駕上開住 一太子奏住 旦閒奏了
生扮太子了 殿 正末入冷宫住 外扮介子推扱末
開 自家介子推晋朝職當諫議晋獻公為君朝冶里信皇
妃驪姬国舅呂用公亦諸殿東宮太子申生重耳次懷為
民更將正宮皇后齊姜下入冷宫信驪姬与他兩个太子大
者奚齊次者卓慈大者為太次者奚月奏官里蓋千尺雲月
臺又上太社宫日二十聞動天下民大發日成功朝中宰輔
緘口无言没一个敢蒙官里似此這般怎生奈何呵
〔正末唱〕〔仙呂〕〔點絳唇〕我想今日人才各居朝代為臣宰怕不都立在丹墀
殿堦一个又將古聖先儒壞〔混江龍〕當日个高辛氏有才八
元八凱有三墳五典五經哉今日父子兄弟慈孝兄弟尊長友
以懷剛為一方敎不明生副根致令得困時失序亂民安今日父

子先高怕說順兄弟先上下孤諸臣宰与君王主事當王信讒

佞支離太子申生敵弱小太子重耳夷吾[illegible]在子奚齊有[illegible]

驪姬心腸毒為似狼狠毒的是為要立長子亢的是要月[illegible]

正是農仕耕種百姓里官急科差謝了我當忠諫[illegible]

我這里密朝章奠象簡端居於相位中我与你出班部上[illegible]

赴丹墀施禮者　當因朝中獻殿[illegible]

明哉　做起末孔了　駕云了　云　臣該万死[illegible]

駕正宮皇后東宮太子西府纖者不知有何[illegible]

陛下信讒臣之言待害要月不可　[illegible]曰云了

駕云了　[illegible]言者盡是[illegible]　三　太子[illegible]上送[illegible]

將雲月[illegible]可兄太子[illegible]門便怎能勾[illegible]

桂枝來　云　晉[illegible]云了　云　晉　不可[illegible]

[illegible]用[illegible]在子[illegible]本將西秋[illegible]右包本千尺[illegible]

問[illegible]就云文[illegible]

棟梁材〔天下樂〕今日待動土興工崩剝以但用的民夫將首
姓差題起来瘡傷楷老白以內膠不爭宮殿上大極陷不爭喜修
成雲月臺 臣子怕弓著陽從天上来 駕去了（云）臣敢說麼 駕
云了〔云〕當日紂王无道因寵妲己立起摘星樓不明數又
宮敲陽人脛腿驗髓剖婦人腹看驗胎 如此不仁有諫臣三人
微子箕子比干此三人者皆是紂之賢臣為諫不從微子去之
箕子為奴比干諫而死四古王今百姓諸侯史官皆駡紂王无
道 駕云了〔□□□〕百姓每怨嗟綻姦色損臣僚重冕千力
儀三市鄰侯恨荒淫好色吞八方四海史官每駡軒轅黃帝傳子
年万載那其間王正在着凱歌時因年代普天下併役當差〔雁兒落〕
〔得勝令〕比及壘起基階立起棟材百姓每每凍餓死的尸骸成山擡蓋
那座摘星樓與工了數載不曾動承寵尉遲資與云了〔沽美酒〕
百姓每如何敢再官司也不敢量云了諫人家高樓大廈倒放
壞川甚去處寢井堂從頭覓折將它□□□內拆起新蓋告大王

恁時節在椒房閣巳成功待去廢倒如今翻覆無王那今何在云了
【么篇】每日將生靈害每日把菩提閉微子其子比干這三人
諫在金階諫不從微子便走去西伯箕子在宮苑座狹把那比
干腹內刀刃分開發可不把心肝摘血濯又的苦痛傷殘驗三
毛七孔真如在妲己早炷燃幾滴血紂王早忘英雄處駕云了【么】
為那妲己能求那些顏色選入宮來把那魚血染埋銅柱注載酒池鍋
閃得林安撥得宮人材含啖嬰孩多的四海兵來交戰死家想着
紂王與寡我一土裁倒則為摘星樓把山河拆壞落一下修造今東望月
營駕云了戊午日兵來甲子日滅史皆因那妲己大作妙業奇材樓
時間血浸朝歌壞把座摘星樓變做塵埃武王伐紂工勞大一盡是
神天佑護一【末】是天地截斷　旦云　駕云了　流駕云
万歲又又　出朝科云　聖人道篤信好學守死善道危邦
不入亂邦不居天下有道則見無道則隱[illegible]是吾全身
之樂哉【尾】跳出那是非[illegible]做一個閑[illegible]孔子

道危行言遜免害不得中與而與之必也狂簡進退乎哉淨旦
云了兒如今你晉朝中禍已成胎少不得惹起場干戈橫禍災
云了我想這千尺月臺憑時節撤在九霄雲外淨云了我道來
云了這晉朝目您可索隄備着些兒末　下　駕一行下了
淨旦說計了　駕上六　奏住　駕云了　申生重耳吳住
駕一行上　旦与申生祭食　藥死神撤了　重耳走下
四奏了　駕云了　扮淹官扎砌末上　云　自家大官大
使王安奉宣里○○皇后○○賫三般朝典將東宮太子賜
死想人生冤枉何処伸訴【一枝花】致令得申生遭缧紲
逼臨得重耳私奔走雖然是驪皇后生嫉妒咬你个晉天子也
合問緣由您肯分辯个恩仇賜朝典它甘心受料東宮一命休
子是劍刎交奔傷身難不了這短劍白練藥酒【梁州】前家兒
功卷成罪孽後堯婆因恩變爲仇從古至今前家後繼從來有似
這驪后定討国曷甥鋪葉暗存省藏但鶯儔可待詩細它鳳閣龍

樓迭的个前家兒惹罪遣來使得个親夫主出乖弄醜都是後堯婆私事公仇国旧太后君王行兩三遍題名兒奏省自家由等侯交武士金瓜列在我這腦背后我如何不敢承頭、天臣云了 听了 太子云了 【牧羊關】將太子待放来如何放交太子待走来如何走 官君裏了太子呵交這潑宮奴万載名留若不交太子短劍下身亡微臣便索金瓜下命休 太子今日青天下遭罪死若到黃泉下不可結冤仇 太子云了 那壁是○○ 難推怨微臣這壁官差不自由 做待普尋思了 云 自至宮中誰曾害人性命 【四塊玉】我從来是个奉善人那里有殺人的手段節也似聖○催怎敢遲留至如東宮台死呵也不合交這明晃又短劍下亡 砌末云 君要个完全的刀首子合交這長挽又白練休覷 砌末云 太子呵你也可贈與又臘藥酒 使臣上 云 云 臣不知太子有何罪犯官里与皇后俱這厭冤恨 說罷了了 听住 【罵玉郎】听太子讒選

兒説關兒虛謬元來是爭社稷結冤仇子是這三人定的計策
目也都參透是君王傳的聖旨爲合定的見識是驪姬子施的機
穀 净云了 恭听了 【感皇恩】呀諕的我䰟䰟消悠 又不隄
防有人隨後 每 太子命准遂微臣也身难挺那賊漢怒难收
子云了 都是賊子奏又得怨繼母焦又得怨父王愁 太子云了
【採茶歌】你道他下場頭怎干休 太子呵子除你一心兒破常
王要右往今來虽是有冤冤相報何時休 使臣上云 【云】
天臣言者差矣 【收[illegible]關】他父親牽腸肚咱兩个苦麼口
宅子父每更反殺呵痛関着骨肉待将它摘膽剜心怎做的不
惱懷袖瀰突为皇后合依平論兒突为天子合問緣由傷毒物
宮婢非為罪案殺神像直恁狗 【尾】你今日道磨殺它這太子
不怕唯合口 帯云 上天生我上天死我君王何不可我怕甚茯
侍君王不到頭 或衆公卿衆宰侯别人有家私不能勾有妻男
不能守有功名不能就宰輔臣僚男女肯受臣道君昏怎生不

奏罷石心毒龐公出醜殺的是王業金枝有何好論傾栅將鳳言蕭
孫不如豬狗你等蒼生直乃禽獸我已還三十不為夭壽為主
忠心死而甘受我博一个万載青名獨強如交万民元帶云我
如今弃了身弃了命便死身亡問甚懸劍刀下闌㪍帶云諫諍
了訛言課語元勑違宜㘭甚末金瓜下碎首帶云既為臣子怎
敢將主所殺我將這行仁慈有道礼忒忠孝的申生我委實下
不得手　外云住　申生白㑹子　駕一行上　等奏住下
末素扮引外末背劍上開　自當日出朝載老母別於莊宅上
半載之間倒大來悠哉　【鬬鵪鶉】舌討生涯衆僕男一犂
兩㩳落得个任逍遥散但行違背一逕　琴携一壺酒説友在山
閑林下今日還家想道我出朝時那場今怕　孔子云邦有道
則知邦无道則愚其知可及也其愚不可及也信有之也
【紫花兒序】我如今耳消聽蓋聰明渾似瞎我便有那論辨舞
国的巧舌頭子不如妝個癡　又又又　將書劍將十年來拋趓

舛匣高掛 見卜兒了 介休拜了 云 介林於府尹李中功
云已經半年之間不知你做甚工課 里介林云了 孩兒你
習文武科也孝得是也我想來則不如不會到好 介林云了
听我說 喜春來 你今日修文治国平天下你如今待滿
武安邦定亲伐 兒呵你如今修文演武未通達 帶云罢二至如
你便不成 呵 唱 俗我也退朝誰肯將你薦与帝王家 林云了云
孩兒你說的言語有撃王保駕之意安邦定国之心豈不知
孔子擊磬於衛者曰有心哉擊磬乎子貢曰有美玉於斯韞
匵而藏諸求善價而沽諸子曰沽之哉 ヌヌヌ 我待佛者也
尒今未入於至焉之就里難後之輕重長短我受付的辛苦
綠何不知便憑才藝奪国家大柄貴者只除是出朝將入朝
相矣 林云了 普天樂 出為將便是鎮華夷入為相居
朝堂駕鎮爭夷 呵 便似挾太山以起北海朝鸞駕 呵 便索待漏
院夕立東華假若封加你官位高至如昇迁得你功芳大剗地

索招罪招妙你鸚怕兒呵子不如先是死非且做庄家外云了
這的是逆的你榮華富貴外云 兀的是还你魂的高車駟馬云
了那的是取你命的大索高牙 重耳上叫了 做驚問了
【迷仙客】他道認得咱不知是誰那做見科了臣道是誰家个
客人元來却是殿下做講小太子若是但躬身微臣便該万剮
做起了 東宮安在 云了 打悲了【唱】東宮元來自刎
云了 听問 做見卜兒旦太子介 杯太子是世非干微臣
异遐文晉天子呵全不怕万載人民罵 净上 驚住 净指
之过皆因吕用公奉宜里圣○所逼国旧仗首宝劍到你家
中有小太子重耳好生將得項上頭來便休若不將出頭來
交你全家兒賜死老旋以此說太子在於宅内太子勿意旦
替太子死去母親將您孩兒項上首級獻與国舅是言都
是太子之首我虽然尽其忠不能尽其孝奉有七歲老母
如百年之後死臨喪祭之子休又又 既為忠臣何思孝此感

【歌曰】别恨山妻淚滿腮　今日悲苦母痛傷懷
忠心替代佐君死　孺子喪亡取劍来　介休
自刎了　做荒坡【上小樓】我子見扯劍出匣它便歸往
頭髮吃察刀迸処頭落地苦痛天那你頭是下　得呵兒呵好兒
今日个不孝忠就就死駕王保駕　太子云是得臣也忠心伏你
晋朝天下【么】你淺兒待怎生我絕嗣待子麼孩兒今日救了
佐君替了靓爺它須是為国於家　旦哭做住不争你孝哀声歌
把咱全家誅杀　君王小可題起那麗姬怕那不怕　怕做了　净
云了下　太子做望云了　孫凡雪上　太子云了　悲住
【醉春風】行路途劫　又巴　又犹懷楚消　又洒　又頭直上風雪紛
又下　泊两千凍不然多應餓杀【紅綉鞋】受了他五七日心
苛勝咱不似這两三程行得人力尽身乏　云了　望兒兀那野烟
起処有人家　帯云太子共我絕粮三日我身上肉難
做山林内拾得野物肉与太子在飲它有　一日為君呵至如我

心丐貪我又須是剖股萎血宅太子云了到山中了深山里絕
餓殺眼花惡了太子背桌坐定　太子燒肉與末吃【快活三】
想我首十中來澗底下剖得來與宅家燒得來半熟荒用手采
食早是我澁乘无收斂太子云了【朝天子】百忙里讓啣益鹽
的見宅不由我吃忒又心頭怕大云了　太子問臣声喚子甚那
有幾处熱瘸瘭瘡發云了微臣里忍痛難禁声疼不定太子云住
太子呵臣這疼痛如刀刃扎太云了你又待損剮又又尖肉咱
云了你直待咽咬煞微臣㗊　楚使上云住　打認住
太子云　閔子了【云】既然楚大夫肯將太子去楚老夫
家中有老母无人侍養老夫还家等太子云宽時分日迎太
子來　打悲了【四邊靜】哭啼又訴不尽別離話　太云了
你与我疾忙上馬你一程又要騎去宅那我子索便又的旋碢
还家他那里傷心去路何時尽我這里念恨殺程知宅幾日是
家太云了赤緊的你父子无投機話可知道瓦雲氣少那里問

兒女情分【三煞】今世里父賢子不孝子孝父不達達的運父
不父子不子傷了造化我如今有兒無兒皆如此太子云了你今
日有耶死耶争甚那謝楚大夫相扶接太子為晋傳枝葉也是
你齐楚根芽【二】太子云想必那春申君堪達奈你云了你見那
孟嘗君隨順它若是君權向那客舍里權安插俺便似山川困
雷生剛已太子云你便似浅水蛟龍奮爪牙太云了怎肯交麗
姬賊子惰了天下太子云直等的先皇晏駕那其間便起征伐
【尾】太子云你若是报不得母雪不得兒你便空破了国若是
借不得母埋不得兒我便是自丧了家你若是雪不得冤报不
得恨則這吡空干罢太子云你便是治不得国我便是齐不得
家吡枉教人嘸罵杀　一行下　净曰開了　驾上開了
敝向奏了　卜兒開了　末上見卜云　您孩兒去晋城
得重耳為君号文公即位将群臣都封贈了推忘了您兒孙
作了一篇龍蛇歌懸於晋朝宫門晋文公若見必宣您兒妻

小兒云　不省了【么】上　怕娘親怎生是一世之榮不如

万載之名卜兒云了做省得了母親言者害他家中充方[illegible]

【賞花時】母親道奉地臨朝一世榮背母朔山掛个万代名[illegible]

家中方多充辛當則今日便登程卜云了馮驩首覓魏又綿山

峻嶺卜兒云你孩兒鶴背首毋親行　駕上開　駕提燒山了

【么】樵夫上　荒放【鬪鵪鶉】燄騰又火起紅霧黑洞又煙[illegible]

飛黑雲鬧垓垓火磞縱橫急攘又烟煤亂衮悄灰又火焰[illegible]

藏古㟙又烟峽內洞隱我子見煩又的相無煙黯的火難[illegible]

急煎又地小燎心焦窖匝又相应合峪門【紫花兒序】紅又[illegible]

星飛迸散騰又的煙接林梢煥又的火鬧了山門烟[illegible]

火誇了三寃不付他這性命得安存多謝了烟火神普[illegible]

人慚愧呵峻岐兒家雖奔尽都是火崖燒尼[illegible]是本[illegible]

材　駕云了　截个差事相共个丢[illegible]又火燒了[illegible]

相不肯[illegible]火[illegible]首若[illegible]不剔見令燒死了也　駕云[illegible]

【調笑令】小人向窩叢里過了三箇每日負力擔柴閑
隱于山要得安逸處云了我不知你笑那深山里王宣臣他
那濃烟烈焰里成灰燼云了為甚麽這推怨天得脫身无責他邊
天有信徒來不負俺這苦辛人云那个老官人和我每日辛苦
云了【金蕉葉】小人怎不待信省口傾心告君則恐怕觸
壁恰道个至尊云了小人負罪也庄家波我省的些兒小人
止不过下帛鍾和粟不似你晉國里招賢疊人每喜土
【公】共崇巖下那个穿白衣火燒了身元的不辛苦灰凌恰相
人云了我道道本的道它親孩兒養死向劍刃下刎他血
恭入血書官時辛相每吾議論則封个宗族將要晉云
道它曾巴又朔又也肯省主公破又祿又踐紅塵行到半路里絕
糧也割倒股肉煮道大王當日從自道大王今日為君尊貴
昭而卧列菲而食那其間路上有飢人晉云了你向當心里
水衮方身怨却四面火把樵焚一投於水於水滾一投火

那火光裏云　做皇〇一般放水一般放火曾那的是怨天子
重賢臣【迎仙客】只的的狂風颯將寰區又山圖盡猛一陣
燒人生命人兀捲泄蕩起灰塵火焰飄飛舞寰宇又迸一重
的兩輪日月昏剗又的火燎的一天地又分霸畫見赤焰紅
迷天據攘又撲飛禽走獸那火森森【石榴花】你道火林外前進
有草深山里進退無路他逃是向小坑中白骨更休想臥
驪高爆云【鬭鵪鶉】那老兒過六旬近七旬他道是老而不
死是何人何道他性子很蠢意難見如今抱著茗樹被火燒
可知云有甚麼火不燒死【煞尾】不爭你介晉公殿火燒
功三尺在怨得力又載胡從公論悉稱府縣事輪遍不教斜
今當今帝王士根【隨煞】　駕云下　第四

新編關目晉文公火燒介子推

三

新刊關目馬丹陽三度任風子

等眾屠戶上一折下　　等馬一折下

正末扮屠家引旦上云　住定開

自家姓任，又屠的便是的。親兄弟三口兒在這終南[illegible]居住，甚有錢每

日好吃酒，人口順都叫我做任風子。頗有些家私，但見眾兄

弟每生受的，我便借與他些少物做本錢，不要利息，因此上眾屠

戶每[illegible]每[illegible]今日是自家生日，小孩兒又是滿月，也有

[illegible]兄弟每來時，大嫂安排下酒看，等候眾人來。外上見住

[仙呂][點絳唇]閑了相接弟兄錯恁任屠面，今日非尊，因聚來院。

[混江龍]俺屠家[illegible]的肉如山岳，酒似[illegible]川，都是吾兄錢物等董

青衣[illegible]上[illegible]體底[illegible]荷葉包餚，遵義子兒拿到廊上

酒[illegible]不[illegible]手，[illegible]又[illegible]又[illegible]鋪[illegible]

[illegible]將酒來　云了

[illegible]不得性劣覺氣不了[illegible]
[illegible]似[illegible]入肥豬圈[illegible]一似乞兒[illegible]了草囤[illegible]
[illegible]氣文[illegible]是[illegible]豬狗子窩[illegible]一[illegible]
[illegible]我[illegible]門[illegible]見[illegible]仙許大來家緣不少[illegible]
一个[illegible]好[illegible]天可[illegible]開月[illegible]月[illegible]人老[illegible]
[illegible]
外云了　[illegible]兄[illegible]　[illegible]云了
[illegible]非任屠自專[illegible]有[illegible]傳[illegible]上有[illegible]
[illegible]上有天非是我自[illegible]
[illegible]一个道[illegible]少人[illegible]
[illegible]天[illegible]提过[illegible]田
末云　兄弟[illegible]少[illegible]向
[illegible]道[illegible]不[illegible]先生[illegible]全真[illegible]道士
[illegible]到晚來[illegible]七真堂[illegible]

半年搖車兒擺滿三清殿　等旦下

【醉中天】似憑的呵都受了清淨無為顛覓不得溫煖養家外百姓每都將蓋撐懸但乞酒先澆奠有道的呵不動刀砧半年更撩丁不見數甚娘剎市神仙　等外云了　不爭那廝化的俺一方人都乞乞藥沙俺麼家鄉乞甚麼　等旦云了　你道我近不得他來

咱白廝打你贏的我你便去我贏的你我便去　做廝打科

【金盞兒】這个拳來到眼縫前緊閃過把脅忙擱這个滴溜班挖的似風車鞾拳來急過似旋過一番掙一个賀堂里肴着肯一个甫鑿上中直拳一个早撲地跌倒塵土一个等他向稱天

等外云　兄弟放心我索來斂廝去

【尾】我將這把老牛刀昇將柔肩扇心飛麼提着迭性命身輕体健俺兩个如還廝撞見使不省不識吾害　外云了　他着旦定鬢云輕　折末平地起昇仙我將這擔簡心手臨是休道在玉皇殿前直趕到月宮里直把那廝似死羊兒般軟　又云　下九蓋天　下

等外云了　等馬上坐定云住　末拷刺客上云
先生咱子不義要殺你踏省這一弄兒景到來殺你呵
【醉春風】消酒力晚風涼助秀氣秋天闊高兀自身列姐醉眼饑
化的俺一方之地都餐盡的些家兒充榮辱
等旦街上見末云了　你來這里子末　等旦云了
【紅芍藥】休道是我也不說怎曾言道避者不做旦云了
你莫不養着那先生里麼　旦云了　你莫不共馬丹陽繪肩
妻夫一隻手挐住縣服一隻手挐住道服羅去兩隻手對拳的窟
捽下增衢咱是个敵牛兒馬任風子覷着後心不肯累你个抱妊
男兒義姑此語死麼　旦云了　【十】你道苦勸省不听你个嬸嬸
常言道寒衣飯如殺父冤讐　旦云了　自古道死毒不丈夫親生子吹
啼哭你為我覷去
末云　我去城外延兩个豬兒去我那里殺人你家去
旦云了　要我家到得那里　子三句言語早走將回去我那里

趕着我一心待跳過牆去 做跳一跳科

兀底是那庵兒閉着門子里我与你跳過墻去咱

做攀墻科 等衆叫稽首了 下科

正顛里見一个先生後頭有五七百个小先生都叫一声稽首

末不服花 到這的甚麽 唯稽首科

（六么序）上面……的……過來……的行過去……身在背陰果

処我子怕馬丹陽……又人說咱元来是消 又風

弄竹見的言……為……怕馬丹陽刺

客心頭怕……

先生呵你……精……持怕

（么篇）……也是道

雅扇……

高尾扇伏……見高

我是一个……你

馬云了 這厮是个神將你變些本相交我看我便不杀你

【脱布衫】你拜伏下北極真武活請下東華帝主我道來你是南方

左道術便有縮地法混天倉与你訣取

做杀科 做杀不的三科 先生嗏你今日不合死明日我來

杀你 馬云了 你怎生杀的我

等馬呼神上 神上 來見神[illegible]

【醉扶歸】觀覷了傍又五現元係个馬丹陽師父云了來有護身符

鶴來怎生插翅飛他把我當攔住等神將作斗一處如何敢过去

等神賞了下 做猛省科 任著元甘不省呈根師父出家

去 做來見馬科云

稽首弟子省也拜根師父出家去 弟子依師

【么篇】師父道神仙子許神仙做九人只等九人去馬云了後今

娘杠受父爺娘苦見孫自有兒孫福奉受當出來看 云 又 又

謝師父指引上天堂路

旦二云了

【三煞】從今後栽伍株緑柳侵蓬戶種三徑黄花近草廬學師父伏雨降龍跨鶴乘鳳再不去宰馬敲牛殺狗屠豬我心中不恍惚有甚工夫惡紫奪朱雖然我愚魯看小里看文書【二煞】高山流水知音許枯木蒼煙入畫圖我待學列子乘風子房歸道陶令休官范蠡歸湖脊放了盞又之物泛又之樹落又之徒撇下了砍刀活計待請個伱仃與𠆩芦【尾】每日爲屠將豬狗生涯苦都不爲玉兔金烏死限拘從今後只死喜存有余朱頂鶴獻花麋鹿喚月猿猴嘯風虎雲滿衣月滿戶花滿堦酒滿壺風滿簾香滿爐看讀先生孔聖書日子清莊列御閑口藏舌有若無實若虛苦眼鋪眉恰似懸繡驚覺子莊古裝又鬅鬆又賺眼內駒急又光陰風內燭姹女嬰兒自此經至鐵金枷已得脱千丈風波再不尚一層茅庵足可居藥爐經卷遇今後抱飄鑄就閬苑圖菜藥琴棊蓋尽得数春夏秋冬搃不負春天國中秋本夏日山間避暑秋月亭邊翫月冬雪亭前看梅

只費畫作賓主皓月清風為伴侶流水高山是琴譜古木蒼松
畫堂乾坤不可拘風內藍袍自在春醉酒又不做色又兒才只一
氣又除酒色財氣色迷金陵陳後主才下宗陽范蠡夫
烏江楚霸羽人我將中尽不許名利場中都閑為尋
跳了田園雞犬准备麻縧
你每怕我打不的受不的苦下
等馬云了　外旦上云了　等馬上堂定云了
正末執抱打先生上云
仙呂點絳唇若不是師父點覺了沙陶大夫參候落
混江龍每日價園內修持猜省我師父的意先交我鑿排下多長
活計若不是參透玄機利名場風波海遠離一垂金紫气荣微黃齏
淡則淡又中有味油葫蘆閑時節與師父石鼎內煮茶葉番熏
瓶添淨水一声雜唱五更鐘師父叫一声任是子我又索起識破
這轉眼韶華箭指光景輪頭疾去

等旦外上云　末不采旦科

【醉春風】自撇下酒氣財氣諸肯高茶藥琴棊子規声里猶道不如歸旦云了又不曾游閬苑又不曾赴瑤池止不過在終南山色里

旦云了

【迎仙客】我把轆轤繩自絞到幾是稱我却甚爱月夜眠遲春里夏里冬里秋里爱聽馳休想我後悔又死人把我快及等旦云了婆娘家等雷里請賢會有甚早行不的這些田地范杞良北築在長城内邈逗的个喬妻女送寒衣等旦云了【紅繡鞋】大古里万水千山尭弄你三從四德旦云了打一科我濃就拳頭等旦云了他憑与我个面皮休旦又全無里鏡人不見大病酒兩个善斷离我来到林下山闌誰想是前月底

等旦討休書科　它問我要休書我問師父咱与的是不与的是　做見馬科云　有任屠兒問弟要休書上与的是不与的是　等馬云了　末做自嘆

【□】父直与和不与不由你□
【□□】閙閙出席服蓋姻聘了兒夫合日這的中做筵席如做筵賓
急切里死片時將這的鎖在田地承渠老婦手在青泥內与你什麼
手模便當休嫌義和你恩斷義絕花殘月缺鏡破釵分等旦云了
【二煞】你道是夫唱婦隨夫榮妻貴早趁晚夕擇著鑊全□江水渰
旦等旦云了你向這里撒殢殢休尋自鑑葉園中戀惹人旦云了
【么】兄弟今日你勸我又笑你昧已瞞心百兩分星細切薄箇賣
虛發日做唇的于折本利到今日落花甚賤猪羊賣
外挑禮說重云了
【尾煞】這擔輕如你底你道我擔荊筐受苦辛如你擔父院便宜
兩頭來往與廢休怨我擔是擔非等外云了蛍不如張子房休官
罷職外云了我待学陶淵明歸去來兮嗜休罪今□□等旦云了
【□】你攛掇張郎婦李郎妻【□□□】恁人生六合乾坤內活到七十稀
【□】有錢人生物化此蒼躲人愁老抱春歸人貧人富貴多□□落□

開口有幾哈想自人子有三寸元陽氣權且自九胎濁骨使作郎肉眼愚眉旦云了〔幺〕第一來將女色再不侵第二來把香醪再不乞堆金積玉成何濟人生一世心都愛誰爲三般事不迷跳出紅塵内尋茂錦裁天浪爛斧柯仙巷

旦云了

〔上京馬〕我子會玄機出入[illegible]誰想香腮左右偎你那綉衾不耐如黄紬被我待參禪夜月琴三弄誰待細看春風玉一團我无福共你諧連理鴛愛夠是[illegible]年[illegible]錢他是六道輪迴

旦云了

〔三煞〕這蓬萊園有[illegible]氣花枝恰似你昔兩个花蓬萊老成何濟處花不可[illegible][illegible][illegible][illegible][illegible]入[illegible]等旦云了等老圍[illegible]歸計但處[illegible][illegible][illegible][illegible]清秀[illegible][illegible][illegible][illegible]之[illegible][illegible][illegible]

等旦云了

〔二煞〕一發[illegible]月[illegible][illegible][illegible]早[illegible]又[illegible][illegible][illegible][illegible][illegible][illegible]鴈[illegible][illegible]過玉天

仙妻子譴休罪

等旦与孩兒云了末陳孩兒摔死

魔合羅孩兒護是譴等旦慌云了我見它嚥不迭眼迭遙那霎時麼求

胡花性命愛情你若柔孩兒身起　等旦云了

【二煞】折末你叫丫丫叫到明哭帝又哭到黑一任你哥哥叫休饑

我還俗意旦云了蘇旦虔婆之疾忙退等外旦云了沒量斗哥又舒

狂了提子曾里開嘴氣折末棄得你口困休想勸的我心回

旦云了

【收尾】由你死共死活共活我二則二一則一條道是嬌妻物子和

兄弟我驟出七代先靈須自也勸不的下

等旦共外都云下　等馬云了下

末上云　若不是師父點覓沙怎能句頓曉快活呵

【新水令】是不曾到驛登殿上青霄子為人叫作風子今日積陀成

道編四圍竹籬茅舍一簇草團標桃杏野水横橋不听的紅塵內是

〔合〕我……又又……生……了兒骸了便都有

〔?〕……下科

〔?〕……又又又為牙……一分

等小……了下來……出云

有……人……出三了 見馬……

元來馬丹陽又使這劉……出去……師父又撞有我索

臣又每日……下

為神仙休了腳頭妻

菜園中摔殺親兒死

題目

王祖師双赴玉虛宮

馬丹陽三度任風子

新栞關目三度任風子的[illegible]

新刊關目閨怨佳人拜月亭

孤夫人上云了　打慘了　旦扮引梅香上了

見孤科　孤云了　清理打別科　把盞科

父親年紀高大鞍馬上小心咱　孤云了　做擁泪科

【賞花時】捲地狂風吹塞沙映日疏林啼暮鴉滿滿的捧流霞

相留得半霎咫尺隔天涯【么】行色一鞭催瘦馬　孤云了　你直

恃台臣中原如卧虎那虎是這戰伐貪嗔作天摧地塌是必想着

俺子母每早來家　下　孤夫人云了　末小旦云了　打散了

共夫人相逐荒走上了　夫人云了

心想有這場紛爭　做住了

【點絳唇】錦繡華夷忽從西北天兵起　擊那閨口城迤逦馬到處

【混江龍】許來大中都城內各家煩惱各家知一上說君

臣怨俺父子兄離遥想着尊父東行何日還又隨着車駕

車駕[illegible]過甚的遲　夫人云了　做嗟嘆科　這青湛湛碧悠悠天也
知人意早是秋風颯颯可更暮雨凄凄【[illegible]】分明是風雨
催人辭故國行一步一嘆息兩行愁淚臉邊垂一點雨間一行
恓惶淚一陣風對一声長吁氣　做滑擦科　擦百忙里一步一撒
索与他一步一提這一對綉鞋兒分不得幫和底稠緊緊粘
軟軟帶着淤泥【[illegible]】阿者你這般沒乱荒張到得那里　夫
人云了放意了　兀的般雲么天欲黑至驛的道店十數里上面
風雨下面泥水　阿者慢慢的挂步罣的你沒氣力　夫人云了
對夫人云了【[illegible]】阿者我都折毀尽些新鑽鐶閧粧
碎些旧釵篦把兩付鑞鐶兒輕輕得搬的褊和我那壓釧通
三對都綰在我那睡裹肚漫縧裡里我緊緊的着身繫
夫人云了　哨馬上叫住了　夫人云了　做慘科
夫人云了閃下　小旦上了　隨自上了　做尋夫人科
阿者又了　做叫兩三聲科　沒尋科　末云了　猛見末

打慘害羞科　末云了　做住了　不見俺母親我這里
㘒里　末云了　做意　末云呵　我每常幾曾和个男兒一処
說話來今日到這里无奈処也怎生呵是那
【后庭花】每常我听得綽的說个女婿我早諕地趓了坐位惱
地低了咽脛緼地紅了面皮如今索強支持如何廻避藉不的
那羞共耻　末云了　做陪笑科　【金盞兒】您昆仲各東西俺
子母兩分离怕哥哥不嫌相辱呵權爲个妹　末云了　尋思了哥
哥道做軍中男女若相隨有兒夫的不損據无家長的落便宜
做羞了　這般者波怕不問時節做弟兄問省後道做夫妻
末云了　隨肖末行科　外云了　打慘科　随末見外科
外末共正末厮認住了　做住了　【么】怎生這秀才却共
這漢是弟兄來　做住了　【醋葫蘆】你道您祖上傳文墨昆
曉書集從上流傳直到你輩　又道都及第您端的是姑眞也
那叔伯也那兩姨偏怎生一下這个賊兄弟　外末云了　末云了

哥〻你有此心莫不錯尋思了末【金盞兒】你心里把禍衍
褉脊梁上披强似着紫朝衣論詩家飲酒醉着詩詞會嫌這藝
蟾折桂做官遲為那筆尖上發祿晚見這刀刃上变多疾你也
待風高放火月黑做强賊　正末云了　外末做住了
本〻道吃酒了　正末云了　你休吃酒也恐酒後疎狂　末云了
【醋葫蘆】然是弟兄心般勤意本酒量寬推辭少喫樂意開懷鱼
恁地也肯可思下記東西　做扶着末科　做尋思科
阿我自思憶想我那從小的行為被這地乱天番交我做不的
耿倒假妝〻斯收拾救伴做手　一家一計且着這脫身術謾过
這打家賊　下　去人小旦云了　孤云了　店家云了
使扶末上了　末卧地做住了　阿從生來誰曾受他這
一般煩惱　做嘆科【後庭花】干戈動地來横禍事從天降耶娘
三不歸家国一时亡竜閗來魚傷情緣受消疎況怎生般不憑
當既着衣裳怎得這些〻天行好繹從【幺篇】恰似邑〻的錘挑

太陽怨ㄨ的火燎胸身沉体重難回頭口乾舌澁声重言狂
可又别无使數難猜衙坊則我独自一个婆娘沟他无明夜过
藥煎湯 阿早是俺兩口兒背井離鄉 則快他一路上湯風打
浪海 誰想他百忙里臥枕着床内傷外傷怕不大傾心吐膽尽
筋識力把 牙推請則怕小処尽是打當只願的依本分傷家
淺変証慢ㄨ的傳受陰陽 末云了 店家云了 做尋思科
試請那大夫來交覷咱 大夫上云了 做意了
郎中仔細的評這脉咱 末共夫人云了 做稱許科
[牧羊關]這大夫好調理的是脉候的強這的十中九敢藥病
相當阿的是五夜其高六日向上解利呵过了時晌下过呵正
是時光不用那百解通神散敢吃這三一承氣湯 大夫尋
做送出來了 但數些呵郎中行别有酬勞 孤上云了
是不沙 做叫若孤的科 阿馬認得瑞蘭末 孤云了
[賀新郎]自從都下對尊堂走馬离朝阿馬閒别无恙 孤認了

則恁的由自常思想可更隨車駕南遷汴梁教俺去往兀門徊
徨家緣都撇漾人口盡逃亡閃的俺一双子母每無歸向自從
身体上一朝出帝輦離了這夢猳兀夜不遼陽 孤云了 做打悲科
車駕起行了傾城的百姓都走俺隨那衆老小每出的中都
城子來當日天色又昏暗乱着大風下着大雨早是赶不上
大隊又被哨馬赶上轟散俺子母兩人不知阿者那里去了
末云了 做着忙的科 孤云了 做害羞科 是恁女婿
不快理 孤云了 做說関子了 孤云了 做羞科
【牧羊関】恁孩兒無挨靠沒倚仗深得他本人將傍 孤云了 做
意了當日日下有身亡眼前是大殺場刀劍明晃晃上馬關煞煞
那其間這錦綉紅粧文 那里不見个銀鞍白面郎 孤云了
是个秀才 孤交外扯住了 做羞打慘打悲的科
阿馬你可怎生便与這般狠心 做沒乱意了
【新水令】參參俺覓似遭窮瞟久盼望望望望你个皇皇皇

咲春光艷陽東風和暢旨也【賺煞】剗地凍〻的雪上加霜 末云了
後乱科 兜此情陽緊摽住不把我衣裳放見个人殘生喪【命】
亡世人也慚惶你不肯哀怜憫恤我怎不感嘆悲傷 孤云了
父親息怒寬容瑞蘭一步分付他本人三兩句言語呵嚕便
行彼 孤云了 父親不知本人於您孩兒有恩処 孤云了
【哭皇天】載了夥个賊漢把我相侵傍 阿馬想波這恩怎地
忘 問的他 活支沙三不歸 強交俺生吃扎兩分張覷自兀的骸
省床卧枕叫喚声疼攧在他个没人的店房當言道相逐【百步】
尚有徘徊 你怎生便交我恨乎〻的不問當 做分付末了
男兒呵如今俺父親將我去也你好生的覷當你身起 末云了
做艱難科 男兒兀的是俺親耶的惡儀休把您這妻兒怨
【暢】【烏夜啼】天那 一霎兒把這世間愁都攝在我眉尖上這
場愁不許低防 末云了 兜相別此語伊休忘怕你那換脉交陽
是必省可里掀揚俺這風雹乱不的紫袍郎不失你个雲雷未

至的白衣相嗜這片雲占一如天樣一時嘎噎兩处凄凉　末云了　孤打催科　做住了【二煞】男兒怕你大睡案时准備春衫當探食後低防百物傷　末云了　做踉雜科　這側近的佳期休承望直尋你身体安康來尋覓庚門街巷恁时節再相訪你這旅店消疎病客况我那驛路上恓惶【二煞】則明朝你索綺窗曉日聞雞唱我索立馬西風數鴈行　末云了　男兒我交你放心　末波只願的随京有俺親娘我寧可独自孤孀　柏他大抑勒我則尋个家長那話兒便休想　末云了　你見的差了也　那玉砌朱簾与画堂我可也覰得尋常【收尾】休想我為翠屏紅燭流酥帳　攙了你這黄卷青灯映雪窗　孤云了　末云了　打别了　旦吋　末科你心間莫縈望你心間索記當我言詞更无妄不須伊再審詳嗜不的做夫妻三个月时光　孤云　末不曾見您這般渾家說个謊

下　夫人一折了　末　孤了　小旦云了　便扮上了

自從俺父親就那客店上生扭散俺夫妻兩箇我不曾有片時忘的下俺那染病的男兒知他如今是死那活那不知俺耶心是怎生主意便道白人秀才便不喜窮秀才幾时有發跡做嘆息科自古及今那箇人生下來便做大官享富貴那

【鬥鵪鶉】我想那受官廳讀書舍誰不曾虎困龍投信着我父親呵世間人把丹桂都休折留着手把雕弓挽【紫花兒序】俺這箇特會耶听的把古書說他便惡紛紛的臉氂毫的今古皆絕恁這些富產業更怕我雇惡情惹俺向那筆尖上自閑鬮得些些豪奢擲起柄大荼婦貴三從鸞鳳柏多少耶飲羊羹駟馬車兩件兒遲別小旦云了阿也是敢大較些去也小旦云了

【調笑令】阿我付能把這殘春遲撒海劃地是添愁人瘦色小旦云了誌着妹子只波小旦云了做意了怜隨妹々閑行散悶些到池沼陌觀絕越交人歎嗟

【禿廝兒】不似這朝暮晝夜春夏秋冬々這供愁的景物好依時

月淨有个冬來大綠嵬々柄葉々々似花子般團栾恍惚似鏡
面般瑩潔阿幾時交我腹内无煩惱心上无縈惹似這般青銅
對面粧翠鈿傍鬢貼 做害羞科 早是没外人阿的是甚末
言語那這个妹子咱 小旦云了 你説的這話我猜着也囉
【賀新郎】你有个濫名兒將咱來引惹懨待不你个小鬼頭春
心兒動也 小旦云了 放心々々我与你寬打周遭向父親行説
小旦云了 你不要呵我要則末那 小旦云了 （唱）我又不風欠
不痴呆要則甚迭 小旦云了 瞥見那女婿呵決活有女婿
呵受苦 小旦云了 你听我説波 【煞尾】女婿行但沾惹六
親每早是説又道是丈夫行親熱耶娘行特地心别而今要衣
呵論箱篋要食呵紙鋪啜到晚來更繡衾鋪設我這心兒里牽
掛処無些々直睡到冷清々宝鼎沉烟滅明皎々紗窗月影斜有
甚麼舌 做入房里科 小旦云了 夜深也妹子你歇息去
波我也待睡也 小旦云了 梅香安排香卓兒去我大燒炷夜

香唱 梅香云了【醋葫蘆】你靠欄檻臨臺榭我准備名香爇
心事悠々憑誰說只除向金鼎焚龍麝你殷勤參拜遙天月
此意也无別【么篇】韻悠々比及把角品絕碧熒々投至那
灯兒滅薄設々衾共枕空舒設冷清々不恁迭閑遙々身枝節
悶懨々怎捱他如年夜 梅香云了 做燒香科
【倘秀才】天那這一炷香 則願削減了俺尊君狠切這一炷香
則願俺那抛閃下的男兒較些那一个耶娘不間疊不似俺忒
嘽嘽劣缺 做拜月科【云】願天下心厮愛的夫婦永无分離
教俺兩口兒早得團圓 小旦云了 做羞科
【叨叨令】元來你深々的花底將身兒遮搽々的背後把鞋兒
捻澁々的輕把我裙兒拽熅々的羞得我腮兒熱 小鬼頭直到
撞破我也末哥 我 星々的都索從頭兒說 小旦云了
妹子你不知我兵火中多得他本人氣力來我已此上忘不
下他 小旦云了 打悲了 您姐夫姓蔣名世隆字彥通

如今二十三歲也小旦打悲了做猛問科

【尚京馬】來波你々怎感我合哽咽不剩你啼哭你爲甚送小旦云了

你莫不元是俺旁兒的舊妻麼問是了々當時只爭个字兒別

我錯呵了嗟云了你兩个是親弟兄小旦云了做懽喜科

【棗鄉詞】你怎的呵咱從今後越索省踈熱休想似在先時節

你又是我姑々我又是你嫂々姐々小旦云了這般者

俺父母多宗派德昆仲乎枝葉從今後休從俺耶娘家根脚排

只做俺兒夫家親眷者小旦云了若說着俺那相別呵話長

【三煞】他正天行汗病換脉交陽那其間被俺耶把我横拖倒

拽出招商舍硬廝強扶上走馬車誰想俺舞燕啼鶯翠鸞嬌鳳

撞着那猛虎獰狼蝠蝎頑蛇又不敢號咷悲哭又不敢哇付丁

寧空則索感嘆咨嗟抱着那淒涼慘切則那里一霎兒似癡呆

【二】則就那里先肝腸首篤千々結烟水雲山万々疊他便似

烈焰飄風劣心卒性怎禁那後擁前推乱紛紛胡笳阿誰荒丁老

父諱元个尊君諱元个諱耶從頭兒看來都不似俺那很爹々
【隔尾】他把世間毒害收拾徹我將天下憂愁結攬絕（小旦云了）
綫盤纏 在店舍 有誰人 厮擡貼 那消疎 那淒切
生分離 厮抛撇 一從相別 恁時節 音書无 信息絕
我這些時眼跳腮紅耳輪熱眼夢交雜不寧貼您哥々暑濕風
寒縱較些多被那煩惱憂愁上送了也（下）老孤夫人正末外末上了
媒人云了 旦扮上了 小旦云了 可是由我那口不那
【新水令】我眼懸々整誇了一周年你也枉把您這不自由的
姐々來埋怨恰才投至我貼上這縷金鈿一霎兒向鏡臺傍邊
媒人每催逼了我兩三遍（旦云了）妹子向你好不知福猶古自
不稱意沙我可怎生過時呵去也（小旦云了）那的是你有福如我
処那我說与你波【駐馬聽】你貪着个斷簡殘編恭儉溫良
好繾綣我貪着个輕弓短箭麤豪勇猛惡因緣（小旦云了）
可知嬲是也 您的管要則酒醒誦詩篇俺的敢對昏人學

諕征戰沙不的向我緣幨上說的些磣可可落得的兜魂現
小旦云了　這意有甚難見処那
【收東原】他則爲今生貴高門喒風世緣達者孩兒也只要隨
家願則怕他夫妻百年之后了這文武兩自他家里要將相双
權不在自家婦則要傍人外云了　做住了　再分付下來敢住了
【鮑老兒】俺兀那姊妹休胡說新郎又威儀俺這新女婿那嘲
撒脥的我兩三番斜僻了新妝面查查胡胡的尚戒凝前知他
俺那主婚人是見也那不見　孤云了　外末把盞科
【耍孩兒】見他那鴨子綠衣服上圈金線這打扮早攢出漫林
宴俺這新狀元早難道花壓帽簷偏把這盞許親酒又
不敢慢俄延則索扭廻頭半口兒家問　約燕那了　王末把盞科
扑調科　【煞尾】你而今病疾兒都較痊你而今身体兒全
康健當初喒那擱兒各間別您承的這家兒里惠着
【收尾】今日這半邊鸞鏡得團圓早則那一紙魚封不開處

末云了　你說這話　做意了　唱須是俺狠毒耶耶強匹配

我成眷　不剌可是誰央及你个痴狀元一投得官也接了絲

鞭　我常把伊思念你不將人掛念于心的上有青天　末云了

做分辨科【胡十八】我便渾身上都是口待交我怎分辨

枉了我情脈脈恨綿綿我晝忘飲饌夜廢眠則兀那瑞蓮便是

証見怕你不信後沒人処問一遍　末云了　兀的不是您妹

子瑞蓮那　末共小旦打認了　告孤科　末云了

老夫人云了　老孤云了　你試問您那兄弟去我勸和

您姊妹去　正末云了　小旦云了　妹子我和您哥哥鬥

認得了也你都召取兀那武舉狀元呵如何　小旦云了

你便信我子末那　小旦云了【鴛鴦煞】二百口家喬語笑喧一加

此般深宅院休信我　一時間在口言便那里有冤魂現　小旦云了

我特故里謊的別包彈遍不嫌此踏都開方怎說他祖曾揮拳

【喬牌兒】兀的須是出我那不樂願量這的市甚難見每日我

綠窗前不整閑針線不 待肯停居【尾聲】須是我心上斜
撐着這妻少年你可別元甚頻繼愁寧便坐馬車々管看論
門良賤但出入喚孟掌翁【幺】但行処兩行朱衣列馬前簇
文章土類稱是何年你想那陋巷顏淵簞瓢原憲你又不是不
曾受秀才的貧賤 外云了 休々教他不要則休看段是則管笑
及他則末【殿前歡】忒心偏顛重裀列鼎不直多把黃金送
飯相留怎要織老終年召新郎更揀選忒嬌着不得可將人怨
可須因緣數定則這人命關天 小旦云了 使命上 封 外末了
【沽美酒】驟將他職位遷中京司做行院把虎頭金牌腰內懸
則那金花誥帝宣沒因由得要團圓【太平令】外旨郎且侶教伴
呆着休勸請天人更等三年你既要青灯黃卷却不要誰機而
變把你這眼前厭倦物件分付与他別人請佃 孤云了【散場】

新編關目閨怨佳人拜月亭 終

五

新刊関目全蕭何追韓信

等漂母提一折下　惡少年云了　旦并外上

末抱劍揹包冒雪上開

自家韓信的便是自今秦失其鹿天下逐之不知久後鹿死誰手想自家空學的滿腹兵書戰策奈滿眼兒專誰識英雄之寶好傷感人呵

【仙呂點絳唇】楓落我獨步才超挂与天道凌云浩世事皆濁子我這美玉難開琢【混江龍】消磨了聖人之教幾曾的經綸天地整皇朝時渴泊山梁雌雉急切釣不的滄海鯨鰲待淹就長江千尺浪氣衝霄霜鋒滾九重霄吟罷咬包羅天地肺腑揣八江河筆尖邑搖山岳劍鋒高摘星辰云英雄何日朝閶闔盼殺我也玉堂金馬困殺我也陋巷冊瓢不【油葫蘆】尋思我枉把孫吳韜略學空萑天不我不發跡至等到老一國家懸天公直恁困英豪家去之也一何又饒浪高山流水知音少

礼不通忘了管接道不了死了亦錫交那兵志戰策習的玄妙算
奈俺翁不濟謾埋劳【太平令】空交我日夜思量計万条一回家心
焦何日了越把我磨鍊的忘飡廢寢却空學文業功武藝吞至屠龍
將來有甚好
做冒雪的科　云海好大雪阿
【水仙子】似這般大雪阿街上黎民也懊惱似這般大雪阿山上樵
夫也怎熬似這般大雪阿江上漁翁也凍倒您有个姜子牙也難遮
飛旦兒子索把綠蓑衣披包【梧葉兒】音零零洒瓊瑤乱紛紛剪鵝
毛絨映的這闊天眼迷山遥水雪擁蘇秦凍倒漏星堂顏子難熬
【寄生草】颯颯的寒風倒揚揚的大雪飄如良河袞下飛蝶似玉龍鬬出
梨花落比白雲淵地死人掃我則見依殘鱗甲滿天飛搯多少西凡
落葉長安道
做見旦兒并旦施礼科
旦云了

【么】你道我秋夏间由难过，冬月天怎地熬，可不春来依旧生芳草。你道我白身无缘何时了，可不说青霄有路终须到。子我这男儿未济妇人嫌，英雄乃是龙，既浅水被虾戏。【金盏儿】恶多的我五陵豪气，不信道一生穷暴（云云）……所以生不遇时，我若生在春秋那时，英雄志登时可名遂，才智非咱心傲，论兵呵那里说下庄，强论战何也不放廉颇，会论文呵怎肯让子产高论，智略呵我敢和伍子胥临潼斗宝。

等外并白了住

【元和令】（云）……荐了，请避殢且休闹，要人言谋道不谋食，居无安食无饱，觑了田文门下女妖娆。

做烦恼出门唱

我，可首阳山自饿倒。

等争上打挂怨云

【上马娇】……阳……更运不也……悲自……必达自儿曹

芽淨做住行的唱

他肥我丕〻的赶过長安道怨離恨迸肘下怎泯的忿氣不消乏到我

二十遭

芽淨做夠哏住

【滚繡毬】呀息夠横秋水手中提芽淨云了我可甚由自想來潮

芽淨云了

尔道拜為兄長㭘結好為朋友便虓饒呵咱兩个做知交

【脫布衫】可知大古是人伴賢良智轉高卑慈云了呀怎想舌是折

身刀子兒他惡歆〻伏的竜泉臺左错他把我踢收秃剛覷覷子窊

我鶖〻戟〻心怕不由我的耆剔痒腿脡摇

芽淨云了　昔日宋栢魋欲害孔子〻不巳遂離亦罕恨微

而避過我想一代聖贤尚然如此何况諸信

【倘秀才】怳冥鴻惜羽毛休想先生懒折腰做鐵一遭亦然在它心

扺下子索伏低且做小做入鐵一遭向階下八步到兩三遭跨下□

鄉人每恥笑恨誅淮陰伏軟弱前雖數兒曹毋行胡道

等外唱争下了

是淮人把劍容廷去了細尋思猛回頭覷覷絢〻

【正末上】邦元來是孟嘗君來到等旦云見采薪婦乱下風霓哥〻

他正是揚鞭笑棹休相笑邦才那脊背伸行元道又提着又遶遶

蒙恬何可甚晏平仲善与人交　等卜兒云了

云　婆〻這恩念久後酒要報了　卜兒云了

【尾】卜兒初末有乃是孟母斷機心等外与貞夫了怎恁的鮑叔般

相結好旦云了我早子誰了不覺達嬸〻等旦云了大丈夫何愁紉

頸交旦云了割雞焉用牛刀打听波女妖嬈有一日平步青霄不信

鴻鵠同燕雀等旦云了噤声恁的我整乾坤六離辰江山三百餘處談

笑間東帶立於朝下

等捌王上開一折下　等蕭何提一折　等肖何云了

正末背劍香竹与兒上開

怨自家离了淮陰投楚国不用今投漢蕭公亦不肯用人因〻
而不已而成短歌之曰
皆甚投漢氣吞山河知音未遇彈琴空敲弃我越舊刺主謀大
將搭肖何治栗以此何補乘駿騎而知他
詩曰
淚洒西風怨恨多　淮陰壯士彼窮磨
曾麟周鳳皆爲端　時与不時争奈何
【新水令】恨天涯流落客孤寒嘆英雄半世虛幻坐下馬望者遥山
水雄背上劒狂射得斗牛寒恨塞於天地之間云遮斷玉砌雕梛接
不住浩然氣透霄漢【駐馬聽】回首青山溜〻雄愁滿戰鞍辛劳新
雁呀〻哀怨伴天寒止望客航按大海擎天関刻地以君騎竄馬返
雲棧且相逢覌英雄如匹似閑堪恨元端四海蒼生眼【沉醉東風】
捹功名千誰万誰束身仕兩次三番歯前番離了楚国今次又别炎漢
一不受的瞻首君頻就月朗回頭把劍看怨然傷感默上心来百廿星

埋不乾我英雄淚眼　詩曰　也曾富貴也曾貧
鬢髮青山氣似云
時運未來君休笑　太公也作釣魚人
［梁州］想當日子牙守定釣魚灘遇文王親請蟠溪登將臺拜令
一壽尖賺兔死狗烹為官宦天那偏我幹功名的淋上雖想當初傅說
賓平冀王把生涯幹遇商宗一夢間他須不曾板築在長安
蕭何查付與兒上了
［隔尾］丞相留將咱來不住的迭韓信索把程途盼
蕭何云了
為甚却相逢便棄舍非是我不言語相輕慢［牧羊關］我又怕丈手
告人浪目此上懶下至影殺
蕭何云了
說孤高天子由恩因是何楚王嬴怎掛眼蕭何云了我駿馬雕鞍向
落日夕陽岸堤衣荳今年釣西風渭水寒

肖何云了

【么篇】着家的自家如今守閑我早子没福見劉亭長立顯肖何云了

我受你那小覷我的官既肖何云了誰它你那淹留咱的歎傷

肖何云了

我也說功名半年期限

【滾繡毬】我恋肖何一事无成兩鬢斑肖何云了既然你不用我這英

雄漢困無上鐵甲將軍夜度関你端的為馬來將人盼既不為馬共

人卻有甚別公幹我淡瑩江山可知々々保奏得我甚掛印登壇

肖何云了　漁公上云了　肖何并末上船科

派相道漁公記得是官人每不在家里快活也這般滿月披星

生受子未將謂韓信功名如此艱辛元來這打魚的覓衣飯乞

史是生受

【川撥棹】半夜佁四邊里抵多少夕陽既去晚烟々嗚々玎珮珊々

冷清々夜靜水寒可正是漁人江上晚【七弟兄】恋腳踏着跳板手執

定竹竿不住的把船撑元是我子見沙鷗驚起芦花岸忒楞楞飛过

蓼花灘可怎似西門浪急桃花泛【梅花酒】□然是暮景殘恰不静

更闌對淥水青山正天淡云閑明滴溜的風吹似海山光懺懺照

天際岸闊船開起疏俺紅塵中受塗炭恁頁了俺貴衣錦俺乘駿騎

怎登山你駕着扁舟怕逢着俺錦征袍怯衣單你寂寞不曾乾俺乾

熬得鬢班班你枉守定水潺潺俺不曾紫羅襴你空執定釣魚竿

咱都不到這其間【收江南】怎知烟波名利大家難

做上岸科　一漁父先下

我多少五更朝外馬嘶寒對一天星斗跨雕鞍不由我嗟嘆也是韓

未名利不如閑【唱】我想這男兒受困遭磨難恰便似蛟龍未濟逢

乾旱□添了我英雄消磨了適勵搖還唱道悶懷功名困向太山

似這般涉水登山休休空長嘆

蕭何帶住

蕭丞相執手相看不由我半晚自兀□□去的蹤下

駕上云了　肖何云了　凡喻上云了

正末上開　不想今日得見官裏面皮

【紫花兒】手摘星辰脚蹅着禹門浪信任虹蜺千丈絲合鈞五国

平天下怎交魚龍一混早子得志羽扇合巾再不踐長途客身雖進

【醉春風】昨日看青山綠水勒花今日朝見白馬紅纓衫色新快

做一肯宫裏憂賢人也似這般淮〃三尺劍五陵年少端的一言

難盡〃

做探伊何礼了　今日得見官裏獨丞相一人而已

【石榴花】昨日恰正勒獨秋里踐紅塵匹馬單騎欲投奔若不是朔中

宰相的芳神把赤鬉鄧客身引入賢門若不是丞相追回沙這扯問趣

西凡人遠天涯近子見咲公卿步伊懃勸把列侯〃張良蕭何撥韓信

這的是天子重賢臣

做見駕〃跪下科

【鬭鵪鶉】臣迭不得拜舞揚塵駕云了　海好路達波渺至萬里這一遍

不若如文王自謳〻渭濱駕云了 是這个夯錢之夫小可人怎做信
祖擾空為我王納諫如流因此上丞相奏准做回駕科
〔[illegible]〕宗臣曰做了个夜宴昭烈與伍員不若如有国誰孫賓今
日又不與驅兵領將排白軍陣不刺怎消得我王這般棒鼓推合是
這个提煙將執戟人 再教他向官封一品〔賀聖朝〕陛下我親掛了
元戎印父已後我王掌十方里錦乾坤恁時節須正末休忘我尽節
存忠立功勳册注自楚霸王大軍尽
九會云了 殷軍拿下者既為元帥軍有長刑 推轉者
駕上云了 且留下者 云
我王万歲〻〻万〻歲想古往今來多少功臣名將誰不出於貧
寒緣〻之中祈微臣說自
〔十二月〕伊尹曾耕莘有莘子牙曾守定綸傅說在岩畔教大夫
子在陳蔡遭貧寧云了 你休笑這做元帥的元是宰道拘也
是个黎民〔堯民歌〕我從來將相出寒門駕云了 自王是一朝天子

一朝臣駕云了 忽然波豁達大肚聖明君 旦云了 楚雲吉 波低頭切肉
大將軍 淨云了 休菟弄花唇 你不曾把鎗刀劍戟合我子兒 你殺狗
処操刀 方 淨云了 駕上云了
霸王酒不飲三色不侵一府 喑嗚叱咤之威 舉鼎拔山之力 人
有疾病之苦 泣涕衣食而飲 陛下不知霸王却有殘庄兒不及
我王処 云奔駕云了
【上小樓】他不合燒阿房三十六宮 殺降兵二十万人 先到咸陽不
依前言自号為君 赶故主 殺子嬰 誅絕斬盡 殺义弟江心中有家
誰奔【幺】把長安封為倭臣將 彭城敢作内門 這的是他不得天时
失了地利 悪了秦民 更霸驚民 大弑君殺父 言而无信 及至它封官
时惜爵刓印
駕上云了 我王錯矣 豁達大度 納諫如流 為内悰示而已 刑肉
滅強秦而巳 賊惡有功雖仇必賞 有過雖親必誅 臣王為名征
我主施仁义 阿

【要孩兒】信道楚之重瞳臣有十件連篤云了 去十分消磨了六分 臣一
觀紀紀家甚分明篤云了 我王帝星朗朗 超星篤云了 他时束力辛千
斤鼎旂在敢得遲去元功自殺身篤云了 陛下向安邦策何时定臣弃
省五年滅楚之小可如二載亡秦【么】恁般一个秦家基業人客尽東
愁甚末刘项不分登时間一統做漢乾坤笑談間席捲三秦收齊破
赵无虚謬滅楚與刘有定准篤云了 請我王休心困薦微臣的是韩
中宰相食霸王的全在閫外將軍
臣已早定議了
【三煞】臣交子房散了楚軍周勃領着灌兵臣交酈商引鐵騎八方
四面相隨趁臣交王陵作先鋒九里山前助排着陣臣交樊噲英布合
後十面埋伏暗里為軍臣交九會去山尖頂上磨旗作軍中眼目看
陣势朗遣軍人【二煞】得勝也臣交大梁王在後面赶下敗也臣交
九江王在前面引把楚重瞳賺入長蛇陣恁时節音鳥也難開口
便辛鼎拔山怎脫身臣交吕马通緊緊地相逗楚霸篤云了不如重

他那里知心故友子是个敢勇的凶神
駕云了
相持処用俺一人孤舟短棹直臨江岸拚作漁公共重瞳杀的
相撞陣亢軍走的荒心忙意緊行至烏江无処投奔來叫漁公
【尾】子說道渡人不渡馬駕云了他待渡馬时便不說渡人駕云了
信的是一剗的烏骓黄金尺那时節有家難奔有国難投怠不得已羞
扯竟泉目去刎下
竹馬兒調陣子上　漁翁　霸王　一折了　駕一行上
末扮呂馬通上云
怎耐今日烏江岸上九里山前陡了你可好傷感人呵
【端正好】再休誇鋒刃起刀兵漫說吳越相吞併也不似這一揚虎
闘龍爭方信孟子言霸業從天命成敗皆前定【滚绣球】嘆霸王阿全
不見漁人舍那气性今日向烏江岸威盡形那里也拔山舉鼎悲慘慘
你臨死也通丁人情向別処叫一声卿人呂馬通急來分付的明

這兩座烏疾得楚重瞳百事無成待向前垓心里別了吳姬悶
顯低西楚霸王無敢待去也吳楚八千子弟散得無一人羞看々臥向
東吳再起兵另勢々孤掌難鳴
留云了
收尾 子為那八千子弟無蹤影因此上送得他十二瑶階徒向行
道寡稱君事不成劍 開基命不存失却尤物怎載分別了虞姬那
痛增前後軍兵緊鞦 仰左右鎗刀廝鬪定搖攜推舉挺噁似波卷捲
衣扯劍卸鄉鬬斷獅 急心不寧使倚在皇泉邊響楚家徒步舒鬢環酹眼瞭々
股項斜揮呀他可早鮮血淋漓了戰袍領下
拏韓信上
留上云

霸王垓下別虞姬

〔題目〕高皇親掛元戎印
漂母風雪嘆王孫

〔正名〕蕭何月夜追韓信

新栞關目月夜追韓信的本畢

大都新編關目公孫汗衫記

正末扮員外引卜兒外末外旦上開

老夫汴京人氏姓張名義嫂婆趙氏孩兒張孝友媳婦李氏在這馬行街居生人口順子喚我做張員外正日好着雪因欲老時遇冬天下雪國家祥瑞孩兒道與我安排酒看看待上賞雪咱

【仙呂】【點絳唇】緊布彤雲亂飄瓊粉朔風緊一色如銀這雪交孟老[illegible]猜詩(?)撥(?)　帶云　大哥這是冬天那春天　等小末云了

【混江龍】量是孟冬時分你言冬至我疑春既不呵梨花片又怎生教紛紛又梨花隊裏夜寒與銀世界那罷飛着做玉乾坤將酒果銀[illegible]偏是鳳城中士庶竹里窮民　等孝上東倒科　等外末交敎了　等孝禮了

【油葫蘆】我子見百結鶉衣不盖身可又又怎直這般家道窘

旁□□□交連環兒緋酒飲三樽，那□□秦末遇青天困它時來
□時黃金印當手是兩合手是雲箋書万卷多才俊少是末一
刴不如人　交与衣服科
【天下樂】總言一套兒衣服旧改新，与十兩銀做盤纏，与了盤
□□吏催門，你將文墨与你時間急爭些氣分，有一日馬鞍
下覓個大頭盔上拿，如雲霄，又早高官早在身。　云
送下樓云者　等外末云了　净云了
【后庭花】□□老夫是偃神，說它善舞鎗使刀匕輪鎚□
軍韜略系那是老那云　我見長不見經，它習武不習文，我教書
不□惡你置做不宜氣　等外末云交净看庫了
等那子押外净趕出，孫上云住　云
停了兩錠來与它做盤纏　等卞兒說義了　等末□做了
【□□】□□□□它置下安社行它又有戰文章不勝馬向群中
□□□□□□□□□知今□□□□它□你將它惡話

□也□你賢達恨恩和□兩个人是和非三般分

【□□□】休題的我言而又又无言你便是交人又又評論它

如今改配潁州鐵爐看爭你在了他鄉你　說胡云它情義忘

恩道不是良民一世孤負你問我鄉遠户絶門你也曾一年春

尽一年春這般劳身分　等界子外淨先下

【□□□】□來　壯士借孤寒好傷悼它因它怎肯記小過忘人

於□□子刺成掙柴怎不白隱全没些敬老怜貧怨相闘不

爭你匠手奪銀盎得我也滲它也羞你也恨它待奔泉轍的振

恩你便侶庵消散休恨我勸你个得時人休笑失時人　下

等淨攙了下　等外末上云住　等淨上云說外末辭交

都下　等卜兒叫了　正末荒上　等卜兒告

五逆賊俺子是个開店的者波您去呵也合交我知道休

俺是親耶親娘（雙調）又爭入去　等卜兒云了

【□□□□□□□】我奔睡□首有口侶啞您録鬢衰類我看繫

髮下爭背母拋鄉離井負着各處遊去也不怕天折罰怎開後又唱
【[illegible]】收穩拍又騎着匹壓馬【[illegible]】沒尔事入窩散好可
覺六歲山遥平白的海角天涯休嫌路遥[illegible]行貨你引着
了年小的遭窮[illegible]第姜憶這双沒主[illegible]娘是伯也不
怕您唱好心聲膽大　背云
讓了嘴出酸棗門邊有黄河岸上赶去來　替卜兒云了
你淹這般拽抹羅街都因它弃[illegible]了
【天淨沙】一料良辣[illegible]落日昏鴉兀的淡烟老樹殘霞嗟越有古
道西風瘦馬映着夕陽西下問叫那野橋流水人家
　做問船稍
【[illegible]】不知在那个梢頭下排着舟檣纜着紅梳[illegible]孝文定者
將我這淚眼兒望不見它原叫兀的不叫得我咽喉又
　替外末一行上　云　婆婆扯住只
孩兒　云　却不父母在不合遠家你兀的不惹得傍人罵

等外末云了
【那吒令】更做道好兒好女眼前花（帶云）誰道不辭您耶娘白話
兀的是那一个東京閗喜婆的卦這言語說庄家都不養父母
窮靜肖只穩你去了呵交人道做耶娘的欺窮做孩兒的詐
交人道你个媳婦兒不賢達等外旦對小兒云了小兒云了
【鵲踏枝】听言罷忒憑話意的聰明人交話那波子嗣没根芽
尌大鵝細馬將金帛家私火加便賢孫老子兒女多早接待
神不容奸天巨鑒察 等外末云了
【寄生草】我問甚王孫天下又惹大个東大岳耶又它閑管您
肚皮里娃又卻不道種穀得穀種麻得麻兀那積善之家天周報
又不道漏了臘猶這言語有傷風化我不信你調嘴弄舌刺
撥 等外末云了 云
婆又也去意难留交它去媳婦兒大哥有着身穿的汗衫兒
說將來 等說了 做折開兩半了 云

媳婦兒你將取一半我收留一半
做交破小指衫兒上抹血科　下兒開了
【甜水令】把衫兒折下自血滴淋世上子有蓮子花我則見甚
弟兄路甚房下万一間命掩黃沙將衫兒半壁向匣蓋上搭便
是你奪車前撥布施來　等外末一行了下　先下
【[illegible]兒令】交他孤孀傷鍪嗟吁狠毒見去也难恋它交椅公揖
閑斧檝向水路行杏早過了弄舍两三家櫓篙搖撥散蒼蘆翹
在鳴鶯起鴻鴈云烟飛繚亂楡柳開交雜不見它空望得我眼
睛花　帶云　婆又它每去了咱也家去來
【[illegible]】好家私便似水底撈瓜孩子父便似拳中捻沙香門
前金剛閑斷打佛也理會不下（三）陳虎那廝奸ミㄏミ張孝
友又哭ミ嗟ミ媳婦兒當年整二八虖只饒得你出入遶遶
淚入城了　等外云失火了
【[illegible]】道張員外遺漏火發立掙了是眷屬誰來徒去來當街里

立着兵馬俺却是怎生合煞（四煞）煙騰騰甚高下火焰起
狂風亂刮捲一街鐵貓水罐列兩行鈎鐮麻搭燈院里高聲叫
巷長交把那爲頭兒失火的拿下苦也又又鬧十兒火院深宅
天那又又火燒的无根椽片瓦（三煞）這家那家叫叫街
坊每救火咱我家瓦廈忽剌又被烈燄里都燒燬天呵若痛杀真
加人嚎罵你浪酒閑茶目柳眠花半世禁害杀自矜自誇瓦的
天折天罰它也末它不秋咱多也末多是非多俺那張家你那
根芽有傷人倫風化你好不知个礼法（尾聲）兒呵俺從那米
胡花撞筆的你惹來大交俺兩个老業人色排門兒教化元是
个臥牛城富豪民少不得懸天院里喫鐵杀　下
等外末一行上　净打外末下水了　等净提得徠兒了
等外末扮相国寺長老上開関子下了
等外旦净小末上云住交小末攛掇科
等净生付了先下　外旦与小末汗衫了　等長老上開住

等小末扮孤上見長老抵打齋坐定
正末引卜兒扮都子上 叫街住
【商調】【集賢賓】遮莫是後巷前街教化些余食剩湯殘菜受了些々霜欺
雪壓霜欺 我想五臟神一頓飽多應在九霄雲外單撇騎乖叫
幾聲鄰娘佛有誰憐愛【逍遥樂】濟困的衆街坊悉是救苦的
觀自在誰肯與半抄麵來一根柴街坊每没个把俺來看自个
甚買但得些行兒羊皮一頭舊氈俺便是得生天界 [illegible]下救
【[illegible]】屎俏得个手脚撲凍餓死怎掙揣一場天火燒了家
才婆子我問你那少年兒今何在【[illegible]】老邁正該合[illegible]
飢寒凍死鋪地未死盖冷難【[illegible]】没塞俺不敢著身挈
做一塊您敢教米堂地獄內俺里跪在大街把救苦[illegible]
來拜 等卜兒云了
【四邊靜】冬寒天色冷落在窨中又没根柴凍死尸骸无人偷傢
誰肯省掀土裡少不的撇在荒郊外 等外云了 等卜兒云了

云　婆又前面引着嗐嘆齋去來
【[illegible]】听道了喜盈腮剛行剛陌身軀强整脚步难捱
做到寺了　外云了　做回身云
婆又嗟這口衣飯子阿的是也　放
餓文在口角頭食神在天涯外誰佀俺公婆每窮得瞇嗟怎生
直恁地月滯年災亾句殘湯半甌食充五臟俺又色日轉千階
等孤喚了　做過去　等与齋飯了　云
婆又你子在這里我那壁謝官人去願官人一官未尽一官
到來　打認科
【上小樓】甚風兒吹你到來又還鄉界　夌我呆又鄧又哭又啼
又悠又哀又你喜又歡又停又當又先妨先碍也合採揪這老
那殺快也不快　等孤云了　官人姓甚底　等云了
多少年紀　等云了　与卜兒云了　等云了
不是它十七也　打認了

（么）好侶可便是一个印合脫將下來一般言語一般容顏一般身材不是忙壯頭把官人廝贏斷賽錯認了把老身休怪

等孤云了　做接了衫兒看了

婆、咱那壁衫兒那里　等卜云了

做將兩半衫兒比了　悲云

婆、我省得咱張孝友孩兒被陳虎那廝丐翻了咱媳婦兒去時有三个月身小經今去心十七年也這官人道它姓陳十七歲也眼見的陳虎那廝送了俺孩兒性命把媳婦強奪為妻也

（脫布衫）覷絕時兩淚盈腮俺那別離時我心焦劃被你盼望殺言爹、妳、問俺那少年兒在也不在（小梁州）這半壁衫兒是我拆開你可是那里將來　孤問了　二十年前有家才我是張員外家住在馬行街當年認得不良才是俺一家兒橫禍非災俺孩兒去做客難鄉外趁着黃河一派一去不回來

帶云 官人你娘那里 等云了

云把衫兒分付與孤了

【後庭花】將衫兒半壁親稍帶你子道馬行街里公婆每老邁

這消息你交你耶知子你娘行分付的明白若是您一句射

千年富貴如俺十謁朱門九不開那賊漢也合受天敗您福消災

至俺甘來【柳葉兒】強似俺佛刺又又頭又磕天呵又又手

又掴巴掴俺媳婦兒跟前把公婆拜識認了俺孫兒大古里來

等孤提了下 外旦上云住 孤一見住云了

等外旦說関子了 等淨上云了 等孤提淨下

等外淨扮郭老趙興孫闌住

正末引卜兒從外上唱

【雙調新水令】您要的是肥馬不公平郤截你俺這忍饑寒的

范丹表憲打听俺兒死活路過你山川我只赤手空拳越一嶺

過懲善 等外云梅見了 等外淨開了

【[illegible]】【[illegible]】俺爹呵祖宗百十年頗有万貫家緣 等哭了 我兒是
張孝友在海角天涯遠 等認了 番住 等云了
果然將施恩在未遇之前到今日冤家厮守您將俺可憐見
等外淨云了 提掃箒下 等長老上云住
做上見長老科
【[illegible]】日月尋俗見山僧遇有緣俺是不修來呵在這壁兒
出家負寺五師路將法藏轉佛不与世俗人為怨 等問了
云 待掃箒里告長老寫个名牌兒咱 等問了
【[illegible]】【天道】若說有俺的祖先太富家富有家緣又道我彼是誰
說有分 等問了俺家鄉不遠祖宗住在梁園 等問了這主兩(?)權做(?)
【[illegible]】俺向馬行街踏着个門面 等問了
不待(?)梁武藏多請幾卷消灾呪盛看与戒盛你便可憐
夫的爺爺是你將俺張孝友孩兒來追薦 云
【[illegible]】子七个字追薦亡灵張孝友 老做意

怕你寫不得將來我自寫　等悲了
不寫呵休哭了末　等問了
【滿庭芳】都因它交業冤折倒了俺好家緣火燒了宅院典賣
了庄由俺兩口兒难過遣【滾繡毬】到晚來枕的是多半个塼
每日向長街上轉叫殺耶娘佛没个可怜見俫康才俺和你有
是末殺父母冤【脫布衫】那廝心腸兒機變色膽大如天那廝
容顏兒慈善賊漢軟如綿俺孩兒信它言又　又　又庄上船去了
十七年不乞勾見天閃我在悲天院　等長老云了
叫有鬼利
【醉高歌】一日家咭提到千万言片時間作念勾三十遍子滿
你閃殺我也張孝友我子道乞勾見孩兒面
【尾聲】元來是和尚替鬼通傳我活七十歲也不曾見你那
尸首兒歸何処你這魂灵兒在眼前休言也是我作念的強魂
魂你生天也是俺心堅石也穿　等長老云閑兒

做說与卜兒認住 外旦上云了 認住
寿孤赶净上 净[illegible]下 外净充上拿住
出場

正名

馬行街姑姪初結義 黃河渡妻夫相抱弃
金山院子父再團圓 相国寺公孫汗衫記

大都新刊關目公孫汗衫記 全

新刊關目看錢奴買冤家債主

淨扮賈弘義上開　做睡的科

聖帝一行上開了　問淨云了　尊子云了　淨云了

正末披秉扮增福神上開

小神乃天曹增福之神今聞聖帝呼召不知有甚事只索

走一遭去　做見尊子了　尊子云了　云　告上聖此

人有惱怨於上天不宜憫恤　尊云了

【醉扶歸】這等人輕視貧乏不恤鰥寡天生下狡倖奸猾和我

這神鬼都謾下【怨上官】他攙他貧財声価子存着心田一寸

種根芽不肯于貧立事子待狡倖成家自拿着殺子殺孫笑里

刀怎存的好兒好女眼前看這等人夫不行孝道婦不尽賢達

耶瞞心昧己妒剛刺挑茶損兆焦波浪劣女俐齒伶牙笑窮民窮、

長云、田漢奢華他用的[illegible]他沒的頻拿挾權処追徃倚勢処

爭少一分地告狀多半分也遞將他官司上下請檢察鈔鮎
這等人忘人恩背人義賴人家壞凡俗殺凡景傷凡化到乞勾
肥羊法酒衣錦輕紗　尊子云了
【四聖調】一个胡歛兒閻王不是要一个揑胎鬼依正法一个
注生的分數不爭差這等人向公侯伯子雖安察去驢騾馬象
剮生下又不曾油鼎内又劍樹上蹅拠他那阿鼻罪这天來大
得个人身也不虧他
【天下樂】子好交披上片驢皮受罪罰他前世托生在京幸貪
財心没命煞他油鐺内見財也去抓留了他三五人窮了他數
万家今世交受貧乏还報他
尊子云了　告上圣此人不可憫恤
【那吒令】這等人前世里造下今世世受折罰前世里狡猾今
世里教化前世里拋撒今世里饑殺但說的事二知子說漫心
浩不肯做本分生涯

【鬭鵪鶉】你手心也子由他造惡也侭交他謾不过湛湛青天难不了漫漫黄沙上圣試鑒察枉將他救拔管他甚富那貧耶

【紫花兒序】你爺㚷在生時當當飲死去後賣甚茶干把些淚珠兒滴尽空消洒蹇了些漿水飯那肯停騎賓巴的帋爷灰燒过元本掛滲了這百壺漿溫不濕墓兒前干[illegible]了千盃茶浸不透黃泉下

云 這等人莊么亂更不可恕

【么】窮漢每祗揮頭也不點佯呆着手也不叉動不動軒騰七代先灵罵坑陷得一郡衆生打欺負得五嶽神祇怕這等人直化生做十二相屬分敢番身到六道輪廻羅

尊了云了 云 告上聖君借与此二十年富貴更是无礼

【六么序】這等人斗筲器難容物毬子心怎提拿打扮的似宰相人家縱着肩甲併着鼻凹更兜些和氣謙押貧兒乍富把征鞍跨早不肯慢慢行怕馬兒上扭捻身子兒詐鞍橋拃木鐙蹅葵花

【么】子是街襖耍人雄把捽胃牢拿王[illegible]忙加走咱行

行咱攔行花踏見的白躂問甚鄰家那里肯攀鞍下馬把窮漢每傲慢齐他須是家業消乏礼義先達也合當留礼數遠他你自尊自大死高下真乃是井底鳴蛙濟窮漢肚腸些一㚥大他子好酸寒乞儉怎消得富貴榮華　尊子云了　净云了

【賺煞尾】他成家人未身安破家人先生下借与他个錢也久家有限次家私交你掌把借与你二十年不曾消乏你待告增加禍福死差貧富天公定論下為元何夫桃二月分杏花發雁菊久秋開罷大剛是乾坤不放一時苍

尊子云了　净做聼竟科　云了　尋的古藏科　云了

正末藍衫同旦兒徠兒上　開

小生姓周名榮祖字伯誠洛陽居住渾家張氏孩兒長壽為家私消乏上三口兒去曹州曹南鎮上探親來不想命不快探親不着又下着這大雪大嫂似這般怎生呵

【仙呂端正好】路斯通家何在乾坤老山也頭白四野凍雲垂子望

冰花壹背分我三口兒難綳外〔[illegible]〕似艮沙漫了山河
瓊瑤砌出世界玉琢成九衢千陌料難成十二樓臺似這雪韓退
之馬轍心冷怎當藍落然驢背上凍下來劉漢中禁回了子猷
訪戴三口兒敢凍倒在長街把不住兩朵〔[illegible]〕千□□過早晚
十謁朱門九不開凍餓難捱
外末扮陳德甫上　做覓酒科　云了〔[illegible]〕餓的
我肚里飢少衣失魂凍的身上冷兀潛落色□雪□□□劣漢
身边冷的分雪深透腳面兒緊透入懷□□將手揣
云兀那酒務兒里有孩兒去寒窩兒里向把火咱
做与外末厮見礼數了　外云了　与酒了　再云了
〔[illegible]〕酒斟着磁盞臺香濃紅琥珀哥哥末不見現□多
□外末云了　買甚末潑醅新醅毛柴這酒勝廚中滿殿香起青
州從事白不枉喚做鳳城春色飲一盃似添上一个錦台外頭
見千團柳絮隨風舞我這里早兩朵桃花上臉來便有些和氣

開懷　外末悶了　正末云自家共大嫂張氏孩兒長壽咱
三口兒洛陽居住往曹州曹南探親來　外末云了
正末与旦兒商議了　云哥々小生肯过房這孩兒
【仙呂】【賞花時】典與一个有兒女底負是孩兒命乖堯與个无子
嗣的人家是孩兒大采撞見个有道理耶奶是他修福來你敎
孩兒一身苦強如把万僧齋㫧的哥々你敬客
外末上了　净同外旦上了　外末引正末三人上了
外末与净云了　正末旦兒倈兒云了　正末做寫文書了
【么】我濃々完着墨色焐々下着筆劃不的巳妥实无柰
想着這子父情班艱難受壍這孩兒是耶精髓結就胎奶腸肚上
摘下來今日把俺子父情都撇在九霄雲外三口兒生扢揰兩
處分開我外的冤心似痛杀刀攢腹做爺的滴血似撲簌々又淚
湖腮苦々的擗懷
净云了　文書了　將过孩兒了　净打倈兒了

【倘秀才】這孩兒甚識了一个字千般兒見責查有五个指十分使掴打的孩兒連耳通紅了半壁腮他不敢偷眼覷不敢放哭声來偷將淚揩【叨叨令】你〻可怜見小冤家把你做七世親外拜高擡手饒过這嬰孩我不怕煩惱殺他爺〻我則怕乞良殺他妳〻怕有些〻不週処擡舉的待做一床錦被都遮蓋把孩兒姓字從今後交小名兒自來日改

正末做欲去請介科　净做額介科　外末做陪介了

【倘秀才】今只有介李不的哥〻五湖四海更他也受用不的十年万載你个勒掯窮民狠貪外或有典質疋或是當鋪鈔狠不的加一倆放解【滚繡毬】曲玉器有色澤你寫沒色澤解金子赤顏色寫着淡顏色你常安排着九分廝賴把雪花銀寫做雜白解時節將爛鈔掯贖時節將料鈔擡狠不的十兩鈔先除了折介三百那里肯用急心重義疎財今日孟嘗君緊把賢門閉交你个柳盜跖新將解庫開又不是宦差

云他既乖了我的恩養∟你看折底罵一場出些怨氣咱

【紫花兒序】那一个開解庫的曾受宣牌子這更傷財蛀並不陪償這是你自立下條劃你做的私倒金銀買乖子是打劫我小民山寨【小桃紅】有一日及腦的天公降禍災不似你這不義之財風雹亂下一齊來把莊桑擺沖不倒您富家宅【幺】你子与我肌餓民為害您豪家有細米乾柴飄不了你放課分失不了你諸人債折末水渰到門外子把利分來

【禿厮兒】疾忙把公孫弘東閣門桯陌休等他漢孔融北海樽席待你依着范堯夫肯付舟中麥他不學龐居士放取來生債掐破三思臺險攧破天靈蓋早難了晉石崇金谷園門外

【三煞】我不是侍親姊弟子明達乖又不是敬老母踈兒郭巨埋乖子的四海声揚乖子的万年名在干陪了十月懷躭剛剩的两貫分來怎生發的住我這眼淚把的住我這情腸放的下這愁懷明日將印板旋開彫着孩兒年月日時胎

【二煞】比及他這曲祭兒歲寒成松栢閃得我這連子花莫黄了老骨揣終有个人急偎親否及生秦怕孩兒福心灵便是我苦尽甘来急去不了斗筲之器倒不了糞土之墻壞不了朽木之材這廝不分个寂寥恨不的攙尽世間財

【尾煞】把當的一周年下架休贖觧齎的五个月还尔本和也該納，利从頭再取索遠了尔文也又斯頼陷穷人的心兒毒性兒歹罵穷人的舌兒毒口兒快打了人牙尔王劉殺了人官司斂分折有鋒利曹司宝貝揆敢決斷的官人賄賂兕強證的凶徒暢不該代詐的家奴更尉耐問不問有尔的自在是不是死尔的吃嗔責死官司勾追不滿客有関節臨危却相持請人排筵席量寛待客搏席不寛大為尔呵當房惡了收为尔呼族中失了宗派与他行尔運氣衰与他才交命不讓死仗義愚濁却有財有德聰明少人債青湛又高天眼不開穷漓又飢民苦怎捱尔流轉時辰有該我天打弄日頭輪到来發背丁瘡

冨漢災反食病根源有爷的富賊打劫天火燒了院宅人連累
抄估了你旧冬債合伯鍋波爷兜米柴忍飢无塩少韲菜常
受飢寒貧不辝潑有些餘資狠心在你看他敗户形骸毒害心
腸不肖他家破人亡那里采直待失了火遭了丧恁時節敗下
浄云了下　浄做抱病上　外旦一行上云　正末云
二十年前有娃東嶽香愿交俫兒替還着
正末又姝茬老上開　自曹州曹南莊上㧞了長壽孩兒又
早二十年了呵我曾口許下香愿婆〻咱兩口兒泰安州
還了香愿却来曹州曹南打听孩兒消息咱
【仙呂】【點絳脣】（唱）區〻步行汴了汴梁过了些山隱〻水茫〻盼了
些川城縣鎮經了些道店村坊望見那東岱嶽万年顛峰不見
泰安州四圍城墻這炎仁殿蓋的来接上蒼映祥煙紫霧紅光
神州三月天仙鬧五雲鄉【混江龍】這的是人間天上堯的
是御賜名香蓋的是敕修廟堂見這不斷頭客旅逕商还口愿

百二十行的道兒替耶燒香交我情慘傷又見這救祠也上
戴頂爺親如孩我千般想念万種恓惶百倍思量　云
婆又咱今夜子這里宿睡明早五更時起燒頭炉香咱
小末來與上做住　正末云　哥又好狠呵
【金菊香】我子理會得雕梁畫棟塑祠堂又不是錦帳羅幃
你的卧房你這裡斷推斷搶老爺〻不隹危亡一迷地先打後
商良【後庭花】偏向廟官行逾墊〻犒賞咱客人行布甚盼望
他見有鈔的都心順子俺這窮的不气長枉了你獻千章枉
了你沉檀箋降你撥頭炉意不藏瞞人在斗秤上一斤秤十四
兩粜一斗加二良瞞天地來貧羊欺窮民心不良昧神祇燒禮
狀【双鴈兒】這的是你歹心枉燒〻炉香要兒孫忘上長休
把那陷百姓羊羔兒利家放兒開不的歌客坊那板不的不死
坊兒忽不的富貴鄉那已卧在安樂堂【淨瓶兒】他病在膏
肓又又之上誰家問〻〻又〻〻無恙鋪袍襖重又被一張又不

敢靠着他傍相又雉了門傍坐了他方子帕那奉母求魚孝王祥卧死在東凌上　各做睡科　正末云婆婆又我怎睡得着【滚繡毬】料是前生罪今世里富末不撓了斷頭香揾不迭腮边淚撓不着心上癢割不斷業心腸兒呵為你但合眼眠思夢想　云兒呵知他你那里　小末打噴嚏了　許神鬼卒子拿淨上　外淨云了　【叨叨令】做了个唖子托夢說不的這場反障奴婢和使長一合相尼波千丈看這後生形像好似孩兒模樣子為他茶里飯里思行里坐里念眠里夢里想作念着團圓了半晌　小末来兒云了

【倘秀才】睡時節移在這相換時節倒在身上　元来是倚強壓弱富家郎下的手也王伯當他叫爺又我這里便應昂都做了浮生夢一場　【上小樓】為他把惡語傷疋面搶先打後商量你這厮欺良壓善心偏向將性命償自身做自身當

【么篇】你也兼着親生兒女老爺娘各自要到家鄉五陵豪

氣三千丈打扮的不尋常強穿着些〻擺衣裳

【醋葫蘆】你子是驴糞毬兒外面光堯弄星斗煥文章没些〻个

夫子温良恭儉讓我人貧志短你才高語壯是王子入齊堂

【後庭花】你不肯冬三月開暖堂夏三月設玉漿情狠感身中

病心平是海上方耶休想得安康情取没人埋葬潑汪〻死兒

看孝堂他急荒〻為親爹来獻香我疼殺〻身軀死倚仗他絮

叨〻活呪願都是謊我骨𦙶〻傍人誰偢諒他氣昂〻不做好

勾當【柳葉兒】一似个人模人樣生一片不本分心腸有一日

打在你頭直上天開眼死輕放有災殃情取个家破人亡

【高過煞】若見我親兒那里怕早死常欺負我死人侍養想我

那頑子精神也似你這般血氣方剛暢道想我這受苦糟糠堯

兒時也合把耶撑富這茶小防備老栽樹要陰凉那五逆兒郎

成人也不想爺娘待激惱他呵擎損壞家業兒呵不怕五六

自包容苦生半世里還自【隨煞】我想一家父母自生

一輩子孫兴旺灵椿一枝老丹桂五枝芳古賢人教子有義方
恁家里也出不的个伯瑜泣杖諒您看承奴也孝不的竇十郎
下 外末上投買元外死了 小末上了 正末小兒上開
咱太安州燒了香兩口兒去曹州曹南打听孩兒消息咱
共婆婆兩口兒虔心燒香想神圣也多灵感阿
【商調】【集賢賓】五嶽灵神雖不奉一人。。恁四大神州各千年
典祀婆百二山河掌七十四司咱献香醮亦命道積善的長生
造惡的便死【逍遥樂】恁生顏回短命盗跖延年伯道无兒
兆不道灵神有驗正直死私勒化的人心慈便道東嶽新添速
報司孔子言鬼神之事大剛来把惡事休行擇善者從之
卜兒做急心疼的科 正末荒科 【東原樂】疼的他合
了双目把捉定吟了四肢爷云恰才不合道了一句言語降災
禍来疾追魂使是灵圣的尊神信有之全不報我親兒作螟蛉
近来何似 【綿搭絮】但行处人間私語天聞若雷一时報應

更不差遲專設名言說先知擧意司又差着千里眼与听可順
風耳那蕩神道云云是這老丑生不三思
如做講心沒藥了　外末与藥了　外提陳德甫散藥了
（小末）你這般蓬頭跣足如絲和你說的是二十年前事
云了我也問我姓甚名誰那里人氏　外末云了　說起來和你也
痛嗟洛　外云了　德甫你直待問鍾馗山藏守這合兒方肯弃了
老夫一个小厮專記着恩人名字　外云　德甫怎忘了周急
借錢時　外云了　外末提再死了（鬼三台）說伯
那庵居士做了些歹心事恨不的把窮民來揣死苦是弄他与
人結交時也久而敬之冤家債主元來是我那兒毛大伯有錢
使全押着郭巨埋兒也強如明達弃子（禿厮兒）子落的三
十分燒了列命一身衣裹骨燼冤千兩余買不的一个死將不
去半分兒家私等拜了　云住（鬼三台）兒親家先行止女親家
先睃他這初不合把小家兒嫁事　正不是卿做着縣衙司

是西臺御史折末玉皇大帝女艷姿撩天令公媳婦兒也合衾
這般苦婆婆也合拜我這白頭老子 小末云了 [illegible] 兒
賤坌也我咬牙切齒他看了我搽胭抹粉當夜燒香元來是這
豪家子我子道是誰家蕩子 [illegible] 元來是這廝提拿
去也官司你這厮歐打親爺甚意思又難同抵觸爺娘老賊
人一家死二我行不孕上剮了這五逆子他也不是孝順孩兒
[illegible] 知他是你先死我先死我打撇并番撲掿送京師
了辦了停了死屍死兒死女起靈時已可交馿駕了軬車兒
[illegible] 我看了班氏這是正明師我祖上流傳三輩兒貫元
外為家乾絕嗣說的俺祖公名字二十年用心把鑰匙元來都
是俺祖上金貴 [illegible] 窮富貴輪廻至積攢下這万々
貫家財一分也不使只為折陪口含錢于折了挪麻搜布子

題目　疎財漢典孝子順孫

新刊關目看錢奴買冤家債主

新刊關目漢高皇濯足氣英布

正末扮英布引卒子上開 厶乃黥額夫……王麾下鎮
守着揚州六合淮地。漢中王有意東征……奏陛下不
可布于子期告變不合聽楚使……後漢王不從，濉水大敗，折漢軍
四十六萬，片甲不回。
（駕云了）楚將極多，漢軍微末，將輕可戰，不到十合，向濉水河迭
破（駕云了）今番已過，這回不索起干戈，主公倚仗蕭何增英布
怕甚末韓信、蕭何，我則待獨分兒與隆起楚社稷，怎肯交劈半
兒停分做漢山河。（外云了）增直下人來报，不由我項容忿。又 冷笑
呵。又 隨何云 他具 漢家臣，這的是楚軍家，他來這里有甚事？這漢好
大膽呵。忿唱（油葫蘆）這漢侶三歲孩兒小覷我，怎生敢……末
是俺不尋思，到此怎收羅？恰便侶冬森 又 鋼戟傍途過，……
也 又 今鐵叢中坐，是他忒不合忒鶻鴒，恰便侶一飛蛾兒急……

貼來投火便是他自攬下一頭蹉【天下樂】這漢埋自家羞小
可如還我不壞了他則俺那楚王知到做了咱的罪過他待要捽
見識廝勾纏不由我按不住心上火　小校那里如今那漢過來持刀着
手便与（　）了者交那人過來　等隨何過來見了（云）　住者
你休言語我根前下說詞那　等隨何云了【那吒令】【三對面】
先生行道破那里是入拜交仁兄來探我是你个閒顙子隨何來
說我　等外云了　你待要百死撞活將功折過你休那里搭白開
【鵲踏枝】你那里話兒多百言語廝多羅你正是剔嘴撈騷
馬河離交你自劊入竜潭虎窩飛不出地網天羅【寄生草】你將
你舌尖來扛我將我劍刃磨我心頭怎按无明火我劍鋒磨的
吹毛過你舌頭便是亡身禍你道是特來救我目前憂孃你正
是不知自己在牢家中臥　你也是救我來你說我有撲頭過　等外
云三个死字了　做背聲云　打咱打看实知道呵道看虛去麼
生知道我（　）有這場過（　）今放了我也　等天臣上去了

一半兒

（王花扶）那里發付這殃人貨勢到來怎生奈何楚国天臣坚吩
呵其实也難收歛怎求和　小校裝香來　我与你一下里相迎你且
一下里趓　你且元那箇厄背後趓者　等使命開了　我道楚使來亚我
首級却元來不是到赦了我罪過（隨何）不争這楚天臣明道
破却把你个漢隋何謊對脫去了天臣呵　我如今喚你來從頭兒問隋
何看你支吾咱說个甚末這風波忒來的歇禍元來都荅成他的從
科　等外出來共使命相見了做門外猛見科　這漢大膽麽誰請你來
自走出來了　做共外打手勢科　你且藏者（金盞兒）謊的我面漫
羅口荅合想伊膽到天來大料應把那口吹毛過的劍先磨坑察的
有咽(?)怪血㖏又帶有肩高不争你杀了他楚使命則被你送了我也
漢隋何　拿着那漢者　這人大膽奄(?)是家使命你如何敢杀了他　等外
云了我门外拿着手意里道你且休出來且藏者我幾時交你殺了他
使命來　等外再云了　做怒云　小校拿到這漢啊見楚王去來　等外云
了　做慘科　背云　我若拿將這漢見楚王去這漢是文字官不当

問一句敢說一瓣老婆舌頭我是个武職將於時折辨得來　做尋
思科住【雁兒】楚王若是問我　英布他是漢家咱是楚家你不
交書呌他去沙你如何敢來　到底難將伊爲末　你恰施劣缺是雄
合　你个哥哎　你殺了他楚使却不道我如何　似此怎生了　等外云降
漢了　你交我降你漢家這楚王不肯舍我我便降漢肯重用麼
外云了【收尾】休把我廝催逼相攛掇英布去今番天波我若
是不友了重瞳楚項籍赤緊的敢嫉婦兒先惡了人翁婆怎存活便
似睜着眼跳黄河你則看我歸順您君王覷面闊你這里怕不千
般兒啜摩却將我一時間謾過　交人我則怕你沒實誠閑話我亦
心多　下
正末上　隨何喃喃口論閑話這里离城皋關則是一射之
地你言請我降漢交天子擺半張鑾駕出境來接　九的天子爲甚不
來接　等外末云了　你是个謊說的好【一枝花】抵多少一不欽
奉皇○宣一不遵敬將軍令一不由我不肯一不由我不擻騰兩國峥
爭難使風雷性三不歸一滅行着死爭生勅斫了差來的使命

【賀新郎】不由我实丕又笑刘濞楚却這般笑吟吟又背暗拨明太平只
許將軍之新末提人頭廝摔噙热血相噴析末势雄又廝併威
斜又相持斉臻又鏖將鉤兵闘𢧐又虎闘龟爭俺也曾湿浸又
卧雪眠霜圪𠌶又登山驀嶺俺也曾縕袜又劫寨偷營隋何
喒是總角兒交兄漢中主不把咱欽敬都說他是真命但這般
我覷重瞳煞輕省那武藝我手里怎地施呈 做到寨科城外屯
軍丁等外末云了我則這營門外等者你則疾出來
【隔尾】我這里撩衣破步寧心等瞋目攢眉側耳听我恰待高
吁声隋何那漢一步八个謊却也唤不應我則道是有人覷了這
動靜 元末不是又却是這古剌又風擺動營門前是這綉旗影
等外出來了 做怒云 鸾駕那里也隋何我知道自古已來那里
有天子接降將礼來隋何一句話則是你咸說心了些个
做過去見駕拜住 做猛見濯足科 做氣頭撇意科 怒唱
【牧羊関】分明見刘沛公濯双足慢自家有四星却交我謾訴又

按不住雷霆眼睁〻漫打凹合氣撲〻忍添意挣怒從心上起恶
向膽边生却不見客如為客您傲的个輕人还自辭 做怒住出來
氣科 濯足而待賓我不如你脚上糞草衆軍听我將令則今日
便回去 等外云了 住〻我若見楚王楚王問我英布你降漢家
今日不用你也你却來与推轄者海這的便好道有家難奔有國
難投【[illegible]】誰將我這背轉來牢扶定 外云了 怒殺 詩
吉你是知心好伴等激剣三端的是〻貧功臣既剣沛公妄君
臣義分喍漢隋何喒有甚麼相知面情 帶云 你把剣珎来寞落
將英布扭扶這公等其中間都是你的變倖你殺了他生憎你
失了他信行 帶云 若不看從來相識往日班行這嗰捉番了面
皮【鳥夜啼】敢交你這漢隋何這嗒兒里賞了俺那天臨命難
中王見面不如聞名〻分明見把咱家情交你做了人情交我[illegible]
飄楚江上侶火上弄冬〻凌漢乾〻坤如甑内拿蒸餅你也不言語不
荅應却不但行好事莫問前程 等外云了 做氣怒科 [illegible]力大

軍吖者我也不帰漢也不帰楚又一發驪山內落草為賊隨何我說与你

我若反呵拚一千个霸王無人敵 做氣不忿科（煞尾）不爭漢中王

定一統無行圖單注着刘天下爭十年不太平心中焦意下顯氣如

虹汗但傾刘家邦怎要清刘家邦至不寧煞隨何枉係春白推殘

自急竟我番待共這說我的隨何不干事 等外末云了打唱唱

你那里噤声〻〻 誰待将伊那漫道礼的君王他那聖〇末荨下

正末上 怒云休動樂者 英布你自尋下這不快活來丈

（滾繡球）鎮淮南无征慣倒大來散袒優游信隨何說謊謾人口待

把富貴奪功名就（滾綉球）折末伊皓齒謳錦臂韛列兩行翠

裙紅袖製造下百味珍羞是的我越出醜好呵我元來則為口

古里不曾與酒肉您送的我荒又有国難投伊便做下那肉麵山

也壓一不下我心頭火造下那酒良海也充不了我臉上羞顏有日

報冤讎言 等外把盞科 做不吃酒科（倘秀才）既共俺參辰卯

酉誰吃您這閑茶浪酒你一个燒棧道的先生忒絕後你當日

施謀略運機關劍有　等子房云臣條了　丞相你說漢朝有好將軍
好寧相有誰你說　等子房云王陵了　王陵比我會沽酒　等又云周
勃了　周勃比我會吹簫送殯　等又云隋何了　您漢朝子一个好隋
何　等隋何云了　他隋何祖上是燕国上大夫他家里會鑽科
您子一个好樊噲　等又房云了（么篇）一个樊噲封做萬
户侯他比我會殺狗托頓着帝王親旧統領着百万貔貅和我一个
故交枉捧手他怎肯去漢王行保奏我料來子房你偌頭
沈緑水運都占却怎不放傍人下釣鉤不許根求　等外云了
丞相這般說我來降漢我須没多意您濯足而待賓我不如您脚上
糞草　是天子從小里得來的証候（賺煞）那時節豊沛縣
里芒碭團頭早晨間露水里尋牛驪山驛監夫步走拖狗皮醉
眠石臼（小梁州）那時節倘沒這般淹証候陡恁的納諫如流
輕賢傲士慢諸侯无勤厚惱犯我如潑水怎生收我一个怎得恁
刘沛公披二四拖狗皮是不回席　不的一个羞杀微臣　等駕做住

把盞了（唱）被聖恩咸拜的忙饒後見笑吟吟滿袖有金鼎兒
他忙勸酒娃勸亭子怎生見天子待花白一會來却又无言語了
哎每知爲㪚英布你如鐵鐙頭 帯駕跪着把盞科 做接了盞兒
荐科 背云 後代人知漢中王幾年幾月幾日在館驛內跪着英布
吃了一盞酒便死呵也死的着也 拜唱（叨叨令）去聲你一个漢中王
竜椅上端然受早朱子房公半句兒多虛繆兴祿合兴楚兒分
着前後教坊司一派簫韶奏英布你早到快活也末哥又又又
這般受用誰能勾（隨煞）舌剌剌言十妄九村棒棒的呼么唱
六查沙着打死麒麟手這的半合兒敢慢罵諸侯就里則是个
大村叟竜椅上把身躯不收（賺煞）拎袒開竜袍叩依法次
坐着那豐沛縣里麦場頭鋤軸条上虽然不風流就里漫嘶和衙
兒寫了（柳青娘）早是君王帶酒休鑿御筵開奏子房公免憂
看英布統戈矛今番不是誇強口楚項籍天喪宇宙漢中王合
霸軍州此番絕今後了這回休（道和）把寫了收又又又江山安穩

揔屬刘不剛求看咱又又恩情厚交咱又又雖消殁終身荅報
志雖酬报名由直杀的丧了征駐遥觀看征駒驟都交他望風走
看者又又咱征閙你每又又休来救看者又又咱征閙都交死在
咱家手荒郊野外横尸首直杀的馬頭前急留古魯又又乱衮
死又又死人頭【煞】免了娘劉要报了睢水讐杀的兜斧斷中
原江河溜早子不從今已後兩分家国指鸿溝下
正末上拿砌末扮探子上【醉花陰】楚漢争鋒竟寰宇走
項籍雖羸做輸此一陣不尋俗英布雖如據康獨堪推倅
【喜遷鶯】多應敢會觀兵書漫半霎兒嘹出馬来數番楚霸主
他那壁古剌又門旗開處楚重瞳陣上高呼先徒杀人可怨情理
【出隊子】嗏俗相欺罰厮耻辱他道我看伊不輕我笑你何苦
【刮地風】咱言壁先鋒前部會支分能對付又又驚醒又陣
上又鉦鋍沙又又奇臻又披前都士卒牙僕剌又的旋心星驟戰
駒【刮地風】㷔又不待的三声鼙戰鼓火火古剌又兩面旗

斜䏶又傑剌又二馬相交忿喊振天隅我子見一來一去不當
不饒兩疋馬兩个又有如星注使火尖鎗的是項羽是絶便刺的
贖（四門子）九江王那些又英雄怎火出穀又早放過去兩軍將
各自尋門路動彩鞭輪巨毒虛里有實又里有虛亦過漫各
自依法實虛里有實又里有虛可連天喊文辛（□□□）个又又又
殺土兩靄又黑氣黄雲遮太虛勝又馬蕩動征塵□又人盤
在殺霧叫又馬和人都死一出道吉丁又火鎗和斧籠罩着身軀
道足呂又忽斧迎鎗數番烟焰奔道坑堅又有鎗和斧力道霹
光注道霹郎又又呀斷斷甲落盔光發（收尾）把那坐下征騅
猛撞住嗔忿又氣夯破胸脯失措搶那柄蘸金斧又蘸鎗来大金
出介　封霸王出　賀封王了（散場）

題目

張子房附耳妬隨何

正名

漢高皇濯足氣英布

新刊的本閑目漢高皇濯足氣英布

六

新刊關目好酒趙元遇上皇

等孛老旦一折了　等外一折了

正末扮醉上　便放

[仙呂點絳唇]東倒西歪後合前仰離席上這酒興顛狂醉魂兒望家往[混江龍]猛然觀望見風吹青旆喚高陽喫了些潑醅淳糯勝如玉液瓊漿喜的是兩袖清風和月偃一壺春色透瓶香花前飲酒月下欣然蓬頭垢面鼓腹謳歌茅舍中酒瓮邊喇嗒嗹嗒唱三盃肚里由你万古談揚

等孛老旦上云了　做入酒務喫酒科

[油葫蘆]你道我戀酒貪盃誓定當你暢好村莽壯可知道外名兒喚做一窩狼你不見桃花未曾來腮上可早闌珊了竹葉樽前唱嗤々把頭髮揪便腳莊耳根上一迷的直拳捲都扯破我衣裳[天下樂]搶弃了今番做一場打罵賤孩兒有甚勾當

又不曾游手好閑廝歹當動不動耍手摸是不是頭招狀欺負
煞受飢寒穷射粮　等学老云了
這三日喫呵有些人情来
【那吒令】前日是瞎王五上梁昨日是村李胡賽羊今日是酒
刘洪貴降待不去来他来相訪相領相將（云）這酒有好処
【鵲踏枝】有酒後聚得親房有酒後會得賢良豈不聞古語常
言酒解愁腸我有酒後寬洪海量没酒後腹熱腸荒
等外云了　交我斷酒
【寄生草】折末為経紀做貨郎使牛作豆將田耩糠灰抹土李
搬唱剃頭削髮為和尚交我斷消愁解悶瓮頭春斷不得願情
吳場開市仲自腠項（云）等云了、（云）交我斷一年斷不的
我說這四季斷不的
【醉中天】春里斷呵春暖群芳收夏里斷呵夏暑芰荷香秋里
斷呵金井梧桐敗葉黄冬里斷呵瑞雪飛頭上又有晝夜陰晴

又有旦夕禍福人生死孚在一時半晌斷了金波緑醸都不我
等閑的虛度時光　等云了（二）
你交村里住須沒酒喫兩件更斷不的
交我村舍里伴些郎養皮袋住村店每日風吹日炙將田耩和
那汾三趙四受風霜怎能勾百年渾是醉甚的是三万六千場
那兩件敢休交野花攢地出我則怕村酒透瓶香
等孛老扯見外科　孤上云了見淨住淨云了
做驚科（云）今番當將人去也不干小人事
淨云了　等旦索休書了　做忙怕写了哭科
（游四門）待將這好花分付与富豪郎夫婦兩分張下目申文
書雖回向眼見的一身亡他娶將配鸞凰（勝葫蘆）赤緊的司公
他廝向走將來雪加霜幽幽地魂的々々魂飄蕩何処呈詞狀
你写呵免災殃呵不写後又待何妨　做与了休書出來啼哭科
（后庭花）則為一兒非俗離故鄉二四的司公能主仗三个人

狠心腸做夫妻四年向上五十次告官房(么)六天下曾经你不良把我七代先灵信口傷八下里胡論告厮商量做夫妻久想莫懸十指望便身亡(尾)十倍兒養家心不怕久後傍人講八番俚羅街拽巷七世親娘休过當尚自六親見也慘惶自度量五更里搭手思量動不動驚四隣告社長我待横三盃在路傍都死二十日索身喪你休则死招魂我這一灵兒不離了酒糟房　等賣酒的上云住　駕引一行上坐云了

正末扮冒風雪上放

(一枝花)湯着風把柳絮迎冒着雪把梨花拂雪遮得千樹老風剪得万枝枯渰溯風雪程途迷了天涯路風又緊雪又撲恰渾如扒灑篩揚那便似挦綿扯絮(梁州)假若韓退之藍關外不迁駿馬孟浩然灞陵橋也不肯騎驢凍得我手腳如麻一天寒日短迥野消疎関山苦楚風雪交雜渾身单夾衣服舞風乱慘真珠我擡起頭似出窟的雖歡縮着肩恰便似水渰

風弓省餞恰便似人樣蝦巨幾時到帝都刮天刮地狂風古渲
曾受這番苦見三疋金鞍馬拴在老桑樹多敢是國戚皇族
做入去向火閙得酒香科　（云）打二百文酒来
等將酒过来科
（收尾）見酒後忙吓飲酒後再取覆共這酒故人今日完
聚酒呵則道永不相逢不想今番一處為酒上遭風雪為酒上
踐程途這酒浸頭和你重相遇或酒爹爹安樂否
做与外把盞科　等外与酒喫了
（隔尾）小人則是随驢把馬喬男女你須是説古論文士大夫
這六點兒運人不曾把人做雖是愚滋得匹夫不會講先王礼
数搵搵的咽喉中盪下去　等外厮打了　听住
（感皇恩）我恰待自飲芳醪是謊唱叫喧呼則听的絮叨叨不
住的罵窮儒不住他推来搶去則賞祉拽拽捽可知道李太白
酉劒欲典琴沽（采茶歌）一个扯着衣服一个更血模糊秀才

早難道滿身花影倩人扶三个儒人何消恐懼我替还口債出青蚨 等駕認做兄弟科 做过未喫酒科 做啼哭駕問了 做說関子了【么篇】丈人丈母狠心毒司公做官胡突果然這美女戾其夫他可待侶水如魚好模樣歹做死不覩事要休也倚官挾折散俺妻夫真乃是馬牛襟裾【黃薔薇煞】我雖是鰥寡孤独對誰人分訴啲兜頭屈因此上氣塡胸雨泪如珠這也一般李霜毫一个班肖臂膊一个把咱扶肖道雨行字便是我生天蹤跡交死事还鄉故這好是要人做不想二百長錢冤了爺本哥哥你自節修去 做辭了 等駕云了【尾】不想今番橫死身亡[redacted]首遙指雲中鴈寄也雨隻脚不停住這愛愁這悽感煩惱對[redacted]怎声揚忒頭屈趙上皇你穩坐皇都怎知這喒風雪的射糧軍千受苦 等孤上云住

正末便上放

【耍孩兒】六出花飛碧天边凍雲不退抱双肩紧把頭低嚬魂
消酒才過回股无力眼見得命掩泉遲這場灾怎生回避
【醉春風】送了我也竹葉佀嵬頭春荷枝般心愛妻則為恋香
醪尋自求别盃待怨生悔〻〻〻也是前世前緣自生自受怨
天怨地【迎仙客】排自從人排自公吏這死常暗來人不知又
不曾插翅飛上不徃泪若芭蕉滴這的是自哥的潑頭那
做見孤了　交外推轉了　做荒云
相公有你哥〻信將過來　等孤云了
【上小樓】有你哥〻信息小人備前分細快〻疾〻端〻的〻
數說真實若趙元純為來差之毫釐情〻便命歸泉世等向了
【么】一行三个人殷懃勸一盃少酒債主人家呌揚疾替遲
了二百多別无思議　因此上認我做兄弟　等向了【云】
小人下月中觧文書來到草橋店上見三个秀才契酒共
多小人替遲了问我姓甚小人道姓趙他道我也姓趙我

拜做了哥〻因此修一封書他道是相公哥〻里
等孤云了　做臂膊上見了科　等孤拨東了
祗候人納坐了失驚科
【十二月】納我在交椅上坐地拿着手脚身起地鋪着綉褥香
噴金猊　唤大夫是甚脉息我這病眼難醫
【堯民歌】我曾見草田院土地拜鍾馗判官當厅問牙推這神
針法灸那般疾佀蓝采和舞不的看花廻冷笑微〻吾皇敦騙
占判断開封府　等云了【一煞】
交我做南京府尹這衙里有酒末
【耍孩兒】不會做官做地偷有例五刑之書整理着蕭曹律令
不曾習有當案分令史支持没酒的休入衙門里除喢人問訟
不知无紫蘂問甚從人司吏契了後回帝【三】飲酒如李太白
糊突如包待制唤我个没底瓶普天下人都識菁霄有路終須
到好酒先名是不歸每日便重〻醉問甚三推六問不如攛酒

交席（尾）問甚秋白衣折葉青九醞荷葉盃不揀你与我澆澆淡水

也強如忍風雪飢寒半路里　等孛老淨旦一折

駕上云了　官住

正披秉共揚戩上　等外云了

（新水令）要甚末两行紅袖從人絲怎如馬頭前酒瓶十檐這

紗幞頭真紫襴怎如白襴帶白細衫又不會闊論高談休想做

官僚　等外云了（云）那里有查虎去不得

（喬牌兒）這言語没店三可知水深把杖且探對君王休把平

人陷趙元酒性淹（沽美酒）不恋高官休將人賺這煩惱怎生

揞你道細逢驚了人膽不如我住草舍茅庵（太平令）不做官

我怕的是鬧炒炒虎窟龍潭元來這龍有風雲虎有山岩子怕

虎爭龍卒意起奸讒剛治里指人佰備懂愚癡憨語喃喃

淨淨燈燈早離宰相王侯到不如李四張三　做見駕科

（七弟兄）微臣怎敢大官不濫則知若溢酸渾淡清光滿辣任

訴貪下民場虐何曾濫（沽美酒）微臣最小膽則待終日蓋慈
聖主台鑒休兩兩三三也不做明廬共暗察伯子共公男自羞
搽官爲後惱兒喃祿重自忒貪（收江南）我汴梁城則做酒都
監自斟自舞自清淡沒煩沒惱口勞噹是非喉沒俺這土坐食
怨奴家顛沽　等勾半旦一行上云了
（雁兒落）姜太公顛倒敵魯義姑心中鑑倚官府要了手模也
斃你遭坑陷（得勝令）却不風月擔兒擔早則蒔蜓把太山撼
往日忒余濫今番刀下斬忍不住奉攙風雪里將人賺遞得飲
如藍索休書却大膽　駕斷出

題目　丈人丈母狠心腸　司公倚勢要紅粧
正名　雪裏公人大報冤　好酒趙元遇上皇

新刊關目好酒趙元遇上皇終

新刊關目陳季卿悟道竹葉舟

外末扮陳季卿上云　小生姓陳名季卿武林餘杭人也幼年習學儒業來到京師應舉不及第流落于此正值冬天下着紛紛揚揚大雪好命薄呵猛想起來此間有箇青龍寺長老乃是小生故鄉人也今日去投逃一遭下

等外末上開住　等行者云了　外末見惠庵長老云了

正末扮鶴氅提荆籃上開　貧道姓吕名嵒字洞賓道號純陽子本師法旨為凡世間有一人姓陳名季卿此人有神仙之分交我點化此人望見這青龍寺有一道紫氣敢有此人在這寺里朝遊北海暮蒼梧袖內青蛇膽氣麤三曰岳陽人不識朗吟飛過洞庭湖

【點絳唇】恰遊了這北海蒼梧又早歲華幾度成今古嘆世事榮枯誰識長生路【混江龍】量這一掩兒寰土經了些龍爭虎

鬧戰爭（△外云）我從剖開混沌踏破空虛陵谷高深悉變迁山河氣
象映青虛（△外云）養的精神似水顏色如朱又不服玄精雲母又不
餌枸杞（△外云）又不採茯苓桂子又不佩宝籙灵符子把心猿意
馬牢拴住一任文星移物換石爛桑枯　正末与外末相見科
秀才在此何幹莫圖富貴休貪名利肯隨我出家去
【油葫蘆】笑您這千丈風波名利途間是非鄉枉受苦便做到
秦金印待何如你看凌烟閣那个是真英武金谷園都是
些濁男（△外云）也有賢的分甚賢（愚）辨甚麽愚折末將陶朱公遺
像把黄金鑄也是泛烟水洞庭湖【天下樂】早經了一戰功成
万骨枯嘆您這区区文共武好辛苦麻紫羅袍白象笏爭如我
誦黄庭道德經持金符大業轉清風一万古　等外末云了
黄庭道德經秀才你不身上[illegible]　等外云了
會道略有小術使交你不[illegible]
[illegible]

正末云昔日四皓隱於商山巢由達於穎水此乃遠塵之仙
等外云了【那吒令】豈不聞列禦寇乘清風入八區子房
公伴赤松歸洞府洪崖駕浮槎入帝都更有葉靖禪引自明皇
去遊遍天衢【鵲踏枝】俺那里景非俗也没他下民居見的雨
露雲霞影徹天衢大羅仙没揣的过去我下塵凡點化頑愚
秀才你知這幾件事　外云甚事
【寄生草】想當日劉高祖逼倒个楚項羽显定那拔山力鼎英
雄処投至紅塵迷却陰陵路又早烏江不是死紅瀼你李辰林
宫弃職洪張良不如開早歸山去　等外末云了　末云
我性処你尋省【么】枉踏破王喬登仙履不見俺葛洪煉藥
炉俺那屋往來任去隨身住死風牙雨難傾覆不修不壘常堅
固又不曾漏門深瑣遠山中白雲滿地你死尋処　等外云了
丑末云了　外末不采科　正末看華表詩題詩科
閑觀九域志　如同下眼觀　单府擡頭觀　边廷咫天間

賬排千万鎮　州隱五千山　無兀歸去路　好把晝面看
外末做不采正末科　正末起身讀外末滿庭芳了
外末云吟鳳樓梧了　正末把身讀外末滿庭芳去了
正末冷笑科　罵渋又有思鄉之意秀才我不曾來时你
作一詞我尚記的　等外末云了　貧道終南山野叟是也
等外云了　秀才你肯根貧道去贈你一帆清風不用
盤纏便到指壁上華夷圖此一条道正是歸鄉之路　正末把竹葉
【醉中天】這篇詩勝王粲登樓賦似張翰憶蓴鱸　正末
貼壁上你覷渺渺烟波賽一葉兒芦　等外末云了　末云
呆漢正道上好去者　[redacted]　休猜做野水无人渡你發志氣長
安應奔不及弟似淵明歸去兩庄兒是一夢華胥　末云
呆渋望見你去的路麽
【金盞兒】你覷烟浪暗荊吴遠水泛舳艫　一任交風濤洶湧蛟
竜怒　正末云了　你把双酔緊閑偃省身軀棹穿波月冷帆掛海

靈浮寒烟生古渡兀良便是舊舍旧鄉閭（云）呆漢休開眼莫志了正道者（尾）我与你踢倒鬼門關却早夢遶桃安路一枕南柯省悟子被這利鎖名韁相纏住驀頭時暮景桑榆你若是到蓬壺我与你割斷凡俗境的是袖里青蛇膽氣麁赫省烟霞伴侶辭西風歸去我交你朗吟飛过洞庭湖　下

外末云了　正末引淨孤四人戴逍遥道粧上云

神仙每好快活

（新水令）我曾向五湖三島自遨遊則我這拂天風兩枚袍袖喚灵童採瑞草同仙子上瀛洲散袒優悠嘆塵世幾昏昼一（駐馬聽）我故国神遊見物換星移幾度秋將浮生講究經了些々夕陽西下水東流嘆興亡看鎖廟堂愁為功名人似黃花瘦歸去休看銀山鉄壁層々秀　外末暗上科　正末云

陳季卿呆漢你到此有何事　等外末驚云了

（鴈兒落）你自吞了名利鉤向苦海誰人救早則不凌雲氣貫

斗牛杜了你戰篤速把丹墀叩　外末云四座先生高姓

（[illegible]）嘆声我傲殺人間万户侯見宅泪淹濕羅衫袖儒回

个品竹調絃自歌自舞豈不樂乎正是幾處笙歌幾處愁直餓

的侶夷齊瘦你却不去鳳閣前鸞臺後金榜標名刻地向異境

神遊　等外末云了（[illegible]）你嘆吉你刻地待紅塵中為太守

青史内把名留緊袖了攀蟾折桂手把功名住休把玄関快參

透看閬苑山明水秀強似絶粮孔子在陳州杠了李鑿壁匡衡

（[illegible]）了受映雪孫康生受便做到五侯在鳳樓飲御酒　奸辛

苦呵金章紫綬　末云呆漢你記得与終南山野叟相辦四仙

其事麽　外末云記得　正末云你認的俺四个　外末云

小生都不認得　等四仙各云了

（[illegible]）我篤天風摩挲星斗這个曾慷慨運機籌這个独逞

灵槎把天関參透這个在月殿里遨遊（[illegible]）早子不播灵

名万古（[illegible]）正末云了　外末云了早不一跳竜門独占鰲頭

地遠負琴書苦懨懨似宋玉悲秋你對終南山忘機野叟在青
龍寺高枕无憂你駕一葉舟万里江流如今夢入槐安早兩处
凝愁　正末云了　等外末臨江仙了
正末云　此子可教　等外末云了
[川撥棹]枉了你自僝僽緊閑談天說地　便威楚吳刘拜相
封佐佐滂祖功施宇宙真乃是補完天地手[七弟兄]剗地點
頭拂袖五雲遊弃司徒金印沉如斗玉溪边烟水不停流看翠
岩前風月長依旧[梅花酒]休待兩鬢秋与天子分憂嘆歲月
如流呀早白了人頭待獻賦長楊臨帝闕我秉綵鳳上瀛洲俺
三个是故友一个吹玉笛對岩幽一个倚銀箏步滄洲這个彈
錦瑟上扁舟[收江南]我臥吹　管到揚州趂清風吹上碧霄
遊你跨金鰲穩上鳳凰樓拿雲且袖手嘗取一場蝴蝶夢莊周
正末云不可久留你鄉閭近也咫尺可到休忘了正道
[鴛鴦煞]趂着清風明月黃昏後天涯做客空生受憑恁短

劍長琴遊遍七国春秋唱道累序馮河李暑草袖手若要散
袒優悠淨洗了心上塵垢子俺閬苑瀛遊再休向邯鄲路兒
上走　外末云了　叫漁舡科　云下　等亭老保見旦兒一折下
正末扮漁夫上披着蓑衣摇舡上開
月下撐開一葉舟　風前收起釣魚鉤　箬笠遮頭捏日
月　蓑衣披身度春秋　俺這打漁人好是快活
【一枝花】短蓬窓新織成細網索重編就却才對西風攏了釣
絲又早隨明月棹着扁舟烟水悠悠自釀下黃炉酒自提着班
竹簍直喫的醉朦朧月朗風清閑快活傲天長地久
【梁州】管甚麼送青春夕陽西下任光情江水東流輕烟細雨
迷了前後垂楊曲岸芳草汀洲蓑衣披身箬笠遮頭[illegible]是打
漁人一段風流相伴着野鷺沙鷗都勝了陶朱公一派五湖過
了那蜀諸葛三江渡口[illegible]早來到嚴子陵七星灘頭我三个
[illegible]好是波老樹為知友食是[illegible]

釣魚旋篘酒樂以忘憂　等外末云了　正末做听的科
（隔尾）莫是燃犀溫嶠江心里走莫是鼓瑟湘灵水面上游我
弓你凝望眼蘆蒲边耐心兒候這里是沙堤岸口又不是家前
院後這喚渡舡行人在那答兒有　等外末見漁翁喚渡咱
正末云　秀才你那里去　外末云　你問我做甚麼
（賀新郎）你待渡関河我須索問根由你是做買賣經商是探
故人親旧你在滄波側畔呆答孩候外末云了你莫不是楚三
閭懷沙自投莫不是伍子胥雪父冤仇莫不斈李謫仙撈月去
莫不斈越范蠡欲帰舟等外去了元來赶科場不及第村斈究
本待执御苑春風白象簡不及第待趂烟波明月釣魚舟等外
末去了（罵玉郎）露寒襟濕簑衣透摇短棹下中流過了此橋
横独木危腰瘦見數點鷗鷺趂逐雁點秋江秀（感皇恩）雲影
悠悠風力颼颼轉過這綠楊堤芳草渡蓼花洲　外云　這是那里
過了淮河界首汴水分流可早傍鄉閭臨故里莫停留

外末云奇怪早來到我家鄉也這其間敢二更前後也
【滾繡毬】不索你問更籌子看水雲收明滴留半輪殘月在柳
梢頭　做舡住科　正末云秀才你家鄉到了見了爺娘妻子
便回來　等外末云　這人家便是你等我便下舡也
把舡纜在枯樁便辭舟早听得汪汪犬吠竹林幽都下
等卜老保兒旦兒一齐上　云住　正末外末一齐上
外末云　你子在這里等我見了父母便來也　旦開門了
等外末云了　等卜老云了　等外末云了　等卜老了
做把盞科　正末冷笑云　季鄉疾忙去來
【牧羊關】剗地席上歌金縷樽前捧玉甌這其間炊黃粱一飯
才熟早辭了白髮的爺娘割捨了青春配偶好不聰明愚濁漢
疾省悟拋官因不爭你恋官个石季倫千鍾富怎發付陶朱公
一葉舟　等外末云了　等旦打悲科
【哭皇天】則晉絮叨叨將它聞淚汪汪不住流快頻脫了金鞋

遼王鎖早畢罷了燕侶共鶯儔准備下簑笠輪竿釣舟攛掇岸
側渭水河頭趂烟波漁父散袒優攸寬袍大袖兀那閬苑瀛洲
儆西風喒兩个早去休管甚末龙爭虎鬬乌飛兎走
等外末索紙筆寫詞科【鳥夜啼】你賽隋何枉了開唇口
休想我信風波東見東流【詩曰】
月斜寒露白　此夕去留心　离歌棲鳳管　別泪洒瑤琴
酒至添愁飲　詩成和泪吟　明夜相思夢　空床鬧半衾
你如今做双眉病得似秋崖瘦兀自回首凝眸离恨悠悠一个
眄雕鞍眉鎖廟堂愁一个怨踏閨泪濕春衫袖早去來休生受
麻袍草履儆殺肥馬輕裘　等亭老保兒旦都下
【三煞】趂着那啞呷數声櫓響离了江口見明滴溜一點漁灯
古渡頭則見春江雪浪拍天流更月黑雲愁東刺風狂雨驟這
天氣甚時候白莽莽銀濤不断流那里也楚尾吳頭
【二煞】子見盤旋深処蛟竜吼皓月當空魍魅愁番江攪海震

動陽侯諕的我怯〻喬〻正値天陰舡漏抗短棹有誰救咱些〻
兮踏翻一葉舟性命似水上浮漚　風浪起怎生奈何救人咱
念佛科（收尾煞）枉了你告玄真礼河伯頻乂手你且定
神思安魂灵緊閉眸浪淘〻水逆流衝三山蕩九州撼天関動
地軸衮金鰲海上流戰欽〻冷汗流魂离躰命欲休死臨侵不
能勾葬故鄉三尺荒丘誰奠一盞北邙墳上酒　下
等外末叫救人咱做閃下水的覔來科　行者上去了
等外末做意云了　行者云了　外末赶先生見籃内科
先生去了有个籃児於内別无一物則有一扇書我試看咱
一華丁寧送客歸　翠毛脩竹苦相依　王質四座留言日
妙曲一篇知過時　相見未能施話延　粧娥臨別更留題
佳人慟哭黄昏後　將為山翁揔不知　外末做沉吟科
必是好人夢中所事皆知我赶那先生去
正末打愚鼓上　昨日東周今日秦咸陽灯火洛陽塵古今

一枕滄浪夢矣禾崑崙頂上人　今朝無事上街抄化
【節節高】子為這百年名利做下一場公案試把金馬玉堂臣
宰每從頭觀看都待久居廊廟長他功幹做到三公位享千鍾
祿呀早上在百尺竿怎知我早納下烏靴象簡【元和令】我庵
前坐褁你為功名往來幹若是棘針途路接天關更難行也人
去攀不管雲陽鮮血未曾乾惡風波早過眼【上馬嬌】饒你百
事聰所事奸那个曾人馬得平安不如嚴子陵独釣在秋江上
對紅蓼灘閑把釣魚竿【遊四門】比着風波千丈世途難可須推
名利不如閑我看黃鶴對舞青松澗俗事不相關將意馬拴
倒是非山【勝葫蘆】慈強如鐵甲將軍夜過關它驅磕試蹬雕
鞍有一日戰罷荒郊白骨寒爭如我茅庵草舍蒲團紙帳高卧
得清閑【又】事不欺心睡自安勸你塵世莫愁煩打拱起琴書
还旧山尋取藥炉經卷對石臺香案也終是勝人間
【後庭花】劉項土未乾英雄骨已寒那里也楚霸王鴻門會

韓元帥拜將壇如今淨瀚人人生虛幻嘆人生如過眼我在邯
鄲古道問紅塵中倦往還蹇驢兒門外拴棄功名如等閑做神
仙頃刻間【[illegible]】吃了頓黃粮仙飯強如煉葛洪九轉靈丹
長安市上曾來慣粧个同麾渡權借些兒个酒容顏點頭時曾
尺人間【[illegible]】我不去王堂遊也不向東山卧得磨陀且自
磨陀打數声愚鼓向塵寰中過便是我物外閑工課
【[illegible]】向蓬萊頃上過訪故人藍采和引着漢鍾離旧交遊弟兄
八个看海山高銀闕嵯峨共葛洪崖將星斗摩同費長房把龜
枝喝喚仙童把洞門休鎖對丹丘斟瀲灩金波按双成廣寒殿
纖腰舞听麻姑女蓬萊皓齒哥醉入死何
等外末做歪帽荒赤科　師父救弟子咱　云下
【[illegible]】見它戰篤速驚荒列荒二走省劉地滿溲呆答孩孩
八覷我　等外末云　師父慈悲度弟子望長生之路　做拜科
横雄也似階前拜則麼我是个貧僧道住在山阿怎生把你

度脫[illegible]外末云了【[illegible]】[illegible]仙[illegible]你知
得這詩意麼（云）弟子省不的（唱）你不能把小詩中玄機點破
那不提省紫霄毫判斷山河你知道榮華如水上漚功名如雨
內火　外末云　弟子不省的　做拜科
根不的向這講堂中把面皮搶破我与你排磨將聖手摩挲
你被歲華淘過得紅顏少世事搭埋得白髮多即漸消磨
外末云　師父那里去弟子願隨師父去
【寄生草】俺那里蒼松偃蟠蛟龍卧青山高聳晴嵐潑香風不
動松花落洞門自閑无人鎖隨我去來也末哥又｜朝真共
上蓬萊閣　擺八仙隊子上　外末云　師父這幾个是誰
【六么序】這个勝仙花曾遊大羅這个吹鉄笛韻美声和這一
个口略綽手拿着个笊籬這个髮蓬鬆鉄拐斜拖這个曾將那
華陽女度脫這个綠羅衫笑舞狂歌這个落腮鬍常帶醉顏酡
外末云　師父你　唱　我邯鄲店黃粱夢經過覓來時路尽

旧山河正是一場興廢夢南柯真不當初夢快呵今日方古清風播下　散場

題目　正名

呂純陽顯化滄浪夢　陳季卿悟道竹葉舟

[illegible]葉舟　終

新刊関目諸葛亮博望燒屯

末扮諸葛上開

貧道覆姓諸葛名亮字孔明道号卧竜於南陽鄧縣在襄陽西二十里号曰隆中有一崗名曰卧竜崗好耕鋤隴畝近有新野太守刘備來謁兩次於事不曾放参盖為世事乱龍虎交雜不定正每日向茅庐中松窓下卧看兵書哎諸葛幾時是出世処呵

【點絳唇】數下黃極課傳周易知天理飽養玄機衍龍虎風雲會【混江龍】有朝一日出茅庐指點世人迷憑着我腸撐星斗如遂我志遂風雷立起天子九重龍鳳闕顯俺那將軍八面虎假威做失驚科見風篩竹影日射松窓袖中發課門外觀窺道做云安排接駕準備烹茶這的又是那一个未發跡的潛龍帝做思科你休鋪藤簟且掩柴扉做看書科等皇叔一行上

張飛叫住　道童報兩次了（云）既然一年中來謁三番
兼此人布皇。分和稚見咱怕甚道与那姓刘的將軍过来
做接待科　刘備施礼了（正末云）我与你火速那身起
那步下堦基煞是兩次三番勞動躬將貧道權休罪請皇叔安
然坐地等云了口云〻道孙穷刘備休胡道那一个村庄家生
得舜目　做交皇叔坐地科　等刘備不肯坐科
問公來訪諸葛有您甚事　刘備云了　將軍少罪貧道是
南陽一耕夫且於此中避世那里管您這人間興廢去不得
〻〻〻（滿庭芳）俺則待訪李巢由洗是非習道德喜登早
望釣漁磯誰待要蝸牛角上爭名利誰待蜘蛛網內求官位刘
去了但穿些〻布草衣但喫些〻藜藿食曰高三丈蒙頭睡一任交
烏兎走東西（天下樂）貧道除睡人間總不知　刘去了　其实没
意智你本待告貧道下山与您出些〻氣力其实當不得寒添不
得飢請下這卧竜崗待則甚的　刘云了　貧道想您也甚貧

没〻一个用到頭的那一个是有下梢的　刘云了【那吒令】常想起卞和般獻璧能可李韓信般喫食你也枉了似子房進履用人時河泊里尋山林里覓這般做小伏低【鵲踏枝】一投定了華夷一投罷了相持那里相国誰之時用人之濟早安排下見識便剝官罷戰早向未央宮里万剮凌遲　刘云了　去不得〻〻〻〻【寄生草】能可耕些荒地撥些菜畦和這老猿野鹿為相識共山童樵子為師弟伴着清風明月為交契則這藥炉經卷老生涯竹籬茅舍人家住　刘云了　冷笑科　将軍你好小覷人【么】張子房知興廢嚴子陵識進退一个日頭出扶立高皇位一个日頭正策定中興帝你道日頭斜怎立刘家国可不一雞死後一雞鳴只有後輩无前輩　刘云了　貧道作耍來　道童云了　喝噤声　刘云了　既然有二兄弟同來交請那姓關的来　關見了是个五霸諸侯生得奇哉【金盞兒】生的高聳〻俊鶯鼻長

挽々臥蚕眉紅馥々双臉烟脂般赤黑真々三柳美髯垂内藏
着君子氣外顯着礤人威這將軍生前為將相死後做神祈
刘云了　張飛云了　也交請將姓張的來　張飛叫住了
又是个五霸諸侯王將軍直恁般哏（醉中天）直恁般无道
理无廉耻失上下没尊卑早把一對環眼争開睜覷誰查沙起
黄髭力顯出他那五霸諸侯王氣不住的叫天叫地將軍呵你
也做得个莽壯張飛　刘云了　也交請來　趙雲見了
這將軍是家將降將　刘云了　刘封見了　這將軍嫡子
庶子　刘云了（金盞兒）這个是庶子有心機這个須降將
是忠直都向那諸侯王里安揷應當那耿趙雲堪中交掌計刘
封也征敵這將軍杀場上交戰馬這將軍陣面上𦄊征旗穩情
取鞭敲金凳響人和凱歌回　刘云了（么）觔道去呵去你待
与誰爭天下　刘云了　且論曹操今已百万之衆挾天子
而令諸侯此勢大不可与爭鋒　刘云了　若論孫權拠治

江東已定三世国險而民富賢能用之此勢大不可与敵援
而不可綱之　刘云了　公有可謀之国宜取荆州為本益
州為利　刘問了　先論荆州北拠漢沔利尽南海東連吳
會西通巴蜀此乃用武之国其主刘表不能此殆天所以資將
軍也　再論益州拠益州險塞沃野千里天府之土刘璋闇弱
張魯在北民殷国富而不知存恤智能之士思得明君　記漢
室之冑信義著在四海若跨荆益保其巖阻撫和戎能好孫
權内修正治外覷時変此霸漢室可興矣
[illegible]我直智降了黄漢昇威伏了馬孟起我务实戰不得
周公瑾委实贏不得曹孟德　孫云了　撇白下相了　怎生可惜
做得三年皇○　𣊬意兒休爭當言道龍飛人不是龍　刘云了
做不去的科　外扮徐晃过来見住了　做搖扇科
道童催備去来這里該有四十年天子　等刘備一行拗了
收尾　把您這孫刘曹立做了吳蜀魏却便似鼎足三分社稷

刘云了　雖然地利天时奪了第一嘈伏人和創業卅公道
童你扶收拾咱龙虎耀随先占了西蜀四千里　張飛云了
做對鬬唱對省个禀長說知单共你張将軍觀氣　刘備云了
主公放心你看我笑談間分付与那衮龙衣　下
曹操夏侯敦云了　末扮軍師共刘備上　刘云了
諸亮死能頼主公洪福衆将軍虎威交貧道做人
〔一枝花〕遮天雜綵旗振地花腔鼓青龙偃月刀銀莽點鋼叉
齐臻臻蹬棒柯舒朱纓漆花梢弩獸吞頭金蘸斧布五十員戟
嶺犇彪二万隻巴山劣虎〔梁州〕投至坐這中軍帳七重禁圍
主杀您卧龜崗三顧茅庐覷寰中草寇如死物運乾坤手段安
社稷恭術憑自我這一条妙計三卷天書显神機单注省衆吳
伏[illegible]鼠與霸西蜀則伏省主公前関将張飛那里怕他曹操下
張遼許褚更共那孫權行魯肅周瑜　外报了　刘備云了　外笑科
我則道有何事報覆元来是夏侯敦聸滾驅軍伍變　贫道　泥

臣耐無徒須去大敢卑微這耕夫　刘備云了　主公放心

【[illegible]】托賴着日月光天德山河壯帝居請我主暫把眉舒看貧道握霧拿雲　貧道呼風喚雨我似兒戲般先收了魏笑談間並吞了吴我直交功蓋三公位名成八陣圖　張飛云了做喝了　一壁去不用你趙雲来听吾將令

【[illegible]】呼趙雲休停住你与我擐甲被袍鞔征夫快与我横槍跨馬為前部　張飛云了　趙雲你依吾將令听我差休採這言那兮語我你手里則要贏不要輸　張飛云了　不用你叫刘備听吾將令

【[illegible]】則要你魚鱗般排軍陣雁行般擺隊伍依着我運計鋪謀則要你納喊摇旗則要你篩鑼擂皷他若走向軍營里撞他若赶向草坡里伏直鬧得逆子心頭怕常諕得賊兒膽底虛　張飛云了　一壁去不用你喚梅竹梅香听吾將令

【賀新郎】則向這博望城多准備下些火葫芦賺入来先燎斷粮車得空便後燒着窩鋪交車輪大火砲虛空里舞火

逼得神号鬼哭交火焚得馬死人亡都交火坑中逃性命都交火陣内喪了殘軀張飛云了張將軍不索階前忿則這的是黃公三略法呂望六韜書張飛云了一壁去不用你嘆關公听吾將令【罵玉郎】關公与我牢把白河渡差軍役偃江湖夜深勒馬向高崗立觑把水驟住若軍过去到低洼處【感皇恩】便与我放開溝渠交渰了軍卒向浪濤中波面上徇扒伏便休誇壯士都偎了蝦魚便逃災難殘性命也中機謀【採茶歌】一半火燒得没一半水渰得无抵多少一鈎香餌釣鰲魚張飛云了拿去 何須施英武我得來全不費工夫 張飛叫住了

刘備告住了【云】看主公面用你听我將令直等交鋪雲引開刘封追赶梅芳梅竹火燒関公水渰了四十万大軍則落得二十个敗卒殺得筋衰力盡中箭着刀恁時節用你栢持我這般ヽヽ【烏夜啼】了要你揎拳將袖放麄踈不要你大叫高呼則要你吞声窨氣ヽ西浮則要你暗地里伏直等

到鳳清过二鼓都不到二十个敗殘軍卒殺得東歪西倒中金
鏇剛々的強整立的身軀【[illegible]】却待盼望程途肯分
截在走路正打你行過去 不省怎地支吾 等云了
那二十來个敗殘軍你 住不住 張飛云了
張将軍咱兩个立了文書那夏侯敦你手里若親拿住張云了
則怕踏尽鉄鞋无覓処 張云了 若違犯後不輕恕 張云了 若得
勝交你腰間掛了虎符若不贏交我斬斫權謀 刘云了
主公看這一陣厮殺咱撥将軍每小心在意省
【隨煞尾】不单三二年虎豹窩巢情取那四十万豺狼卧道
途呼捎雲記心腹嘆刘封莫疑惧差関公使梅竹則有張飛好
囑付依我差排听我言語若是你失惧了軍情休想我肯就負
諸亮有耳目使不省你弟兄如同手足 張飛 听者若拿不省呵
我交你奔壯的殘生做不得主 下 等衆将各一折了
張飛云了 末扮上 皇叔云了 【云】這其間都建功也

主公不須憂念【新水令】賫省二千貟慾戰鉄衣郎只除是
莽張飛不伏諸亮為爭奪飛鳳闕直請々臥龍崗則今番成敗
與亡都没半个時辰見明降　趙雲上見住了　好将軍能掌
吾計将濕來【步々嬌】捨死忘生先鋒将怎禁那一𣦸坐下
馬似蹅蹄浪使一条六沉牙角槍戟能掌計的英雄漢你委实
強有一日掌了朝綱你做取那領省頭斤相　把酒了
刘封吾計中用來末　刘封云了　把盞了
【風入松】想刘封武藝有誰當天生的壯皃堂々得空便猛望
省軍心權似鬧垓々的虎蕩群羊飲过酒今番不枉你若不為
帝决為王　把酒了　梅芳梅竹上見了　把盞了
【水仙子】哎梅芳梅竹鎮边疆喜得您死是死非出戰場博望
城交鹿角义丫衝巷聴得它入城来好近傍四下里火燒省積
草屯粮明晃々滿發軍将熖騰々燎省上蒼使的敢馬死人亡
関上見住了　將軍治水勞神　関公云了

〔川撥棹〕不枉了喚雲長更勝如襲車冑斬蔡陽俺自我水淹
沙囊便住長江白河水淹〻越長憂俺敢心内荒散兵軍腹内
忙〔七弟兄〕放開這廂施開那廂則你道則道當海渡〻水勢
從天降馬和人都在芦花畔〔梅花酒〕殺勤捧玉盞出謝你展
土開疆不半你救駕攀王後来入廟昇堂仗着青龍刀安社稷
憑着赤兎馬定家邦想你自許昌〡將曹操降〡〡見君
王〡〡賜朝章〡〡坐都堂〡〡做丞相〡〡領親將〡〡上
高岡〡〡見軍將〡〡不商量〡〡縱疆〡〡入沙場〡〡
鬭兒郎〡〡對氣昂〡〡〔收江南〕氣昂〻勒馬刺顔良〡〡天
下民謗揚　左右准備酒者張將軍也見功也唱主人公准備
捧瑷盞張將軍奔壯若来时決共我定興亡　張飛上見了
張將軍你這般為甚張云了〔[illegible]〕將軍你早則不鞭敲
金鐙響可不將得勝奇齊声唱凱歌那〻勇了髀膊直停〻的
省孛項〔[illegible]〕可不是蜎海紫金梁那將軍須不是托塔李

天王可不先敗了贏我顏可不我不贏了不姓張去时節村桑
根不得一跳三千丈今日你乜忙將軍可不男兒當自強
左右推轉轅門說報來（滾繡毬）喚軍卒擺法場呼左右列刀
槍快掵出轅門休問當可不人不得械相死尸骸臥在雲陽
（太平令）交磣可可嵌頭在槍上強如你叫了了觀寨在階傍
刘備告住了　見有這張益德招伏文狀交鐵鍬田漢行
軍的膽量　交斬　告住了　張飛你經了這場我行須拜降
張云了　看主公面權时免放　皇叔云了　与張飛把
壓驚盞科　既贏了這一陣再不敢這壁咱也
（鴛鴦尾）今日坐領三軍金頂蓮花帳拔七星錦綉雲鶴旱
定了西蜀貧道却再返南陽　唱道覷曹操孫權似浮風癬痒　刘
云了　請我住共關張休休何須托講主公洪福无疆直等我扶
立了你刘朝恁时節賞　曹操官通一折　正末与皇叔行上
皇叔開設宴了（紫花兒序）今番和曹操爭鋒却渾如一場

有箇憑依葉這一塊兒蓋國英雄一人善相持能挑鬥超群出衆都建一顆功真乃是立乾坤世之樑棟（紫花兒序）當日周天子夢非熊今日主人公請臣爲甚兩三番不肯出茅廬妻美盧淹從冗冗向這三國當權一人前爲帥不如半坡里養種

見風起做意了 主公休飲酒今日有細作來 張飛云了

刘云了 不到午时至 刘云了 衆将依吾行事者

喚趙雲云了 喚刘封云了 喚張飛関公云了

主公也索離了這里須道這廝行 耳住了 封喚刘備云了

那件事休忘了都下 梅香梅竹悠二人休離我左右

再耳云了 轅門外望着折末有甚人來報与我者

荐嘗通上云了 外報了 荒樓升 是俺哥哥將酒來

（迎仙客）快排王等捧金樽元來是俺二十年布衣間親弟兄

做拜科 這幾年你是住在江東是居在漢中外云了不想今日相逢爲弟兄途路上幾勞今之 衆将休忘慢是我的

哥々天下一人而已我的六藝他會他的文藝我不會多把
盞者弟兄每快活一日外云了【[illegible]】您兄弟誰待隨着
楚王打関誰待般着虎將争功怎禁咱徐庶向人前把我強过
從這的末曾尋着虎踞龍樓至請得伏龍更壓着渭河边姜太公
囑付外賣弄科　交外猜梅芳梅竹科　您二人或揣着
或猜着折末甚物俺哥々十猜十个着　等梅芳梅竹六猜科
哥々你猜着【雁兒落】非是我听階前賣弄你看构欄中撮
弄怕他悞猜衆科休驚恐看俺這老哥々變化神通交猜看了
這的真術藝休道是脫空您都争着眼並不敢轉動
【得勝令】你都抓那兩隻手拳得沒縫真个將黑白子暗包籠
俺哥々揣的曾用功　觀棋子了　將軍每俺這死共活則在
他手心中意里道不殺了我何用　做起來催做科梅芳問了
【快活三】他與心忒不中我主意更難容他與心張綱下萬弓
教我主意兒入迷魂洞【鮑老兒】咱這將在謀而不在勇欲我

折住丹山鳳 都賣弄科 劉末將哥哥 非賣弄咱也消得他
皇家倖挄論天撥地移星換斗另有神功倖旗扯鼓排軍布陣
別是家風 等撒了 俺哥哥伶俐小仔倆比及飯上交你看咱
撥天關手哨 須眷通手云 略出些兒方試看兒弟出的宅
舍咱轉一遭科 這一所強如那一茅庐 眷通問了
做交二將軍皆科 哥哥這西壁南間鎖着甚物你猜着
猜云了 開門了 趙雲上了 這將軍是五霸諸侯王
末 外云了 這將軍曹操手里有末 外云了 指兄弟
二間房子問 末云了 依前都是逐一个問了 同前審了
第五个問末云 這西壁頭間里是甚物 外猜了 開門了
皇叔上了 這个是真命天子 等問了 我說与一个
一句指外科（背云） 這个是常山子竜 這个是義子刘
封 這个是英雄益德 這个是義勇關公 眷通云了 你如識真命
呵哥哥眷通爭奈這刘備孤窮 外相見了 東間外交開門了

[illegible]住休〔唱〕[illegible]休則怕顛開金鎖走蛟龍開門科了抱[illegible][illegible]了　這的欲得俺後代劉祖士人公等云了見如今荊州[illegible][illegible]了江東益州劉璋壞了皇宮崢嶸々々西川一望七[illegible]人世蓬萊洞　都審了　是真命科　哥々你更待那里去　未有真命皇〇咱弟兄廝守只不好那丶外云了没三日前準備下　外問了丶　扶行上了　拿曹操出駕断出〔散場〕

題目　曹丞相發馬用兵　夏侯敦進退克門

正名　関雲長白河放水　諸葛亮博望燒屯

新刊関目諸葛亮博望燒屯　畢

七

新刊死生交范張鷄黍

卜兒孔仲山云了 駕引第五倫丞相云了外云了 外秀才戴
秦巾深衣引三人外末上云 正末扮秀才上 方今大漢朝位天下
太平死 国家大開斈校小子姓范名式字巨卿山陽郡金鄉
人也与汝陽張邵元伯為友因往帝斈元伯為人孝義本隱晦不仕
小人不道今日君 臣賢聖士大夫立功明之秋因此來赴帝斈未及
數年選居上舘動達天庭次進皆 不就 爭奈本志不恥為州縣之
職今請假看親小子亦辭張歸各還鄉里這秀才姓王名韜字仲
略洛陽人也乃今天官王 爵部尉蕪文子一 院門下女素 死士

倚丈人之勢亦在帝文字雖然驕傲卻素重小生此輩這箇是小人
同一人先聖之後姓孔名嵩字仲山事母甚孝待朋友甚信其
嚴重如君遊不往進尔奉母遊至京師今知小生与元伯同歸鄉故
來相别於長亭之上　元伯把盞了　至後二年今月今日必過汝
陽仲山云了仲山仰啗處豈有謬言諸公各自尊重
【賞花時】文質彬彬天儒義烈堂堂美丈夫為朋友數
年餘蹉跎歸去執手謾躊躇【么】後歲今朝來探汝年白頭
堂上母何必要饑雲腴若但宰殺鷄為黍豈避千里遙遠宿
途【點絳唇】太極初分剖開混沌陰陽蘊生意紛紛万物
元中尽【混江龍】自天地人三皇興運　至女媧氏早十八

代定乾坤紀年数三百二十七万、称尊號一百八十餘君因
康氏壽域怕一千歲考宪懷氏豊年求樂罕春伏羲
氏造書契始画八卦神農氏嘗草普濟蒸民軒轅氏制衣
冊傳衣冠、少昊氏降封禪民物欣々顓頊氏守淵
静无為而治高辛氏布威德卒土之賓陶唐氏聰明文
思命羲和曆象星辰有虞氏温恭允塞舉陶屏凶
竟臣夏后氏功垂万世使后稷播種耕耘成湯作東征
西怨用伊尹帝德惟新文王應飛熊夢兆遇呂望王
際會風雲武王怒弔民伐罪哀悼獨法正施仁周公
也百王並備孔子道千古八尊孟子時周流要世歴

齊梁道屈出天伸距楊墨王法洪以文傳五典說三墳明五六
理正人倫君臣道主於仁父子道主於親夫婦道主於
恩道惟善教本出曾參見諸侯言必稱堯舜外三
孟氏沒儒風已滅秦皇起聖道湮淪（油葫蘆）道統
相承十二君三聖人皇天有意為斯文教人從誠心正
意修根本以至齊家治國為標準孔子書齊魯論不
離忠恕傳心印以此上天子重賢臣（天下樂）方信文章有
立身今人被名利引赤緊的翰林院老子每參上緊的
不歪吟得幾句詩胡謅的一道文心術不正何足一味地
立碑碣諂佞臣（那吒令）如今國子監助教的尚書

做主人秘書監著作的參政是丈人翰林院應奉的
左丞家舍人知他看春秋怎的斷正閏如何論制誥
怎生般行文【雀踏枝】恨那火老喬民因這火小
猢猻見念得幾句粧點皮膚子曰詩云外云了太子
要借路兒苟圖个出身如今都回了行徑不用別人
【寄生草】將鳳凰池攔了前路把麒麟殿石丟發後
門你便是漢相如獻賦難求進賈長沙上書誰倸問
董仲舒對策也无公論便是司馬遷也撞不開這
昭文館內虎牢關便是公孫弘也打不破編修院
裏長蛇此【[illegible]】口劝[illegible]腥也不當落頂門上貽殃

法正存生下來便落在福蔭妳飯長生的運正行着子承父蔭業的財帛運又交着夫榮婦貴受官運保交大旺了千年家富小兒嬌不如栥少一朝馬死黃金盡（滾繡毬）子母毋輸替模當朝皆倒班兒居要津欺瞞豎子万乘之君官里便如海如春如智如云其力如輪其志如神怎識的這大宰軍民的梁棟之臣如今棟梁材平地剛三寸怎撐撐万里乾坤子是裝肥羊法酒人家囯一个个智无四及肉重千斤（么）這等魔軍又沒甚功勳却交他盡戟家門列鼎重裀赤金白銀翠袖紅裙羊馬成

郡花酒盈尊有一日天打算衣絶禄尽羞這个吊了蒼筋、
小生自身未遂安貧視此徒何足云云滿胸襟抱寃
懷孫慣將云聞太華平天大丈夫若是之言无信枉
頂天立地束髮冠巾（金盞兒）二載隔音塵千里
共消魂我怕不待趂天風飛入山陽郡根、弟兄情
分最關親我太來升堂重拜母尊酒細論文
當初不因鷄黍約今朝誰識志誠人（醉扶歸）
母親道一句何其淺不曾到半箇時辰小生緒真六
你更直數日前早備下美饌蔬下佳醞還這些
竒拿别无甚孝順號接盞了何須得母親勞困

秋教人做笑話兒說（牧羊關）生不遇天時不道不行
呵予命也咱人子審的這出處是的便是英傑伊尹起
呵万姓俱安巢由隱呵一身自然光武量唐虞些子陵
傲古今絕亦子陵无以表光武大包天地亦光武知子陵
名高日月（尚尾）望見高車呵早大開門倒屣迎
接聞得鈞命至呵早不俟駕披襟之不迭我着領雪
練般孤裘赤緊的遮着炎熱本待不折上手未便撇
我怕不待求善價沽諸待行貨背時也（牧羊關）今日个東
都門逢明冠不掛常朝殿朱云檻不折桑樹下十摁子
一杀灵觚倉海上孫叔敖千受苦十年囹圄內管夷吾

兩眼淚自揾〻抛空自哽咽无言泣向感嘆傷【[illegible]】你
既是肯相探多承謝便回程恩德的把房門忙閉上將衣
袖緊揪者 兄弟呵想咱同堂學業同舍攻書同心報國同志
太和你同朝帝闕誰想你四旬也不到事无成抛離了老
母撇調下妻男又不隹這旧哥〻死葬也這回相見今番
永別【烏夜啼】咱兩个再相逢似水底撈明月弟兄情
一筆勾絶把平生志事可寧説不必絮〻叨〻往〻元来破
莊周一枕夢胡蝶正日當卓午兆黄依云可惜元伯一代奇才未
能遂志 命矣夫斯也老親无寸幼子无爺【一煞】莫楹
夢斷陰風冽薤露哥殘條日斜他從来正性不随邪

凛凛的英魂神道般剛明猛烈豈可以餓鬼苦㮣饞餐發落
冒今明㬪花我便問是邪非邪[illegible]怕少甚纏立文書
过隔壁問隣家借怕死布绡將衬兒不上長街向鋪户
截乘騎散悶相公縣千里途程至少呵來四三月他既
值凶禍我問甚勳業長吏功曹這个多關別請个
有政事齊家條[illegible]俺男情比陳雷交添情充切俺交
交分比管鮑分今義更別張元伯忠烈范巨卿信
一半世交一夢絶各來时淚流血寸心酸五情列裂咱
功名已不籍從明朝避世的披残星带晓月衝
寒凡冒凍雪乗素服拽轝章車十棨掛拉盖哀舍

脩墻垣種松栢那其間尚
屢行一處歡感同平安喜
黄泉厮守着據平生愿
您立石統碑碣將俺死生交〻〔云〕
〔集賢賓〕二十年死生交〔同上〕
一灵兒伴孤云冥〻杳〻趁悲凡蕩〻悠〻恨不
的摔碎袖里絲鞭〔云〕之〔云〕之我這坐下驊騮整〻的三
晝夜水漿不到口沿路上幾時曾半霎兒遲留身
穿的緦麻三月服心懷着今古一天愁〔逍遥樂〕打
的這匹馬不剌〻的凡團兒馳驟百般的抹不过山

腰□不到那地頭知他那里也故塚松楸仰天号叫
破我咽喉那堪更樹杪頭吟風不住吼荒村雪霽云
收猛听得哭声咽喉纔望見幡影悠悠哏見的帶
魄夷猶〔金菊香〕三生夢斷九泉幽誰想一日无常万事
休休莫為犇喪妻子憂這幾十我承頭你身後事
不須憂〔醋葫蘆〕今孝廉曾一論人才第一流我只
道你拜知世封侯正滄海魚龍夜返西風鵰鶚秋去不
回頭這煩惱天長地久〔掛金索〕我只見西摧定个髑
髏黃紬里消瘦郎便似刀剜□松這心腸痛杀杀
受恨則恨□

膏肓如何我不分氣力將伊救【耍孩兒】九泉孤墳奇怪

好人不長受你平生正直无私曲心无塵垢想你腹中大才留

寓清凡都變做江山之秀朗朗的我急急如漏網魚呀呀如失

群鴈忙忙如喪家狗神恍惚提心在口【元和令】怪哉日

前夜星落天如斗流光射夜如晝元來是喪賢人地慘

共天愁你看封掛盡汝陽城外柳和這青衣皆白頭

淋幾人兩淚流【上馬嬌】休道八州力万牛百般的機不動

舉車軸人道你英雄耿耿將時候你志已酬你將靈聖

暫時休【遊四門】東刺刺慘人風過冷颼颼支生生的頭

髮似人揪靜悄悄芳魂過野中時候昏慘慘落日墜

城頭殘雪又收寒鴈下汀洲景物正幽村落帶林丘
勝葫蘆都火做野草閑花滿地闕你為我不肯上墳
塋休〻枉把一二千人心落後便道誰薄誰厚誰親舊
便道相識到頭休【後庭花】恰吞酒與一二斗挽詩吟
到十數首可惜龐散了風雲氣沉埋了經濟手論
交游你都在諸公之右播英声橫宇宙吐虹霓貫斗牛
卧白雲商嶺頭釣西風渭水秋笑嚴光傲許由到如
今一筆勾【青歌兒】你功成〻名就都強如古今人一
後一介寒儒過如箇萬户侯既今白歸休入死不中留
自房氣相投你知我心憂來歲到神州將高節清

修白玉堦前拜呈兒疏叮嚀奏【耍孩兒】毋親伴塊吊郎
便回孀子共姪兒休落後好生的謝相知親眷省侍、
懲我如今使共君瑋子徵向原上宿自恨我奔衣
來後又不是沽名吊譽沒來由【三煞】待不去呵
逆不過親眷情待去呵應不過兄弟只想對床風
雨幾春秋只落得墳頭上一盃澆奠酒從今後、
拜相逢枕席上黃昏時候五更頭【二】兄弟呵你怎听
杜鵑啼山月曉你怎禁亂蜂声暮雨秋怎禁那蛩蛩
兒夜雨泣清秋你听那寒鴉萬點老樹頭、這幾件
兒終年依舊似這般漫漫長夜幾時休【一】則被這

君地子微得我緊逼逐並不肯相离了左右今日不得已也且隨衆還家別奉日絕早到墳頭我與你墓丁憂一片心雖過當充盡謬早是這朔風草木偃落白霓良愁你覷這曠野田疇三尺荒丘魂魄悠悠誰聞誰依欲去也傷心再回首（唱）可憐你朱顏未老可憐你青賢頁子年幼最可憐你白頭老母正堪憂我仲忠和心上愁這兩般兒合我以一江春水向東流中呂（粉蝶兒）山月蒼蒼野猿啼老松枝上滿鄉原風捲白楊吊英魂怯些不勝悲愴我並君不築室居喪枉交俺那黃泉下故人天望（醉春風）我與你壘一家卧其人栽長松

鳳凰死生交金石交志誠心又不是謊人都道都儻都
這般講講今日浮丘有朝得志恁時改葬（紅繡鞋）
我若為將為卿為相與你立石人石虎石羊將恁那九十
子四旬妻六十娘另巍巍立箇小院高聳聳蓋做營堂
我情愿奉晨昏親侍養（石榴花）元良見湯晨光
一道驛塵黃閙炒炒人馬叩壙墻曲弓弓叉手問行
藏道當今聖上訪問賢良听得道接王宣讀得
我魂飄蕩更衣服手脚獐狂我又曾映斜陽垂釣在
磻溪上又誰想塋墳里過着文王（鬥鵪鶉）等我暮春
一祭榆合有些峥嵘氣象我當初樂極悲生今日泰

來吞往量葉丁五六板兒墳垣早奏与帝王又不是傳說

墻用微臣作揖為霖柱悮陛下眠思夢想（十樓）過

保了也門下侍郎落保了也朝中宰相我又不是孝廉

方正德行才能政事文章一方之地百万生灵將咱仗

我便有尹鐸才也怎生保障（么）列旌旗一簇中擺頭答

半里長見馬前虞候恭節昂、正貌堂、問姓名是故

人別來无恙也是我却為官貴人多忘（鴈庭秋）說古

人隱監門壺漿這的每進時節揹躬報国見時節晦

跡韜光這的是鷗鴉与鷄鶩非相抗大剛來名　曰倘佯

一箇趂草萊一生跳蕩一箇駕天風万里翱翔旦能

息舒暢問甚麽雲霄實壤樂処是天堂（十二月）恰脫
了祖衣布裳便穿上束帶朝章拜受了玄纁一箇跪
吖了丹詔下行面覷着東都洛陽三舞蹈頓首誠惶
（堯民歌）遥望着麒麟殿上拜君王仲尼徒不願比孫一
泥生文當可似蘇張清白吏須當効龔黃辛士道備
良倉生有指望治國治閑興衰（普天樂）今日箇法司
官多偏向則近的縣丞主薄不敢望宰相平章有倉官
取受贓則不與招伏狀想那頃降二等殿三年的无情棒
則不如跪精磚睚一會官房要不壤了官人向當閑節
的一更應當安排箇箇總領承當（快活三）毛滕脫布

裳衣鋒劍倚天長胸襟磊落量汪洋豪氣三千丈【[illegible]】

【兒】據着他應孝忠直節義剛白身里便合拜頭片相長

把山雞比鳳凰不信是飛在梧桐上他支撐宇宙揩磨

日月整頓綱常扶持廟堂調和鼎鼐爕理陰陽【[illegible]】

微臣怎敢李周黨陛下遵先帝率由舊章微臣本[illegible]

在山陽幼年父母雙亡三公若是无伊呂四海誰知有[illegible]

張臣比張邵无名望張邵多名望張邵德重厚如曾

顏閔冊張邵才正似賈馬班固張良微臣犬馬年

雖長李問索持旛納降平生師友不能忘微臣有終

身不斷哀想大漢朝豈无良吏書姓比衆文武自有傍人

話短長臣舉一人才可以江元戎將似微臣常人有數如
此公國士无雙人【醋頭花】仲山休強不用你排儀仗奉持
旌節自詔訪我雖無紫袍拜在白玉堦前去來〻我
交你也布衣走到黃金殿上【么篇】雖然是〻賢却得一
賢何須用渰兩行淚兩行堦下得蜀望隨休多想
只因損折了那一條皇家擎天柱因此上陪與這方〻人
黃金架海紫金梁陛下豈不聞晏平仲為齊相人都道
乘个車相憂悄〻衙宣吏意氣洋〻【金】那婆安
〻安古君子没恁地直那婆安〻到丈夫也无這般剛中
一教他不拘小節脩高尚便餓殺呵豈食世上无功祿

至窮死呵也不受人間枉法贓錢可教血汗裏求供養
做兒的負恁五旬也不仕敵妮的守高節一世兒孤㚢（云）
鄧仲華起身策杖實韓元帥前資是執戟郎這的
每須不是曰羣居奉承斟到那七重圍金頂蓮花帳後來
个奮白身的好奇臺上拜將軍个没俸月的九里山前
困霸王若不遇二漢祖寬兒洪海量書儒今也不過綠袍槐
簡那世里不能勾紫綬金章（唱）有分的被打油提在
不次選用科没鈔的董仲舒也打入雜行常選房調
你兩邊兒早鏡中白髮三千丈常選選房滿堂火爆老吃
英雄漢選用科里海青馬擁番田舍郎臣名得五百樟子

我敢兩觀下誅了少卯、斬內丞、殺弘羊（五煞）他每不運籌万邦安万民且對付百人食百羊宰的一个、黑胡肥大如俺肖丞相憑大体呵則倚着急喉嚨健啖是人中宝 論治道呵全靠那壯脾胃消食的是海上方宰相每可憑也託着先帝弃今上珷瑁遊羊羔美受用曾將那盧杞何麥飯思量（四煞）受了人情舍子戚越宠奪要了人親女兒分付勾當誰的鐵棒兒買个毬打良器諸般上去時節載着兩三舡月眉星眼糸塘女天可知他怎坐過那四里雲浪凡濤的洋子江百般地每編做哥曲當時上唱了道是貪鬼宰相則是个敗人家的才人（三煞）

弄文案時爭着眼不識一字受關節廷賄一
脯且是四行那斷則是箇黑神道化做他通紅鬍得
了夊呵敢不間韓元帥放了鍾離未不与鈔呵敢時着
孔夫子出因縱公治長動不動說殿角粧朝樣你便
一哭的紅苑血豈憐緹氏你便頭養的白似黏一不
識張湯（一致）使明審眾因差重宦降御旨他每把
陛下那敬天心好生的常欽仰審因的萬邦行措宪究
降香的玉岳神靈必受享愁甚不鳳凰至靈
芝長不自然上天有感聖壽无疆死的
墳墓上封贈了官活的殿階边領賜与賞銅和

鼎鼐燮理陰陽丞相明如皓月千峰上識人如鑑

用人无疑官理似一片青天万民仰

新刊死生交范張鷄黍　終

新編岳孔目借鐵拐李還魂

某末是鄭州奉寧郡人氏姓岳々受便是在這六房中做一个都孔目人順口叫我做岳孔目嫡親三口兒渾家李氏孩兒福童早起這晚息爹爹張千這个兄弟這六房中若不是我和可咱是一件張千々呵

【點絳唇】名分輕薄俸外些々小家私暴我女不會耕種[illegible]鋤拋[illegible]倚仗首管杖徒流絞 哥々昨朝中吾縣解將一火強盜來作何法落了末云【混江龍】想

昨朝那一火強盜又被那賍心矛罗轉我這管紫
双毫我㨗一筆當厛責發我添一筆交他為縱
的兹敲憑恁肖我拗曲作直取状筆勝如那致命笛
才杀人刀官来接䍐物西夫東思多共少日父天
長咱俺做令史的那一丁敢合神道伴當安指山尭
磨百姓每豋也為牢 外末云我来到門看有一丁酒
酧先生大笑三声大哭三声罵俺娘〻是寡婦罵俺福童孩
兒一死爹的業種我分開這人看他〻叫我做死販鬼
張千〻這廝好生无礼【油葫芦】撇負俺孩兒年紀小〻出
外兒死善趣吃的来呆〻答〻醉淘〻走在門前哭

罷又在門前笑走到我指頭指定指頭罵俺孩兒省
娘引着他說道他爺死了不索司房中揀狀子當
官告消得我三指大一个紙題條〔天下樂〕我待它拖
到官中便下牢我這里先交〻他省會了把他似
打家賊拂押定脚首領每去觧了你的絛支候
人當了你的袍我把他牛馬趁吃一頓考末云老夫
不是別人韓魏公便是私行到岳受門首吊着一个先生我
放了看有甚麽人出來張千出來是誰放了這先生
是老夫放了這老子好死禮我与哥〻說去哥〻那先生被一
个老在家放了這老子你好无禮張千你拿那老子高〻

的吊起放下問爭蘆来我問這老子【醉中天】你問他
住在村鎮居在城郭 外云 城里有麼兒鄉里有麼兒
你問他當甚夫役納甚差徭 外云 軍民差都當與你
問他開舖席為經商做甚手 作你与我審个住處
知个名号 外云 哥 你問它怎的 少不得三朝五朝必把俺
生鮮的免饑报【金盞兒】哥 你問他怎麼 我問它使
个斗秤拿个大小等个低高 哥 他不使斗秤 它只閑
坐只它那粉壁低水甕兒小 拿它在當街里拷詀車过說
与那上守這老子我交他爵先里置司房中勾一連
更有禍案卷里添一筆 便違迮条挑河夫當一遍 穷斷

㧐

他觔打家賊指一指揩折他腰這一會把那老子吊在外
頭我按鎬衙公位里你自家做个方便放了罷兀那老子
我在哥〻面前說了這半日我放你〻把些鈔与我買酒
吃我有鈔在腰里我手疼拿不得你自取這老子你鄉
下人到閧我城里人我不閧你〻自取張千去取兒這腰
間砉鈔令牌張千諕倒在地(旦上)則俺這長官一
曹司㧐你便是能吏縱一恁當他三番取招則今日為
頭兒索繳覓則它那在先事亂如牛毛我這里出
量度須索蛇饒他吧我停了俸追了劣將我来當已
了是做的千錯万錯大綱來一下之一報則你那禍之門便是

俺斬身刀

旦上【詩】待當家□□不當家、及到當家乱如麻、早晨起来七件事、柴米油塩醬醋茶、

妾身不是別人、是岳孔目的渾家。俺岳孔目昨日得了一口鬱氣、一卧不起。發昏、平日家好穿的衣服都与他庄褁衣在身上。末云大嫂我這身上衣服沉重。旦云岳孔目你好没分曉、你才發昏、平日你平昔愛的好衣服、都与你穿在身上。可知沉重。末云大嫂你差了。【端正好】設若你庄褁衣到二十重三十件。旦云丈夫你治下、你死合穿。妻呵、你道是我治下我死合穿。知他這土坑中埋我多深浅。哎妻呵庄褁衣

杀誰人兒旦云也則索我賢惠心腸要呵求是你賢貞你須索听我這這衣服且休説万針千線或單或夾或綿你如今出下業究到明日陪着死我這衣服你与我但留取幾件旦云你死也留取這衣服何用怕你那子母受貧窮的時節旦你典賣做些盤纏不強似纏尸果骨棺函內爛留着些或時遇着熱逢着寒与你每子母穿省可里放前旦云孫福叔在外面末云大嫂交兄弟入来外云哥哥你兄弟領着韓衙公命的言語將白米担鈔十定好了病呵爺爺要用你末云大嫂我身上覺輕快些你去教與孩兒每来我吃我合兄弟

千言万言

説些話兒旦云出的門外我這里听着他好歹分付孫福將些話兒我這里听着他（倘秀才）孫福也不索我多祝付你千言萬言外云哥〻有的話你從頭分付着兄弟想咱同衙府里十年五年你若是打听的山妻賠疋着尾大一頭里亡过大主散了家緣兄弟呵你嫂〻從來有些腼腆（叨〻令）怕有那一等无廉耻謊𧫿每胡奏纏則你這无主意拙嫂〻從來善哎你一个无私屈的兄弟頻來看怕有禁礼的言語你說不出來着俺那无面皮嬸子將它來勸伯娘俺伯〻在時是人頭上行的人你休做歹勾當你休辱

求它　省書語道它也麽哥〻〻　豈不聞臨危時好与人方便　旦云　我道它支出我主好不与孫福叔說些話也　岳孔目　你好多心多慮你死之後我也只門不出便了　末云　大嫂你婦人家那里得那恒常久遠的心腸　大嫂我數你幾件兒你便出門　旦云　你一幾庄兒我聽　或是你祭祖先逢冬來過年　旦云　我不出去省福童孩兒出去待賓客排些做筵　我也不出去教孩兒出去把鍾　我在家里挑料大嫂則俺那五服內男兒也不曾能勾見面　則為你有人才多嬌態　不老像正當年　休失了大人家体面　末云

我則再說兩庄兒便出門（衮綉毬）我死之後你須索迎着門兒接紙帋錢　旦哀　我和你單夫隻妻我不接教誰人接　随着灵車兒哭少年　末云　街市人說岳孔目有个好娘子從来不曾見如今岳孔目死了俺众人都去看去　那時節任誰把你来都見　旦云　它見我待怎的　有那等廝啚謀誆漢每心叹土　旦云——也心堅待怎的向俺親眷行買會康您爹娘行使會分　末云——俺親眷你爺娘都肯了則有你不肯里你平日不曾見的好頭面不曾穿的好衣服　与你些打眼目的衣服頭

面妻也守志杀刚捱的满三年你别嫁个怨可
意新家長福童兒那里發付你个小乞兀娘小業
冤則我這里話难言（脱布衫）俺從那十三四上同吃
同寝十七八上共枕同眠一夯兒里停尸在眼前則落
的你茶澆貨（小梁州）澆貨更守定灵床哭少年
則落的兩淚連〻怕有一等迎奸賣俏俊倌負打
髩付金頭面早忘了守三年（么）高盤雲髻插
无心恋你那里對鸞臺抹粉搽胭爱你个小業冤
听你爺〻嫡恁娘別尋一个姻眷則那的便是你買服
冬（[illegible]）云大嫂有兩个吉人你訪李一个休文字一个

三折

訪李那趙貞女羅裙包土墓　室上佃休李那那兒十
惡桑新婦彩扇上題詩將墓頂搧哈嚕賈嘲上
涎脚㕍移手恁拳則我那血海也似相識不㐌面花
朶兒渾家不㐌恋摩合羅孩兒不㐌見銅斗兒一
私不㐌羨孫福張千你兩个廝可憐三口兒相逢
時我則是日子遠〇外末云貧道呂岩便是不
見不敢卒將一个人去油鍋內扎我去問閻王扯他
儆徒弟　外末　閻王回答不瞞上仙知道他是鄭州
六房中都孔目岳受他在陽間觸污大羅神仙入
在油鍋內扎他　外末云　閻王你肯与我做徒弟

么

外云 愿与上仙做徒弟去 外云 你使一个小鬼去望
鄉堂上看它尸首可在閻王卷云 才使人去看尸首
不在冤灵在 仙云 再使人看同日有甚人尸首在 外云
你東庄有个李屠死了三日未曾埋 仙云 可將岳
孔目真冤借李屠尸首还冤交他去陽間與他
妻子見面除了酒色財氣貪道度脫他神仙了
道【賞花時】火坑內消息儿我敢蹅油鑊一务才
我敢拿手折没它匕跳塔快輪蹅今日在陰司 下折
罰將我去番滚油鍋內扎 仙云岳受你怨的
生死师父我知生死 我這里扯住環絛礼拜它

道火焚了尸骸守交我沒乱杀則我這妻子軟濡〔么〕我一灵児到家有如枯樹上再開花 外末 俺孩児李屠死了三日心頭向暖不敢埋它

〔双調新水令〕妬廱官濁吏墮阿鼻謝俺呂先生把俺未化爲徒弟這其間啼哭杀嫡养児煩惱杀腳頭妻咱人道這生死輪迴我這里急迴來知它是第幾日 外末云 俺李屠孩児还覓過來了這个是你媳婦這个是恁孩児我是你老子 正末云 岳大婦福童孩児 外末云 這孩児道甚麼這个是你妻這个是你児在那里有甚麼岳大嫂

正末云：言語的却不是俺這孩兒的言語

（沽美酒）恁知它是誰、、我將你來計一計我這里委实其实将恁来敢不認得怪来那你怎生一霎閙起恁知他是甚親戚 正末云 你都是后我再想一想我死在陰府間去那师父教人望鄉臺上看我尸首渾家把来燒毁了三日师父首将李屠尸首我真魂借尸还魂是、、我且認了是你兒子父親将与我一陌紙馬去東岳廟上招魂到俺家認我妻子孩兒看他認得我麽

（太平令）依旧有青天白日可怎生則不見我幼子嬌

妻才离了三朝五日大嫂兒呵這其間與得来一系兩氣我在他這里可——知它在那里天那我肘邑勾父子妻夫完備正末云师父呵与我全身可怎麽与我殘疾条腿胡着嘴俺陽世間做的文士多了

七寸逍遥管　三分玉兔毫
落在文人手　勝如壯士刀

【駐馬聽】一管筆揚曲直一片心端天地一家兒享富貴皆月〻兒除差役【么】天那今日个休·旧个洛絕宜更那堪半路里脚殘疾為甚麽施

擘

孩兒登途，慢則我這冤家拐瓜疾，我痛想起嘗日罵韓魏公一場，怕一場氣至如到今日號得我一脚高一脚低【川撥棹】自從俺做夫妻二十年幾曾道離了半日，早起在衙里，晚時在家里，那一場歡喜，要一奉十，舉案齊眉，那些兒是夫妻每道理。【七弟兄】聽得我打遠，差推病疾，它道七上三七哭啼，三七四七在擴前立，五七六七脚兒稀，盡七少侶頭七淚，可看的過百日【梅花酒】二壁相官事將門擘了，一壁相衣食催逼，飢孩兒把它央及，那婦人才勾七八分年幾，不到四

十歲我若时去的遲有它那歹婆娘使心機
〻〻〻到家里〻〻〻廝成計〻〻〻寄東西
〻〻〻買珠翠〻〻〻指良媒〻〻〻怎支持
〻〻〻他貪人贓不中則怕那貪人贓寵勾了
我脚頭妻〻〻〻害怕便依隨若時依隨了
他一便怎相离我在他這里我這里得便宜俺
渾家他那里落便宜【古調大青哥】則它那
退猪湯不热似俺那研濃墨則它那殺猪刀
不快似俺那圓尖筆杀生害命為活計作業
死知是兎了幾文分拗事為非俺也曾參可

可活吃民心髓抵多少猪肚猪皮你倚仗那大
小瞞心昧己我倚仗着濃血債覓衣食你瞞
人忍抵淹傷人義我這的是東行不知西行利
【川撥棹】一番去衙里馬兒上穩坐地映着西脯
憐着鬆髮拘着相識見人不祇揖我便有些假
臺官氣勢【鴛鴦煞】我這里鬆鬆冠髮
身淹奄刬地着我柱着一条鹿拐瘸着一朵
腿在生時請俸祿將养的紅白飲羊羔吃的
羊肥鴨道自我這殘病身軀丑剎的面皮
穿着些藍縷的衣服可弃不的腥膻氣剔家

如見了我幼子嬌妻它把我借尸首的鬼靈認
不的兀的便是城隍廟華壁是我家里正与我做好
事里人開渡的我分開這人入去【粉蝶兒】大山坑際
它你把那閑雜人赶离門外它与六人罌七追薦
則我那守服妻侍孝子豈知我安在听得道
岳孔目回来這一場大驚小怪【醉春風】恩愛
重如山廣門深似海 旦云這漢子他說是岳孔
目縊推它一交則我那岳孔目佀這等模樣 末唱
我入門來推我一个趔趄天這婆娘好歹也卜
劈面摑撓勇身挫倒可甚麽降上皆接往付

十二月　免

末云　岳大嫂我從頭說与你一便我死了三日
你燒了我尸首　末唱　諕的我魂靈兒袅晃呂先三
魂飛消灾閻羅王饒了我性命听得道火焚了
我尸骸陰司下无処擺懷奴交我去借尸〻
李屠的尸首借將來我這破臂
你腫賤塵埃为孤兒寡婦痛傷懷一灵兒直
至望鄉臺不正也麼歪　特的为您來
您怎麼遮我在門兒外　旦云　我認了你
你是俺六六　外末云　我的兒子你怎麼認做
你丈夫我和你告官司去來　官云告狀的是

共孩兒從頭說一遍【普天樂】為相公有喜名
小人无年代我便有銅〻鐵膽相公有拉言勅
金牌我一灵歸泣府尸首兒焚燒壞尸首燒
了寃灵兒在謝俺那呂先生度托的我罡来
因此上更名改姓我這里換骨抽胎【鮑老兒】
官司將牛馬禁私地里將母猪宰懸羊頭
賣犬肉賴人債倚仗着秤兒小刀兒洪呀衍
一人有德行吾師却才到来我這里展潮卜台
腰拜荒〻忙〻窮〻苦〻不由我甚歎盜腿外末云
自家呂洞賓的便是我今日交岳孔目还寃過

不似那 拐

手見一生死我把它酒色財氣都交弃了呵
我去做个徒弟【上小楼】把我這玉鎖頭開金
枷不带 我這里弃了酒色辞了財氣跳出塵
埃我如今穿草鞋麻袍寬快我敢无憂愁
心腸寬大【幺】我這里挮了鉢盂裝入直
裰你道我盞ミ悽ミ滴ミ淌ミ往ミ来ミ我如今
上的街化一斋无妨無碍兀的不完全了乞兒
皮袋【尾声】我如今ミ恻首自身在云雾里行
拐有腿在水面上踐屠家洪脚趄全仗着
拐今史的心平過得海

正　岳孔目借屍还魂

名　呂洞賓度脱李岳

新編岳孔目借鐵枴李还魂

八

新編足本關目張千替殺妻

外上抹云了 末 扮張千上開 小人是屠家張千的便是家家貧親老不多近遠有个貞外待要結義小人做兄弟待不從呵時常感它恩德多待從來爭柰家寬生受 外上云了 云 哥又既是不嫌貧呵

賞花時 哥又道不敬豪家門只敬礼不羞次系財只敬德哥又愢兄弟有句話對哥又題咱便似陳雷膠漆你兄弟至死呵不相离 外云了 請老母叅拜了

結義科 外云往直西索了 送科下 旦等可 采
扮上墳末云從哥又往直西去早半年今日同嫂嫂
与母親往祖墳去 點絳唇 楊柳晴軒海棠
深院東風轉花柳爭先忙殺鶯啼燕 混江龍
莎針柳線鳳城春色滿嬌園紅馥又天桃噴火綠茸
又芳堆烟桃杏枝邊閙蹴踘綠楊樓外打鞦韆
猛聽的唱鶯声恰又燕語喧又蟬声歷又蝶翅
翩又不由人待把春留恋綺羅交錯車馬駢闐
云 嫂又昝墳園到那未里 旦云了 油葫芦
嫂又道墳在溪橋水那邊斟量來 不甚遠恰來到

居花壹景可人怜、我則見垂楊拂岸黄金線我則見擅
落処胭脂片 嫂又這路兒更少呵 不去它大路上行 則
小路兒上穿騎着疋驌驦驊騮蹄把芳莎蹅踐直是芳草地杏花
天 旦云了 天下樂 嫂嫂這的是每与遊人醉後眠我想
來今年又又強似去年若不是俺哥又齊賞發有甚采
人也似好人付親兄弟厮崔盼 若不是俺哥又嫂怎
為兄弟祖墳前來祭奠到一園下馬旦云祭拜科
那吒令 青盛盛林松鳴早来到祖宗墳院先掛着紙条
娟身拜從頭祭兒忘不了哥又重恩小可張千前生分
人 想着俺哥又有瞖鮑情関張義我哥哥政賢不弃俺

毋微智浅【元和令】到寒食不禁煙正清明三月天和風

習、作晴暄羅衣初試穿為甚麽嫂又意留連將言、

不言 旦分付整办祭物了旦忘人匙是分付毋親科【旦云】

待与小末云窩的不謊殺人也怎生嫂又今日說出這

般這言語【上馬嬌】嫂又更道是顛更做道賢

恰便似貴俏女嬋娟 旦云了 喫的来醉薰又將咱来

纏眼泪又延它道是休停莫我延【遊四門】呀不賭

時樓抱在祭臺边這婆娘色膽大如天恰不怕柳外人傕

見又不是顛往日賢都做了鬼胡延【勝葫芦】嫂又休

俺哥又往直西不到半年想兄弟情无些念你看路人又

不離地遠你待為非作歹瞞心昧已終久是不牢堅

旦云了 末云 這婦人待要壞哥哥性命（么）嬸又道

死礶終須不離一边你末 醉後人 在言你的我手兒

脚兒滴修都速莫動不娘又和俺哥哥又是幾年夫妻

（后）二十年夫妻又不想同 結髮情深義重夫乃

婦之天（后庭花）你休要伯 王条成罪怨則索辯人倫

依正典不可見九烈三貞女三從四德貞令白个到墳園祖宗

如見有灵鬼在墓前你往 不怕天胡尋思點頭多台

百世傳 旦云了（青哥兒）嫂又你是个良人又又 定奪 不

是小末又又付完俺哥又离别未團圓這此時有甚末推見

遇着春天花柳芳妍蝴蝶番扁紫燕飛旋宵管声傳情

索因此上㕝歸了正又點㧞千難從急 旦云了 末詐許

回家科 我這一片鉄石心不比你恁浪風塵惡

我雖是无反忍胡做着這句 我這句話合該 千演我

不得將開話兒展 嫂又你着馬先行我空說在駿馬之前

嫂又將着紫籐鞭促動征驍嘶的 你家解了我究你倚

仗着有金有银欺負俺哥 又无親无眷不曾見浪包

娄養漢到陪了 旦云准备酒食 等待小叔又云了

員外上云回家敲門見酒食問科 外見加酒問了

旦支吾云了 外交請弟科 張千不信 外留請相見科

【端正好】撒罷了腹中愁則今打迭起心頭悶嫂又也從
今後休戀別人 旦云了 若是俺哥又一又從頭間看
我數說你一會无淹潤【滾綉毬】俺哥又恰路上受
若辛乾事忒心葷勤俺哥又若愁近遠也剛道了往來劳
困 外云了【唱】哥又鞍馬上遠路風塵 外問了毋親
又无甚証候只有些老忘渾托賴着俺哥〻福廕
那里有半星兒疾病纏身 外問了嫂又母親行更如十分
孝俺嫂又近日来兄弟行街崇添一倚兒親看我說你一
會叮嚀【倘秀才】當日哥〻不曾見一點兒文墨与
我許多貲本哥〻一喚兄弟這一盞 旦除外別无甚

傾想哥又山海也似恩林栽時尽凶　你說么来的

吉更麼有養劍客的孟嘗君那里有俺哥又意怎么

外討酒飲了（滚繡毬）酒行了十数巡連飲了

旦交勸員外酒科嫂又你看俺哥又不擡頭呵又楚

那身困則為你赫殺我也　七世魔君早則陽一　有故入

羅幃中會雨雲　不　如背地里暗傳芳信外唱西科

咲你个楚襄王百忙里唱甚末白雪陽春　外醉睡科

我這酒腸寬送総　那動脚　末辭　科　旦攔住科

被你這色膽如巫娥你則末攔住了門諕的我死処身

（倘秀才）嫂又我往常時草鞋兒不住脚根到如今旧

頭巾遮不了頂門却是末白馬紅纓彩色新輪不透壁
開还有半窓外豈无人你待要怎生（做嬌態）哎這里
忙到退越趕得我緊旦云了你是婦人家妳妳的、不嫌
口困旦云了這搨兒比不得你祭臺邊謊鬼瞞神知它
是你瓦廝我、村嫂、不曾你這般呵送的我有家去
奔平百里更待怎生坪圻眷
云了不爭二更前後成
連理俺哥、知道呵敢
哎弟了着勸好是傷
情（做害怕）俺哥、心
十与艮我今日杀兄
長呵却不知恩報因
由己貪盃情願入旦云了
我則里俺麁消削了
見張千義我嫂子蘇秦

好交自嗔（做末打科）這婆娘外相兒真就里狠從然而

茶紅粉是一个油鬏髻吊客喪門，你須是它娶到的妻室

如今二十春，你全无半星兒情分平常些滲可、剪草除根

這婆娘寸心毒狠千般計不又也，却怎麼一夜夫妻百夜

恩，諕了我三魂 旦云了又殺外科（云）哥哥、你睡也

張千出於无奈，逼得似此兄弟，想俺的哥哥、山海似恩怎

未曾報荅哥哥、受兄弟第四拜（叨叨令）俺哥哥、

湯風冒雪辛勤，分你兄弟酒里淘真性，我如今里怎得

哥哥發恨屠困我，那里重色輕君子，那里有海棠鴛

江梅韻 末持刀撥旦科（旦云）大哥怎生殺我（末云）

我前背杀你　大古里孟姜女不杀了姿怎末哥、

〻〻〻朝馬死黃金盡、（尾聲）想着婦女每刀刃

久已後則省送了人自家夫主死恩情薄兒恋着别人親

這婦人壞家門到与别人些金良图此上有一刀两段歸了

地府我与你有恩念哥、掙了本　外扮鄭州官開成

員外解開封府了　外扮包待制司問擬獄不明

（末云）人間私語天聞若雷行道數十里地見座神

留我且問玻極咱（鬬蝦蟆兒）今得了个下又云玻不

争隨順了嬌娥閃着[illegible]心不合神道一合家怨氣

無消吃的末醉薰[illegible]道情理無饒受哥

恩殺身井報〔醉春風〕恁不想夫婦恩重如山待將一
个親男兒謀算了殊英斷臂去爭名似這婦人的少反
我恩此上手攬定青絲殺壞了本串淫婦我待孝知
心管鮑　末見旦、云了母親道是有殺人賊了
〔快活三〕殺人賊有下落殺人賊有婦有殺人賊合
有根苗母親我不說誰知道〔朝天子〕母親呵
壽高尚您兒呵不你不想咱人死呵天知道母親帝天
哭地淚流交您兒不曾將山海恩林報我這里苦痛
穿咷撫育高叫母親你指望養兒來防備老
母親云了不曾你兒不搊把哥、送了枉着您得

普天下英雄笑（上末接）我這里孜、覷了諕的撲
、心跳好交我戰、兢、滴脩都速魄散魂消
是俺哥、坐死牢折到了他當時容易我是鉄石
人暗傷懷抱（么）它那里乞一扙子如劉一刀我這里腹
热心荒手忙脚乱皮戰身摇往常时那威风那势耀人
中才見我這里向官人行怎生褒告（正末云）我人
賊我招想公把千連人放了狠毒的共 饒俺哥、山
海也似恩来报怎肯道善与人交那婆娘很惡到
官人上共丈子守养咱家中俏我根並刖欲待私情暗
約那婆娘笑里暗藏刀 外哭科 包問了（末云）

少人是結義兄弟因這婦人待一心杀害哥、是不人杀了【石榴花】俺本是提刀屠畜做了知心交論仁義有誰辛俺哥、索杀去了离别到半載之過那婆娘打扮的不便似女娘全不似好人家苗条長頸、努說不怂喬為作那里怕野外荒郊它從早晨間纏到日頭落回来明日不花稍【鬭鵪鶉】我若肯義忘恩早和它私情暗約後来俺哥、来家夜深吃的来醉倒呀婆娘待把俺哥、所算了被我瞧得它手由刀想俺哥、是仲情深因此上把婆娘壞了【十二月】便怕甚擔煩受惱判了個死処婦看俺哥、從来歡弱我曾見犯法違条情不得家親年老好交我去痛哭咷【亮民哥】哥、你养侍白頭娘我在死囚牢常言道舌是斬身刀當年禍福不相交今日官門有苦洛哥、你便把這个軀好觀着是必休交俺殘疾死知道【要孩兒】我往常時看別人答拯徒流絞今日个輪到門下吊拷指望咱弟兄情如似雷陳有許多登時間先解水消當初一年結義知心友誰想咱半路里番騰做刎頸交深不住腮边落眼見的刀兩段知它是今日明朝　外云了【二煞】休哥哥、恩義多你兄弟情少為人本分天之道怕你瀽半桶水把我題名與提一百半　把我

呪念着燒香過高聲叫及俺鄉登着田地它那里攀着枷稍

【三煞】母親第一來殘疾多第二來年紀老常有些不快

長安樂怕有爷時截取死整布有无爷時打我条孝繫腰

不住行、落哀、父母生我劬勞【四煞】哥、咱為兄弟非

関今世親皆因前緣前世怎的我心想哥、恩念伏

侍到老誰想半路里這婦人把哥、拆算了不由心焦皂因

此上有命呵才亡便死呵無兄悔奥对云了【尾声】哥、

我死去程途远多爭来的路兒少俺哥、行半星兒恩義

不曾報我有七十歲的親娘侍奉不到老 末扮上

【青哥兒令】從來猛虎不吃傍窩食良送的我死无葬

身之地則為知心友番做殺人賊普天下拜義親感則你
口快心直休似我忒仁義（夜行船）哥、恁盛把兄弟
相周急如今、嫡哥、將来的酒和飯食這的是長離
飯永別盃碗可、我嚐酒味　外云了（鴈兒落）哥、方
剛我不後悔這里便死呵无招對常孝名仗義、尚潛
兄弟（得勝令）我死呵記相識你從今好將息与我
幹辦此窮活計休惹人閑是非你再休貪盃見放着
傍州例你若求妻（云）常言道醜婦家中宝　休貪花
人才精、細、伶、俐、能言快語不中　外云了
娶一个端方穩重的（落梅風）脳背後高声叫起謔的

我寃离休死无葬身之地毋親道認義我未的哥、有
債面的礼毋親也早共道養軍千日【甜水令】我則
見街方鄰里大的小的啼天哭地見了我並无一个感嘆傷
悲他道不爱娘替人償命生分五逆醜名兒万代人
知【折桂令】哎娘親早則无指望緑巽班衣毋親
那里有九病十残脹頭低告哥、且慢休推省
可里後推前推半霎兒午時三刻弟兄子毋別离哭
、啼、切、悲、百忙里地慘天昏霧鎖云迷
【水仙子】一灵兒相伴着野雲飛則听得腦背後
何人高叫起是哥、共毋親傍边立我問你怎生

来到這里妄送了家有賢妻索煩索償命宜
鐫刻頸碑將我好名兒万古標題

題目

悍婦貪濫生惡計
良人好義結相知

正名

賢明待制翻疑獄

㜑直張千替殺妻

新編足本關目張千替殺妻畢

古杭新刊小張屠焚兒救母

外末上開　老夫王員外便是家住在汴梁西北角隱賢庄居住家中有万貫之才有个孩兒喚做万宝奴這家兒看成似神珠玉顆我不合將人上了神灵的喬馬又將來賣与别人还后我賣的是草香水泥似我這等瞞心昧己又无積陰死死未灾下　旦上開老身是張屠的母親得了些症候看看至死不久身亡叫張屠孩兒來我想口米湯吃　正末上自家張屠的便是街坊每順叫我做小張屠外兒兩个開着個肉案兒母親瓜二十

上守寡经今六十二歲不想十五日春灯馬來得行 加沉重想

見米湯吃大嫂家中无柴米將綿襖我去王員外家當去外旦云

這襖子是故衣只直二兩銀子休要去如珎珠一般休要作賤了下

端正好 我則待積陰功他則待貪才物咱兩个利名

心水火不同炉全不肯施才周濟貧民苦无半點兒慈悲

下処 公便 有那金良粟至北斗 待何如當日魯子敬

謁周瑜前去京真訪亞夫將一領新綿襖你道是旧

衣服你二升米看成做兩斛珠不由我心勞攘意躊躇

好教我心忙怎語 末將米一升劉 嫂這米將去舂得些兒省

與母親煎湯吃大嫂你怎又煩惱毋勸 道又加了病症你放得歡

喜的母親也歡喜你不知道這等孝心當【點絳唇】母親病在膏肓你孩兒仰天悲愴添惆悵母親受半世孤孀却怎生越划地无承望【混江龍】別无甚倚仗受孤孀躭疾病受淒涼心勞意攘腹熱腸荒忍凍餓誰憐貞節守寒罉守孤負孝敬母親忘常則是半抄兒活計一合兒饑糧看、至死不分亡過不叹時月飢飡年光母親眼中淚[illegible]閃了枕席边你孩兒腹中愁常潛在眉尖上都不到一時半刻[illegible]思到百計千方【油葫蘆】吳天嫂你文才幾乎古人孟氏賢達有義哉方夫姓梁常躭是荆釵布襖守寒窯為夫的文章冠世詩書廣為妻的孝人仁義我名真人母親行時、親拜復勸、的斷[illegible]留便有志誠

心无半點兒虛謊常則是朝侍奉暮昏前　湯云孩兒若夫妻孝子家鳩
与他那妻女无話要我喜時你則布襖荆釵便是夫婦与他荆去送飯
商的孽畜這个酒無那孩子緊齊眉大嫂你看得那孩兒會受服侍的勾當
（天下樂）誰不待奉案齊眉孩子無兒怕不待開張那里敢扑、
粮与人家打勤勞做生活有甚妨怕不待時、的孩子儹勤、的
寧个羊羔覓裁文鄧通不將我娘侍奉（那吒令）住孤村小庄
无親族當房君母親命亡矣那誰人覷當大嫂你孩子取些錢
孝心我有寬宏量休孩子那忤逆婆娘（鵲踏枝）帶頭面插金
裝穿綾羅好衣裳出來的自毀遍尊親罵遍街坊你孩子那
曹娥女哭長城送寒衣孟姜女休孩子那无廉恥盜果京娘求云

大人你奈千里孝人（寄生草）我雖不讀論孟 多聞善言識
章人子孝母天恭郭巨埋子天恩降古宗 人天輩人王
祥卧魚標寫在史書中丁蘭刻木圖盈在丹青 請大衣科
梁衣云我 藥用硃砂必定丸便留（醉扶歸）賣弄他指下明看
讀賣些不宣一明論瑞竹堂通聖散青龍丸白虎湯怎算天
這半藥在良方亦量這个引眉朝也夜粮他可仔從心上起
可見老母親病 看床云衣士 說這藥用不亦砂引子末云
在上貞外有他要拿多 子昔是足人 正旦云卷有俺父与我
人一双去換來末見外 貞外与假朱砂 末問朱砂有真假
貞外說害來本命 死无大灾（金盞兒）硃砂面有容光這物

邑淡微黃宅那里呪遍天仙說道九處經恨不得手拈疾病
便離家來取母親三隹和師腹五臟潤肝腸可憐見俺忤逆子
則怕妨了俺七十娘末哭嫂這假硃砂母親吃了別无救母之方俺兩口望
岳東岳爺爺　拜把三歲喜孫到三月二十八日將喜孫送孩兒往盆內做一枝
人一了好方救了母親病好上聖有靈有聖□我這里望
東岳人帝方祝神明□為悉則為我生身母三隹病許下喜
孫兒做一柱香我這里過茶湯顧母親適身舒暢汗溶、
如水一江、參、似水凉面溶、有喜光笑孜、親問當
唱 人可卻便是平生、模樣往日、形像常言道孝順
心是人間海上方每日家告徧街坊誰肯斬惶仰告眾人

許下明香兒做神羊誰想道捨死回生便离床元的是天
將傍【黄鍾尾】云母親　病痊可有何不喜母親病体元兮
安你兒喜氣三千丈捨了我嫡親親子热血一腔咱人有子
方知不孝娘豈不問哀、父母情腸我這裏自恭許不由
我喜笑愁忘再不揾傷心淚兩行將孩兒焰騰騰一炉
火光焚、可、一灵身喪捨了个小冤家一心待奉老尊
堂正末扮開每親三月二十八將近你兒言兒待往太安神州東岳廟上
燒香去說与母親、　云你去燒香挈帶喜孫去來云許多時　有孫
兒來須得他用去母親云你言兒必吃酒疾去早來【鬪鵪鶉】青
人天又千日人有峯峦万朵明晃晃金碧琉璃高從、

樸臺殿閣王孫每寶馬金鞍士女每香車綺羅正遇着春
登暄麗日和氣春風綠柳如烟含夜雨桃紅似火旦ㄟ行
路科日閙末怎生這一幾日到不得大安神州兀那高山便是（紫花兒）
（序）閙清明鶯声嘹囀蕩花枝蝶翅蹁躚舞東風前乃尾娑
人你一那車塵馬足作戲敲羅聒耳笙歌不似今年上廟的
多普天下名山一座壯觀看乃見乾坤永鎮着百二山河末粉
王冒外云我每一年三月二十八去大安神州做一遭買賣ㄟ到那里去賣与人的
家私才了ㄟ神灵我又將貨ㄟ我又有不孩兒叫做忍奴我家孩兒堪成
侶神珠玉一行好的到死也又死兒女似我瞞心昧已到有也又有兒我
人來ㄟ死死大災　旦末云俺三口兒來到三門下宿歇一宵明日早晨还

顩　外末上云是病灵這簡　君這簡是速报司俺三位神灵
定是之孝　子　是五逆之人今有王　外瞞心昧已不合神道　惡
禍生神云　隍奉吾神令教那急脚李乙半夜　後王員外児神
珠五人　抱去明日午時去在那火池里燒死卻　把　孝子張屠的喜
孫児盧空里　尚指入九人先送与他母親休交人一得是九人下
【金蕉葉】你去門前人躲你去東廊下休來人我你
向扮陰中權且歇波我入門　沉吟了我合【拨不断】別死
甚献賀為救俺母親活一聖交張屠无奈何报娘恩三
年人甫包心瞻大懷　凱十月情多九児救母絕嗣我為親
人一瓦不　河【金蕉葉】息恭上谁人倡我孝名児天地包

涯將　一娘煨乾就濕看正過四十年受苦奔波【調笑令】為母
覩疾病疴因此上許下他便无子息待如何病未可不須我占
人言兒女最情多【禿廝兒】也是前生那世冤業多積人下六
年禍教他今生忍飢餓受貧人　為這人昧神造惡業天來大
也是他前人你作故交他今生折罰酒是貧恨身多【鬼三台】
見神在空中坐鬼使是天丁六合炳靈公府君神人惡　良司
兩鬢双鬅鬙亂釖長鎗排列多有十王地府閻羅并聖令鞭
指引俺孩兒舒聖手遮羅百我【寨兒令】我心恍惚面沒
羅是誰人般似驚我則見聖像嚴惡鬼信發雇排列
的鬧呵　穿紅的聖体忙穿青的子細詳　跋穿綠的覷定

奪似自日里无差无来是一枕夢南柯（鬼三台）那里哭的

聲音大到來日只少个殃人禍兒女每之金枷玉鎖你道他悲

理當合你来朝也似他接孩兒那人姓甚麼万中人認的

是那个你孩兒帶着金釧銀鐲離遠鄉了神珠玉顆（尾）

（煞尾）焰騰騰无明烈火昏慘慘宇宙乜合兒也咱兩个義絶恩

断在這梁人穰穰闹呵呵无个收羅（黄鍾尾）尋思了半多

當炉不選火一炷香天下愿心多它那里深倡捘則官里批住

我狠娘恩不是我風魔兜火絶了小胡婆（尾）兩行情淚

星眸中滴墜我這九曲柔腸刀割棄了个小寃家凄凉杀

他存得个老尊堂快活杀我

外末扮急脚上開小名

姓李名邑州人氏生前時　曾根磁州崔相公、、死之後為神人
君取火人做个鬼急腳今日蒙神旨差遣李子張屠孩兒还家我
相的聖佑互做勾當的灵报　詩曰
守分休貪不義財　命中合有自然来
若将巧計干求得　人不為饑天降灾
（粉蝶兒）富和貧天地我排使心計放子孝債惱神灵人
禍害灾那一个是人上人宅則待利上取利全不想毒肯一
便休题苦尽甘来利名場有成有敗（醉春風）也則等人
滿眼本系寬兒全不想得臨頭天地您明晃兒方上則本
一齊排兒下个敗、、但有些八共三灾一心斎戒把神灵人在九

霄雲外。末云：奉炳靈公旨，送孝子張屠兒離了神州。（迎仙客）

唱出神州十字街，下東岳攝魂臺。奉聖帝速速風早到來，積善

的遇禎祥，作惡的生下患，害人的那廝急煎煎、抹淚揉腮。

張屠哭吟吟、醉裏乾坤大。外旦上開：老身是王員外的母親，有孩

兒喜兒，每年三月二十八日去安神州做買賣。有人來說不見孫子神

王顯，我想王員外兒亮上去，有合神道折我這孫子。好去張婆婆

問个信去。下（石榴花）我這里入深村過長街，脅臨、踏芳徑

步入蒼苔，見老娘、低首淚盈腮，莫不是張屠的妳說不沙

髮鬢斑白，元來是濟貧救富王員外，東岳減罪消災

擲着他心平心善心寬，兒大何須你燒香火醮。子則（鬥鵪鶉）

貪財的本性兒穩似惡的山河易改這小的死裏生　禍逢
首善哉你孩兒掘個坑阱　俺大歲逢着吊客娘莫怪
喪這孩兒牙落重生你孩兒石沉大海　外旦云張婆婆這个孩兒
是這哥哥送來的是迎接斜　十二月　兒个婆婆老人宅那東恰
便似這人勸慇接待你孩兒呵的醉眼橫斜醉里淋漓倒
在長街這个小孩孩我送來你全家齊齊你只望着大安
州鐙頭礼拜　幺　來是神明人感動二來是天公眷愛你孩
兒為根娘恩感動神靈為母傷懷你家私白、曾歲
長死中冤害你一家兒否極生泰　外旦云哥你与　張屠幾年
朋友　滿庭芳　俺兩个漾交數載你張屠吃的前合後

慣曾出外偏惱客遠不過昆〻情懷你孩兒便似病海
中救出你毋災我便是火坑中救出你兒來他那裏兩
手忙加額我但首天來大、利害元來是天地巧安排【曾】
【天𢇃】問行初添驚怕宅道、我覷似土塊身似泥胎支
更在今殿中所事在衙門、外鯉面上書神字催香資
拂西風梢西底笑也不是張千李牌也不根州衣縣
牢這一場恰便似鬼使神差【快活三】三門外大會垓
西廊下鬧笑、非干運出共明裹 則為他造 惡跡
天大【朝天子】你那廝𣈆互直恁 愛才恰待快閻王
怪你那廝 損金已意下稍突 云兄与你王公與外再休教來

生倩啼哭的腸膳膨心傷情死杰不他道除死无大灾
病灵公平哉小奄王性命无半时摔砕了你天灵盖
（孛老孩兒）你孩兒孝顺仁义陰功大一炷香名揚四海忠
心报母世間希差名兒動省驚馬臺孝顺名標八千
秋万古忠良傳与媳婦兒立一面九烈三贞賢孝牌
孝名兒人都爱姓王的禍回恶積姓張的福已成胎
（正末）張家則待要称千秋万古名王家則待要利增
百培才見如今鬼神塡街坊惟王家是小海内長安
愁你張家安樂尚中四快哉到二两百拜張婆道
与張婆少飲无名之酒王婆說与王翁只弃休貪

不義之才小昰孝孩兒科　末云娘、那里有个神灵在生时是包待制死後為神速報司是也〔鬭〕那爺爺、曾發的杜稷安補圓天他衣穿領紫羅袍白象簡腰皷繫着黃金帶那爺爺、睜双怪眼烏雲里㒳鬢良絲雪鍊　白那爺爺、威風整神通大断陰司髭驅兒使判南衙不愛民才〔尾声〕由你香焚瀟斗香才挑万炎才是之家还舍沿旁内　宗岂卓晚十碣朱門九不開一貧人烟大止不過前山後領休猜做大院深宅　末云張孩、我留下這包袱上面有个字交張屠看也月　恐我忘字〔鬭毛〕母尋处无处尋見

來時無兒來你道收藏幼子元妨礙恰便似拾
得孩兒落得懷 旦末四家科 末云大嫂咱到家見母
親問孩兒說甚的好 旦云你說明了不見離大安州下山科
【新水令】病厭厭心勞勞出城門好交人眼睜睜有家
無奔仰天掩淚眼低首躡蹤跡懶步紅塵捲到
山村入的宅門愁的是母親問 旦末到家叫門科母親問
張著你言兒來了孩兒那去了 旦末跪下科 【沽美酒】迎門兒拜
母親由元面醉醺醺 云孩兒交你哥哥著連孫兒不見了 唱你
但醉如呆勞夢魂縈根至本一聲聲說元因想母親病
酒床時你孩兒急煎煎無處安身望東岳神祠一
郡路幼子喜孫兒火焚在焦盆是你那不孝的愚男
生忿忤逆去你吉那里有心去燒香你吃得醉了去了孩兒

我根前說謊道焚了孩兒来李伯伯送来怕你两口不信叫孩兒出来你看。喜孫出来。旦云：教怕跳下（馮兒谷）听説罷，諕了魂，說得我半晌如痴。孝母親暗藏在腹内，憂打迭起心頭悶。（德勝令）云：這喜孫兒把火内焚了身，正日午未黄昏，皆是你媳婦賢貞，至世是你孝孩兒佯孝順。我記得神灵昨夜夢裏傳芳信，這小的久已後成人，到做了交烟閣上人。母親背包袱与張屠，看張屠認得是神惠腳李能的繫腰科。旦云：元来神灵先送將孩兒来了。俺一家兒望着大安神州東岳爺爺，將香紙来来，叫母親云：我想這世間人打好的都有報應，俺們都年年謝神灵来

【水仙子】莫漫天地莫墁神遠在兒孫近在身楚焚兒救母行忠信報爺娘恭育恩勸人間父子恩情爲父的行忠孝爲子的行孝順傳与你万古留名

【題目】分付

炳靈公府君許怒　速報司靈

【正名】王員外窮賂貪財

小張屠焚兒救母

古杭新刊小張屠焚兒救母

新刊的本散家財天賜老生兒

正末引一行上坐定開

老夫姓劉名禹字天錫渾家李氏女孩兒引璋女人張郎

人一四口兒在這東平府在城居住有姪兒劉端字正

是个秀才為投不着婆婆意不曾交家來如今老夫七十

歲也至有万貫家才爭奈別無子嗣往日子是在這搭

分上不知有神佛近來多做好事感謝天地不怨這使喚

的小人有八个月身孕倘或得个廝兒須是劉家後我

有心一將這家私三分兒分開一分婆女〻一分女人一分

我有用処婆〻、我如今往庄上去討些帕小梅分娩時分

若得个兒孩兒千万存留了咱

（仙呂端正好）子您治家勤斉家儉因此上惹得人見我這子孫叡

少子被冬才占從今後幾般兒子孫添得內人喜一任外人

嫌因此上將轉世浮財撇下　等一行人下了

正末上開　歡來不似今朝喜來渾那如今日我無在此討

埋一心子怨甚小梅若是分娩了用婆々決然來報喜也

（賺煞）我旦里力求財在家出外諸般快濟併也但多來却忘還不了冤家債　云　當日婆々上席去來我暗使人喚的个穩婆与小梅準脉來

（討妝台）喚的个穩婆妳脉它道老兒歡喜是个斷兒胎癩癩加顛顛瞎々傷懷但得个生分子布孝引幌駕孝車些強如孝順女孫孫包去祭賞她墓在常我将心硬健信口胡開將神佛毀謗把僧道搶白如今因子孫缺少為風疾死班白人說的便去人叫知他來看經的便請化飯的荒斎燒香滅罪搭鈔消灾忽聞々撲藥婆老妳寻曲躬々把土塊磚頭々拜後不為人強馬壯則禱告鬼使神差　云　我為甚末來這庄上住子為城里有幾个閑官秀才每知道我家沒了个兒孩兒這人每待去借个産驢交俺騎合將草棍子打我里有人說与我知道也你每將地人甬是去我子是歡喜里

（鬬鵪鶉）那幾个守戶閑官老秀才它每都狠利害把老夫監押的去遊街我謝神天便将羊兒賽我待杠知便把羊兒牢折

來將養之咳嗽休道將草提擺但得人不罵我做絕戶的劉員外
青原溫肉伴乾柴(天下樂)但得一个殘疾小廝來與我家天
裁該將時辰問甚好共歹但得它車兒上椅方得我墓子里埋
便死後做个鬼魂兒也快哉

小兒一行云了

小梅怎生走了也有其人只怨這廝每見小梅得个孩兒
也這人每所弄了它它若家里快活呵如何肯走了它也也
(那吒令)是你素家的與心兒姑也做女的從心兒放乖為搭
的人念兒愛財閑得我後代絕使留的它殘生在你想若尽甘
來(鵲踏枝)你使待把它嗔不思量我年邁無是双身不是重
胎併了它也當家的嬾容送了人也轉世浮財(寄生草)我
當初窮番做了富謀想禮變做灾為人做小包藏向大治家人
成人伏向敗有本論利低防向害想這分石季倫番做殺身衍
到不如龐居士放做來生債卜兒云了(么)不把我人也似異
可將我迯也似待它道二十有志人先愛若是三十立身人都
待但道四十無子人不拜我哭呵我子為未分男女小兒胎誰
想甚不施朱粉天然態(后庭花)我為治家太分外我為人

絕後代元來壓吝的招嫉妬休恁慈悲生患害我今日捨浮財
向村城里外因富家了不諳貧窮家苦恁慳鄰交它請鈔來強
如我將物件兜鈔食的兜米柴充衣省截絹帛正飢寒愁滿懷
得豐榮喜滿腮咱在時它兒孳宅咱死後它到外宅（青哥兒）
敢燒香、、札拜祖先、、般着待將生孝親修把古道挨將
及首深埋把松栢多栽善名兒長在怕後人不解盤坐墳塋鐫面
碑牌將前事該表後事安排免的疑猜寫着道六十歲无兒散
家財的刘員外　做意兒了　卜兒云了
這窮的街上經多咱散這尔呵不為別子求俺刘家後嗣來
（金盞兒）窮的每飢共凍於共堆我散與尔和糴米和柴敢望
天頂礼望門拜道俺夫妻寬大喧起後巷閙了前街諸人皆称
獎眾口必消灾咱既死房下子何用世間財（尾）我壓世六十
年做富漢三十載則乞年明夜撘苦利害眼睜睜因財把我絕
嗣了從今後為頭兒仗義疎才不索把尔懷揣追齋則兩件
兒消磨了半世兒灾再休尋使豆放觧再不惹官司徵債為然
一天好事過門來　下　卜兒將蒋上云了

正人引衆上指物末云老夫今日散這尔也俺子為這尔呵

奴

端正好

引的我 生一十年鬧无明夜寏、勞、為這殃心

意 人剗生恨不的盖座通行廣

衮秀求

那時節正年少

為 尔少恨不得去 明人強要則爭不帶箇一頂紅頭巾伏劍

提刀痛ホ、將父母妻眼睜、把妻子扐却是那田地里不到何

財 窑一把性命一逃尔呵為你呵去那虎嘯一泰山頂過到

二十過 去爸入浪長江里走迭三百遭但說着後兒消

倘秀才

恐 正人 困奪得富家今日微上户却无了下 梢 幼

年丐心老來报共人瞞着心謊呪搗睜着眼犯王条看时節窨

約 云 老夫劉禹啓告上蒼不絶下民祭祀想劉禹

不孝父母 不敬六親上欺拆尔劉禹子嗣今發心散尔燒

典到天梅罪祢天監察 做坐定了 卜兒云了 云

婆、咱為人子是這般文尔上死生不度投至積得家緣

成伯又死孩兒不散呵要子未

呆古朶

作這做經商的那一个合神道抵納是善上人交往

當一好有錢財今日都除振劳早因無散尔把尔 濟便是犧

衆把神灵告則甚閒天傳挨一个兒把拍望養、防備

【倘秀才】爺呵為你一得得人淡為賊落草般的人幼女私朋暗約可知把良吏清一囷罷了般的親兄弟分的另往好才知惡的殺交把平人陷一【滾繡毬】爺呵有你的不諫也便日遊沒你的不遵法便下的你般的世間事都顛倒將我這不案後的呆漢般調有你的不唱喏便唱一沒你的不高傲便高傲入是你鴉青神道有你沒你的我使人名使脫你的眼脫便十分怕揣着你的肸臟墳三寸高天地盖覆分毫毛

窮民一行上了　做散爺科　等做住

【[illegible]】与你爺不合鬧一你殺我西也合把人主名意從心信口一名眼天呼小叫【小梁州】那漢罵絶户的人才敢放刀只一句道的我肉顫身搖人心痛似熱油一那漢荒陪大你敢笑里暗藏刀【幺】可怎生父親閃了孩兒　又不尋思在不良一你而小合教人世笆撒擲大古是家　小兒人

行者下　外上云了

【倘秀才】有爺時待朋友　花、草、渡爺也央親眷煩惱

惱你卻甚貧不憂愁富不驕外云了做經商尋覓本依本分教村奔便了【滾繡球】讀書的志氣高為商的肚量小是名人所好便若做爭似勘奔為商的小分米做大本讀書的白衣換了紫袍休題樂者為樂則是做官比做客較裝腰若是那功名成就心年怨抵多少兜肯歸來汗未消枉了劬勞

做背為云我待為這斯些分物婆婆決是不與我別有個主意回下旦不與　做怒科云　哎劉大你來這里子末去這分沒與你　卜兒云了　外云了

【尾】姐姐祭奠何須教張郎富家索甚教缺少兒孫我死靠祭奠先靈你當孝幾句良言耳邊道三載忠心眼前報一志心懷這一省你一日人中走一遭鄉內尋分兜希燒它處煩人沽酒澆你若是挑性迷心不听我教直交你淡飯黃齏直到老下

外末做了下　張郎引璋上云了　外祭了忘了水撒科

正末引卜兒上開　俺兩口兒到墳頭也卜兒云了做放

【鬥鵪鶉】誰肯築祭臺墳塋誰肯修石牆土牆都長出些棘利荊科那里兒白楊綠楊云婆婆兒來這墻兒有人土一　祭奠來

這上墳是女壻〻姪兒是近房遠房兒孫墳墓前澆浸〻因地

上不聞得肉腥魚腥茶香酒香【紫花兒序】兀的添到兩枝

兒新土燒到一陌兒銀糸錠到半椀兒漿水這上墳的淋洒祭

祖的凄涼斷是兩下里人來的希草丟的荒墳可甚子孫榮

旺又以後少不的放着馬頭牛休怨立石虎石羊　卜兒云了

婆〻咱兩口兒又已後葬在那窩窩兒里　卜兒云了云我和

你沒主意不能勾在這窩窩兒里子孫葬在兀那絕地上　卜

兒云了云它是外嫁了的人已後自入張家人如何主得

我和您卜兒云了　云有俺姪兒刘大它那　主得卜兒云了

【調笑令】名一坟老孤椿爲沒兒孫不氣長百年之後还埋葬

墳穴內尽按陰陽咱這兩把死骨頭葬兀那絕地上誰肯來哭

啼〻列紙燒香　刘大做取水瓶科　做打科　卜兒云了

云婆〻不知我說与你咱　尋問了

【小桃紅】因甚弟兄兒女惚排房一个墳塋里葬些草、留傳祭

祖上俺兩口兒大如你爺娘你个達子老放了我這過頭挾咱

在时早這般祭祖浸些兒大是咱死後便是上人的小樣我四

卜上先打後商量　小兒做住

【川撥棹】好爭差天降禍虧圖頭望前拜你那拾四心的伯奶兒子毋哭嚎吼叫的是何出痛腸拾才號的我撲抗上荒從今後不索你忙上忙既然墳院兒屬劉怎肯為家緣姓張

外一行攉住了

【金盞兒】炒鬧了前廳後廳挨匝南墻矮墻兒它提劉白兒孫兩行把我驚號得乘呆半餉【】是誰家些窮婦女孝兒郎准備的正齊把拽索奢撚餅每香酸餡白光村酒透瓶香動古根的非常做雜劇的妻妾衣粒快掉歌呆木大去打手狼猪如這一場夭強似賽牛王　卜兒云了

【】前日是張郎後面是引章卜兒做住若號的眼若生纏使不白攜兒忽大子憐的他心餓狼【】則向這擇隣的孟母休打這刻木的丁蘭則向這縱虎的揚香女婿兒出舍閨女兒四旁杯粥的眾瀉引得孟光早則名留在大公莊下　卜末云了　嘆声　你不把他一分兒才我也无半米

旦公姿【】這把女婿的別先望恐女補後代祭莫

堂家私奮衰好狂。行待父母相憐暢了待等我兩个【[illegible]】
怨這一場胡主仗你家热鬧我淒涼您王短我兒長姓刘的家
業姓刘的當您没狂怨父母【尾】休和它急亮休和它強從来
女生外向你待要美對面見休提再濟一使你揺下
小末再云了　外下提住
正末引小兒外上放
【新水令】一席閑話勸措親我有滿懷愁一言難尽只因我万
頃才結束我也百年身方苦千辛受了半生罵受了一生揣
【駐馬聽】粗布素糕翁是片綾羅不挂身用荸薺守分茶甌
我不沾唇不看經乾断了二十年葷怕四席正受了二十年
我共那受用人好一般白要侵双鬢【七弟兄】那般兒一文兩
文似車輪為翁林奈不共高人論受家才與共弟兄分放私債多
把窮民揹【梅花酒】見哭哭人窒户屯一巧語合唇謊鬼漫神
我那国节不識翁不識奴也无遠近那害有每半文擲二云王志
了旁親街巷王鬧了親隣店宅撒了風塵殿棚上要了怜倫
斥引了我一生魂土王了半截身拴了命拴家一争有限的了

別人【賺煞尾】因此上看尔奴畨做了孟嘗君見穷婼兒祭奠
祖先墳將家緣分付與父母双親免了人議論當言道女婿是它
人 小末旦礼了 【旦云了】
【老旦云】你向合辛貧貪謊交你不孝順做賢德變成生分順
伯這夫婦情忘了恁齊恩你這老爺好恨也那不恨【正兒末】
听得它女孩兒女婿來探望丈我氣忿忿、兲吞忍你使了劉家
來卻上張家墳俺這兩口兒好死氣分【尊王天過】你心三商死行
來呵吃諳閑旧做的生分爺如不做呵我想這箭人直不不孝
賊不听我劝分踏着正房【一】我很烈你如三行棍
【云】俺今日淘親你白姓張你白交夫家去了【旦云】
【末】司知王 小梅引梅香侏上了 小、、云了
【水仙子】你道我三十年別不敢年親你卻甚一夜夫妻百夜
恩謊謊謊是如你諾早子有拖麻拽孝人侏兒喚了叫一声父親
引了我三魂因貪財心一片為龜背子裁衣裳送的我剪草除
根 小梅云了 【云】元来是您恁今日花子父每占了團圓
死過劉氏女兒一个孩兒你不家來子末、 旦不上科了

之一耳伱伊……甚

〔劉兒〕云未親的子是親恨後添當恨那……上之女不將如敬

重卻是不引的人生分〔正末〕唱早子絕上不安寧向孝

堂王有親人伱卻行病臣殴病女呵我怎肯忘恩不報恩一世

兒為人姪兒呵大富貴千年莛

〔云〕當時若不是女兒賢會將小梅藏在姑姑家王怎臣

幼子父團圓家私女孩兒一分姪兒一分我孩兒一分

子孝之賢緣子孫子之法　唱

咱四口兒都親把這家緣三分兒分

〔題目〕

舉家妻從夫別父母　臥冰兒祭祖發家私

〔正名〕

指絕地死勸糟糠婦　散家財天賜老生兒

新刊散家財天賜老生兒終